Johanna Huda

Der Schwan von Sète

Johanna Huda

Der Schwan von Sète

Capitaine Leroux' neuer Fall

Bibliografische Information der Deutschen Nationalbibliothek
Die Deutsche Nationalbibliothek verzeichnet diese
Publikation in der Deutschen Nationalbibliografie.
Detaillierte bibliografische Daten sind im Internet
über http://dnb.ddb.de abrufbar.

© 2018 Oldib Verlag
Waldeck 14, 45133 Essen
www.oldib-verlag.de, info@oldib-verlag.de
Umschlaggestaltung: Oliver Bidlo
Umschlagbild: Johanna Huda
Herstellung: BoD, Norderstedt

ISBN 978-3-939556-63-3

Freitag, 17. November

„Meinst du, Leonie steht auf Concept-Art?", fragte Joseph. Seine Frau Hélène sah ihn erstaunt an. Sie überlegte einen Moment und sagte dann verschmitzt lächelnd: „Ich glaube, sie wird Matisse vorziehen. Warum willst du das wissen?" „Ich habe eine Einladung für morgen Abend bei den Pelzers." „Und warum sagst du mir das erst jetzt?" Hélène zog fragend die Augenbrauen in die Höhe. „Ehrlich gesagt, ich habe es vergessen", entschuldigte sich Joseph. „Soll ich Catherine fragen, ob sie dahin gehen mag?" „Das ist eine gute Idee. Leonie schläft zwar gerne in der Manduca[1], aber vielleicht regt Concept-Art sie zu sehr auf und sie vergrault die Kunstbeflissenen mit ihrem Gebrüll." „Oder die finden gerade das hip! Aber wahrscheinlich auch nicht. Du hast Recht, ich werde mit Catherine reden. Außerdem bin ich viel zu überarbeitet, um stundenlang auf einer Vernissage herumzustehen", stöhnte Joseph. „Wieso Vernissage? Soweit ich weiß, wird von Concept-Art-Künstlern nur eine Idee vorgestellt. Oder das, was sie für eine Idee halten. Und hinterher kann man sie fragen, was sie sich dabei gedacht haben. Aber sag' einmal, Concept-Art war doch in den Siebzigern des letzten Jahrhunderts en vogue!", überlegte Hélène laut. „Hat die Ausstellung einen Titel?" „Warte, ich schaue nach." Joseph ging zu seinem neuen Sekretär, den er vor einer Woche bei einem der vielen Antiquitätenhändler in der Avenue Verdun in Pézenas gekauft hatte. Immer wieder war er um das edle Möbelstück aus Kirschholz herumgeschlichen, bis Hélène ihm grünes Licht gegeben und zu dem Kauf ermuntert hatte. Jetzt wühlte er sich durch einen Stapel alter Rechnungen, Tankquittungen und Steuerbelege. „Wo hat sie sich bloß wieder versteckt?", murmelte er. „Ich hab's!", rief er laut. In diesem Moment hörte Leonie auf, an Hélènes Brust zu saugen und verfiel in markerschütterndes

---

[1] Babytragehilfe der Firma Manduca.

Geschrei. Joseph erschrak und fragte schuldbewusst: „War ich zu laut?" „Glaube ich nicht. Vielleicht hat sie wieder Probleme mit der Verdauung." Hélène legte ihre vier Wochen alte Tochter über die Schulter. Leonie schrie wie am Spieß. Hélène stand auf, lief vom Wohnzimmer in die Küche, von der Küche in den Flur, von dem Flur zurück in die Küche. Sie hopste, brummte tiefe Töne, klopfte Leonie sanft auf den Rücken. So plötzlich, wie das Schreien angefangen hatte, so abrupt hörte es wieder auf. Erleichtert setzte sich Hélène in den Sessel. Joseph genoss den tiefen Frieden, den dieses Bild vermittelte und lächelte glücklich. Er hatte in den letzten vier Wochen Ringe unter den Augen bekommen, Hélènes Gesicht wirkte durchsichtig und müde, trotzdem wäre keiner von ihnen auf die Idee gekommen, sich zu beklagen.

„Du hast mir noch nicht gesagt, welches Motto das Happening hat", erinnerte Hélène ihren Mann. „Ach so, ja hier steht es: L'eau du Brouillard." „Nebelwasser? Mmmh... Meint der Künstler den Nebel in seinem Kopf oder soll der Étang du Thau vernebelt werden? Was ist das bloß wieder für eine Idee?" Hélène schüttelte verständnislos den Kopf. Joseph pflichtete ihr bei. „Was auch immer der Künstler sich dabei gedacht hat, dafür werde ich keinesfalls meinen kostbaren Freitagabend hergeben. Ich werde Catherine fragen. Sie ist noch jung und hat vielleicht Lust, sich unter die Kunstkenner zu mischen. Und sie könnte Marc bitten, sie zu begleiten, was hältst du davon?" „Hast du immer noch die Idee, die beiden zu verkuppeln? Aua!" Leonie hatte sie heftig gebissen. Blinderstaunt schaute sie Hélène an, so als wolle sie sagen: „Ist was Doc?", dann drehte sie seelenruhig den Kopf zurück und nuckelte weiter. Joseph war inzwischen in die Diele geschlichen und wählte Catherines Nummer. Fröhlich meldete sie sich. „Nanu! So kenne ich dich ja gar nicht", staunte Joseph. „Wochenende und mir geht es gut", flötete Catherine ins Telefon. „Wunderbar!" Joseph gönnte ihr die wieder erlangte Unbeschwertheit aus vollem Herzen. „Catherine. Hast du morgen Abend schon etwas vor?", fragte er vorsichtig. „Chef, wenn du so fragst, gibt es einen Grund!" Catherine durchschaute ihn gleich. „Also, spuck's aus. Was ist es? Wo soll ich hingehen?" „Kannst du schon wieder hellsehen? Du solltest dich auf diesem Sektor fortbilden. Vielleicht brauchen wir das eines Tages bei unserer Arbeit, wenn Kriminelle unseren Polizeiapparat unterwandern oder unsere Computersysteme mit Viren sabotieren wollen." „Wird gemacht, Chef. Aber du stellst in Montpellier den Antrag auf Kostenübernahme. Also was soll ich tun?" Morgen Abend gibt es in der Galerie von La Lumière eine Vernissage mit Concept-Art zum Thema Nebelwasser. Ich habe eine Einladung für zwei, vielleicht hat Marc auch Zeit und noch nichts Besseres vor!" Joseph Leroux spürte, wie seine Kollegin Lieutenant Catherine Rozier mit der Antwort zögerte. Joseph vermutete im Stillen, dass Catherine dem Staatsanwalt Marc Majory nicht abgeneigt war. Nach einer längeren Pause raffte sich Catherine zu einer Antwort auf: „Okay, ich gehe mit ihm dahin. Obwohl ich mir davon nicht zu viel verspreche!" „Naja, Kunst ist oft wie eine Wundertüte, man weiß nie, was einem präsentiert wird. Außerdem ist es Geschmackssache. Vielleicht lasst ihr euch einfach überraschen und genießt die anregende Stimmung." „Du bist sehr fürsorglich." Catherines Stimme triefte vor freundlichem Spott. ‚Ach, junge Frau'!, dachte Joseph. In den letzten Wochen hatte er sehr viel geseufzt, aber meistens vor Erschöpfung. Zu seinem großen Glück hatte er nicht auch noch in die Kaserne der Gendarmerie Nationale umziehen müssen. Normalerweise wäre der Grund, außerhalb wohnen zu dürfen, mit dem Tod seiner Mutter entfallen. Aber sein Vorgesetzter, General Mathieu, hatte ihm in knappen Worten mitgeteilt, dass für ihn kein Platz mehr vorhanden und das Budget für zusätzliche Familienwohnungen momentan erschöpft sei. Joseph war darüber nicht sehr unglücklich.

Samstag, 18. November

Ich werde Marseillan in eine imposante Hafenstadt verwandeln. Ich entwerfe eine Statue der Marianne als Punk. Sie sollte größer sein als der Herkules von Lüpertz in Gelsenkirchen, in violett, mit riesigen Büroklammern als Piercings in den Brüsten. Tattoos auf dem kahl rasierten Schädel? Ich könnte sie auch in Türkis gestalten, dem Meer ähnlich! Wahrscheinlich wird es wieder keiner dieser Kulturbanausen verstehen. Meine Güte! Die Bildung in unserem Lande verkommt. Die Menschen verblöden, sie können ihre Fantasie nicht mehr mobilisieren, wenn sie Kunst sehen! Die Marianne als Fischerin, umhüllt von Netzen, zugleich ein Sinnbild für Vernetzung, ... ein schwarzes Netz? Hinweis auf dunkle Netzwerke? Sie sollte Wachheit verkörpern, Wachsamkeit, die verbeulte Dose eines Energydrinks in der einen Hand? Ach, ich weiß es nicht, beim Schaffen gebären sich die Ideen wie von selbst.
Warum müssen wir uns hier treffen? Dieser Park ist so langweilig, so abgezirkelt; er hat nichts Künstlerisches an sich. Die Bank ist ekelhaft, vollgekritzelt mit idiotischen Sprüchen, ich musste sie erst einmal säubern. Die Bänke in Kirchen sind anders, reiner, mystischer, getränkt mit dem schlechten Gewissen der Gläubigen. Ich kann die modernen Päpste nicht ertragen, sie verraten das Mysterium, das Geheimnis des Glaubens!
Was fällt dieser Person ein, mich warten zu lassen? Ich habe es geschafft! Ich bin wer! Ich bin Professor, Doktor, Meister! Magnifizenz seit über zwanzig Jahren.
In drei Minuten gehe ich! In drei Minuten....
Na endlich! Sie hat mir Unverständliches ins Ohr geraunt... Es flimmert! Mir wird schwarz vor Augen ... ich falle...
ins .... es wird hell, immer heller, dort drüben winkt Mama ...
Mama!

1

Catherine Rozier drehte sich vor dem Spiegel und fand, dass das matt schimmernde, rote Etuikleid ihrer schmalen Figur schmeichelte. Links neben dem viereckigen Ausschnitt hatte sie eine cremefarbene Seidenblume drapiert. Zierliche goldene Sandaletten mit einem kleinen Absatz schmückten ihre Füße. Ihre langen, blonden Haare lagen in einem geflochtenen Kranz um den Kopf. Wenn ihre Mutter sie so sehen würde! Als sie klein war, wollte sie ihre Haare immer zu einem Pferdeschwanz binden, aber ihre Mutter bestand auf ordentlichen Zöpfen. Aus Protest hatte sie sich mit vierzehn Jahren die Haare raspelkurz geschnitten. Inzwischen waren sie wieder gewachsen. Aus einer Laune heraus hatte sie ein paar Kunstperlen in die Flechten eingearbeitet. Heute Abend war ihr sogar nach dezentem Make-up zumute gewesen, so dass ihre Augen von einem sanften Goldton umgeben waren. Auf ihren Wangen lag ein rosiger Hauch. Ein schmaler Goldring zierte ihren linken kleinen Finger. Sie freute sich auf den Abend. Eigentlich mochte sie Marc. Er hatte nichts von dem widerlichen Machogehabe an sich, das sie bei manchen Studenten auf dem College erlebt hatte. Manchmal, wenn ihr abends die Augen zufallen wollten, schlich sich Marc flüchtig in ihre Träume. Darüber wunderte sie sich.

Er holte sie pünktlich an ihrer Haustür ab. „Wow!", flüsterte er leise, als sie leichtfüßig auf den kleinen Platz vor der Kunstschule trat. „Sind wir zu einem Schönheitswettbewerb unterwegs?", fragte er und konnte seine Überraschung kaum verbergen. „Wenn uns auf der Vernissage zu langweilig wird, könnten wir ja schnell nach Cannes fahren", gab sie schlagfertig zurück. „Wirklich, du siehst heute umwerfend aus", legte Marc nach. „Nur heute?", gab sie augenzwinkernd zurück. „Joseph hat mich vor deinem Mundwerk gewarnt", parierte er. In wenigen Minuten hatten sie seinen Wagen erreicht und er chauffierte sie in seinem schicken Cabriolet zu der Vernissage. Catherine bemerkte amüsiert, dass Marc sich ebenfalls in Schale geworfen hatte. Er trug einen gut geschnittenen, schwarzen Blazer zu einer klassischen Jeans. Das weiße Hemd war am obersten Knopf geöffnet und unterstrich seine verbliebene Sommerbräune. Die blonden Locken gekonnt verstrubbelt und mit Gel in Form gebracht, die leichten Sommersprossen erinnerten sie an einen liebenswürdigen Lausbuben. Wieder einmal versetzte es Catherine einen kurzen, süßen Stich, wenn sie Marc unvermittelt ansah. Sie konnte nichts dagegen tun; gleich darauf mogelte sich ein unbehagliches Kribbeln in ihr Gefühl. Aber sie schob es einfach beiseite.

Als sie um kurz nach zwanzig Uhr in der großzügigen Galerie auf La Lumière eintrafen, war die Party bereits in vollem Gange. Catherine zog Marc sanft am Ärmel. „Lass uns bitte in die Ecke dort gehen. In solch einem Gedränge wird mir schwindelig." Bereitwillig folgte ihr Marc. Beatrice Pelzer entdeckte sie trotzdem. „Bonsoir! Der Herr Staatsanwalt persönlich! Willkommen. Und Sie haben Lieutenant Rozier dabei. Ich hoffe, Sie amüsieren sich", begrüßte sie die beiden überschwänglich, drückte ihnen ein Glas Champagner in die Hand und widmete sich wieder einem rundlichen Herrn mit einer auffallend großen, grauen Hornbrille. Marc und Catherine ließen prüfend ihren Blick über die laut schwatzende Menge schweifen. „Hast du diesen blondierten Typen mit der Mönchskutte gesehen?", flüsterte Catherine und stupste Marc in die Seite. Sie schaute in die Richtung eines schlanken, affektiert wirkenden Mannes um die Vierzig. Er strich sich gerade mit betont weiblicher Geste eine lange Haarsträhne aus dem Gesicht. Scheinbar über den Dingen stehend nahm er einen tiefen Schluck aus seinem Champagnerglas. „Ich glaube, das ist der Künstler", raunte ihr Marc verschwörerisch zu. Catherine unterdrückte ein Kichern und schaute sich weiter um. „Schau dir den an!" Sie wandte ihren Kopf weiter nach rechts, wo ein Mann stand, der sich an seine schwarze Filzkappe Rastazöpfe geklebt hatte. Vernehmlich dozierte er über Zen und die Kunst. „Ich zeige auf eine leere Flasche und weise auf die Leere, will sagen: ‚Sieh die Leere!‘ Die Resonanz des Betrachters ist jedoch zumeist: ‚Da ist ja nichts drin.‘ Er sieht nicht die Leere, sondern alleine ‚das Fehlen von …‘. Damit bin ich nicht zufrieden. Ich bin noch weit von meinem Buddhasein entfernt. Andererseits bin ich ein hartnäckiger Mensch, wie die meisten Zenleute übrigens.“ Eine schmallippige, auffallend blasse Frau mit hellblauen Augen und karottenroten Locken hing ergeben an seinen Lippen.

Marc und Catherine mussten sich wegdrehen, um nicht laut los zu prusteten. „Santé!“ Sie hoben ihre halb gefüllten Champagnergläser und stießen an. „Ich bin gespannt, welch hochtrabenden Quatsch wir uns gleich noch anhören dürfen“, flüsterte Marc gerade in Catherines Ohr, als eine ältere Dame mit dunkel eingefärbter Brille und offensichtlich in schwarze Farbe getunkten Haaren an ihnen vorbeischwebte und hysterisch jauchzte: „Wahnsinn! Das ist der helle Wahnsinn! Was dieser Mensch vorhat, einfach genial, wahnsinnig, überdimensional...“ Sie trug ihr Weinglas wie einen Pokal vor sich her und tanzte schmetterlingsgleich zu einem Paar, das sich hinter einem weißen Pfeiler versteckt hatte. Sie mussten sich ebenfalls das Loblied auf den Künstler anhören. „Gehört das schon zu der Concept-Show?“, fragte Marc. „Gut möglich“, erwiderte Catherine. „Manche Künstler versuchen mit aller Macht, Aufmerksamkeit zu erregen. Ob sie dann wirklich Kunst hervorbringen, ist die große Frage. Ich glaube, jetzt fängt es an.“ Sie drehte ihren Kopf zu dem Mönch.

Dieser baute sich vor einer riesigen, mit einer blutroten Tüllgardine verhüllten Installation auf. Wortlos bat er um Ruhe. Er stellte sich auf einen schwarzen Stuhl, drehte sich im Zeitlupentempo um die eigene Achse, fixierte jeden seiner Zuschauer mit einem Blick aus grün blinkenden Augen und zeigte mit einem versilberten Finger auf einzelne Personen. Dann hob er seinen Silberfinger mit großer Geste an den Mund. „Er hat sich beim Kostümverleih Monsterkontaktlinsen besorgt", wisperte Catherine. Das vielstimmige Gemurmel ebbte allmählich ab. Als auch der letzte Besucher verstummte, riss der Blondierte mit einem Ruck an dem Tüll und gab den Blick frei auf einen hohen Pavillon mit etwa vier mal vier Metern Grundfläche. Er bestand aus lauter PVC-Regenrinnen, zum Teil bunt eingefärbt, zum Teil mit Gras bewachsen. Das Gebilde erinnerte entfernt an eine umgekippte, begrünte Orgel.

„Das", hauchte der Blondierte theatralisch in ein Mikrofon, „ist die von mir konzipierte Regenwassersammelorgel. Sharka Water, inspiriert von den Hopi-Indianern Nordamerikas. Sie haben es uns vor langer Zeit gezeigt." Er warf einen beschwörenden Blick in die Runde. „Mit dieser Installation wird Nebel in Grün verwandelt, die Tropfen, die ins Innere dringen, verbreitern sich zu einem See. Wasser aus der Luft ernten, das steht im Einklang mit der Natur, das ist Zen, das ist L'eau du Brouillard in seiner erhabensten Form." Catherine und Marc sahen einander stirnrunzelnd an. „Das ist doch keine Concept-Kunst! Jedenfalls hat Hélène uns das anders erklärt." Der Künstler warf ihr einen strafenden Blick zu. Unbeindruckt flüsterte Marc: „Was ist es dann?" „Keine Ahnung", wisperte Catherine. „Installationskunst trifft es wohl am ehesten." Für einen kurzen Moment überkam sie eine sanfte, warme Woge und sie schielte Marc verschwörerisch an. „Sollen wir gehen?", sagte er leise. Auf eine Antwort musste er nicht warten, denn in diesem Augenblick vibrierte Catherines Mobiltelefon. Es war Capitaine Joseph Leroux.

„Entschuldige, ich weiß, dass du Feierabend hast. Aber es gibt eine Schlägerei am Hafen von Mèze und ich erreiche keinen

der anderen Kollegen … Ja, ich fahre sofort los und treffe
dich vor Ort." „Gut. Ich mache mich auf den Weg." Catherine zeigte mit beiden Handflächen nach oben. „Für mich ist
die Party vorbei. Ich muss zum Hafen, es gibt eine Schlägerei." „Ich begleite dich! Wir wollten uns doch sowieso verkrümeln." Sie verabschiedeten sich knapp von Bernard Pelzer, der
nicht sonderlich überrascht war. „Wir sehen uns", winkte er
und nutzte die Gelegenheit, um sich selbst aus dem Staub zu
machen.

2

Auf dem Weg zu seinem Auto hätte Marc beinahe seinen Arm
um Catherine gelegt. Irgendetwas hielt ihn zurück. Er spürte,
wie Catherine zurück wich. „Habe ich Mundgeruch?" fragte
er forsch. Wider Willen musste Catherine lachen. Sie schüttelte den Kopf. „Nein, im Gegenteil. Du riechst gut. Ich
brauche etwas Zeit. Entschuldige bitte." Catherine blickte zur
Seite. „Ich dachte nur …", sagte Marc leise. „Ja, ich weiß",
murmelte Catherine und ging etwas schneller. Am Parkplatz
beeilte sich Marc, ihr die Beifahrertür aufzuhalten. Eine Zeitlang sagte keiner von ihnen ein Wort. Schweigend fuhren sie
Richtung Mèze. Nach dem zweiten Kreisverkehr holte Catherine hörbar Luft und sagte: „Marc, es gibt etwas, das rumort
in mir, aber ich komme nicht dahinter. Ich mag dich wirklich,
aber …" Sie rang nach Worten, schaute aus dem Fenster, gab
auf. „Ich weiß nicht, was es ist", rief sie beinahe verzweifelt
aus. Marc schaute sie voller Wärme von der Seite an. „Danke
für deine Offenheit. Lass dir Zeit. Mit Gewalt geht gar
nichts."
Sie erreichten den Quai Augustin Descournut, der die linke
und die rechte Seite des Hafens von Mèze verband. Vor dem
Restaurant „Le Neptune" sahen sie Joseph Leroux in einem
Pulk von Leuten stehen. Er versuchte mehrere Jugendliche zu

beschwichtigen. Kaum ausgestiegen, vernahmen Catherine und Marc aufgebrachtes Geschrei.

„Der Idiot behauptet, ich hätte beim letzten ‚joutes'[2] im August gemogelt", schrie einer. „Dabei hat der Schiedsrichter genau aufgepasst. Wenn ich die Lanze zu tief gegriffen hätte, wäre ich disqualifiziert worden." Der kräftige junge Mann blickte wie ein Stierkämpfer und spuckte vor seinem Gegner auf den Boden. Dessen Fäuste schnellten hoch und zielten auf das Gesicht seines Widersachers. „Sag' mal, spinnt ihr?" ging Leroux zwischen die beiden. Um ein Haar wäre die Faust in seinem Gesicht gelandet. „Worum geht es? Um welche Mogelei?" Der Kräftige mit dem kahl rasierten Kopf und jeder Menge Tattoos auf den Armen schnaufte. „Habe ich doch schon gesagt! Der Blödmann behauptet, ich hätte meine Hand unterhalb des vorgeschriebenen Bereiches an der Lance[3] gehabt. Dadurch sei ich im Vorteil gewesen!" Wieder spuckte er lautstark auf den Boden. Catherine wandte sich vor Ekel ab. „Als ob ich so etwas nötig hätte!" In seinen Augen funkelte mörderische Wut. „Ich habe ihn vorschriftsmäßig in den Canal befördert!" Sein ganzer Körper war angespannt. Auch sein Widersacher war kein Hänfling und bereit, den Streit mit Fäusten fortzuführen. Seine rötlichen Stoppelhaare standen in alle Richtungen, das weiße Shirt spannte gewaltig über seiner Brust und er verströmte den Hauch eines Preisboxers kurz vor dem entscheidenden Kampf.

Erst jetzt entdeckte Leroux die beiden. „Catherine, Marc! Gut, dass ihr hier seid. Habt ihr noch ein Paar Handschellen?" „Natürlich Chef", nickte Lieutenant Rozier und reichte sie ihm. „Hier bitte." „Ich glaube, die beiden kommen nur in unseren komfortablen Zellen zur Besinnung. Sie scheinen kurz davor zu sein, sich den Verstand aus dem Leib zu

---

[2] Fischerstechen, ein Wettkampf, der jedes Jahr im August stattfindet.

[3] Eine Lanze, mit der der Gegner ins Wasser gestoßen werden soll; man darf nur einen bestimmten Bereich an der Lanze festhalten.

prügeln." Als ob sie Leroux' Aussage noch verstärken wollten, fingen sie wieder an sich anzuschreien. „Gib es zu! Du hast auch noch die Lanze verstärkt. Du hättest mich niemals schlagen können", brüllte der Rothaarige. „Ja, soll ich euch einen Maulkorb verpassen? Auseinander jetzt. Wenn ihr morgen früh euren Rausch ausgeschlafen habt, könnt ihr weitermachen." Mittlerweile waren doch noch zwei weitere Kollegen eingetroffen. Sie legten den Streithähnen die Handschellen an und führten sie ab. Die Gendarmen gaben sich die größte Mühe, die torkelnden Männer vor einem Sturz in das Hafenbecken zu bewahren. „Ordentlich Rotwein getankt?", behauptete einer der Gendarmen. „Rotwein ist was für Mädchen", zischte der Rothaarige verächtlich und stolperte. „Pastis!", lallte der Kräftige.

Kopfschüttelnd sahen Leroux und Rozier ihnen nach. „Danke für die Unterstützung", sagte Leroux zu Catherine Rozier. „Wenn ich die beiden sicher hinter Schloss und Riegel weiß, fahre ich direkt zu Hélène und sinke ins Bett. Ihr glaubt ja nicht, wie anstrengend so ein kleiner Mensch wie Leonie ist. Bis Montag." Sichtlich erschöpft verabschiedete sich Capitaine Joseph Leroux und fuhr mit seinen beiden Kampfhähnen davon.

3

„Und ich dachte bisher, die ‚joutes' gehörten in die Kategorie Spiel und Sport im Rahmen des Fête de Mèze", sinnierte Catherine laut, als sie wieder allein am Quai standen und noch nicht so recht wussten, wie der Abend weiter gehen sollte. Ob er weiter gehen sollte. „Ich glaube, in der Regel verläuft dieser Wettkampf schon friedlich. Ursprünglich sollen ihn um 1270 Soldaten der französischen Marine aus Langeweile erfunden haben. Ich glaube, in Mèze gab es den ersten Wettkampf schon um 1700." „Du scheinst dich ja bestens auszukennen", sagte Catherine. „Willst du mir den Rest vielleicht bei einem

Glas Weißwein erzählen? So spät ist es noch nicht und ich habe es danach nicht mehr weit." „Ich weiß", gab Marc lächelnd zurück. „Und meinetwegen gerne. Dort drüben sehe ich einen freien Tisch." Langsam schlenderten sie auf das Le Tabou zu, mittlerweile die Lieblingsbar der Freunde. Sie hatten gerade direkt an der Kaimauer Platz genommen, als auch schon Verena mit flinken Schritten zu ihnen kam und sie freundlich begrüßte. „Ah, auch Verena hat es aufgegeben, sich die Haare zu färben", stellte Catherine fest. „Wieso? Welche Haarfarbe hatte sie denn vorher?", stutzte Marc. „Männer!" rief Catherine aus. „Du erinnerst dich nicht mehr daran, dass sie noch im letzten Jahr strohblonde Stoppeln hatte?" „Tschuldigung", wehrte Marc ab. „Ich bin auch nur ein Mann."

Kurze Zeit später brachte Verena ihnen einen eisgekühlten Viognier. „So, jetzt kann die Fragestunde beginnen!" Catherine prostete ihm zu. „Warum sind die einen Boote blau und die anderen rot?" „Die einfachste aller Fragen", lachte Marc. „Die Verheirateten haben weiß-rote Barken, rote Kleidung und rote Lanzen und ihr Boot heißt Mathilde, die Ledigen haben alles in weiß-Blau und ihr Boot heißt Véronique." „Aha! Dann bin ich ja jetzt schon schlauer. Und weiter? Gibt es ein echtes Turnier?" „Aber natürlich! Mit allem Drum und Dran. Als Erstes gibt es einen Aufmarsch der Fischerstecher in der Stadt. Die Fischerstecher heißen ,Jouteurs'. Sie werden von Musikanten begleitet, die traditionelle Melodien auf der Oboe und der Trommel spielen. Es sind die gleichen Melodien, die auch während der Wettkämpfe zu hören sind. Ein Ehrengang, also ein ,passe d'honneur' eröffnet das Turnier. Während die Barken aneinander vorbeifahren, salutieren die Jouteurs voreinander und kreuzen ihre Lanzen." „Echte Lanzen?" Catherine spielte echtes Erstaunen. „Echte Lanzen", versicherte Marc lachend. Er nahm erneut einen Schluck. „Ein köstlicher Tropfen", schwärmte er. „Wie gut, dass sich Verena mit ihrer Empfehlung beim Chef durchsetzen konnte." „Und haben die vorgeschriebene Maße oder warum sind unsere beiden Heißblütigen aufeinander losgegangen?" „Es ist eine Länge von 2,50 m vorgeschrieben. Am Ende der Lanze befindet sich eine Stahlspitze, sodass sie nicht am Schild des Gegners abrutschen kann." „Und warum könnte einer von ihnen disqualifiziert werden?" „Man darf die Lanze nur in einem bestimmten Bereich festhalten." „Das wäre nichts für mich", stellte Catherine fest. „Ich wäre viel zu undiszipliniert." „Du? Undiszipliniert? Du machst mir einen ganz anderen Eindruck", stellte Marc fest. „Ja, du kennst mich eben noch nicht", warf Catherine ein. ‚Flirte ich mit Marc?', dachte sie verwundert. Marc knabberte an einem Käsecracker und fuhr fort. „Es ist sogar verboten, während des Stechens seine Füße zu bewegen." „Im Ernst? Sie müssen die ganze Zeit still stehen?" Catherine schaute ihn ungläubig an. „So ist es", lachte Marc vergnügt. „Sie müssen versuchen, im selben Stand stehen zu bleiben. Und um eine Runde weiter zu kommen, müssen sie drei andere Jouteurs besiegen. Am Ende wird wieder laute Musik gespielt und das Publikum tobt, ganz besonders, wenn der Gewinner ein Jouteur aus Mèze ist." „Ich glaube, nächstes Jahr schaue ich mir das an. An welchem Tag findet das Turnier statt?" „Immer ab dem Wochenende um den 19. August." „Wenn alles so penibel geregelt ist, hatten unsere Streithähne vielleicht einen ganz anderen Grund zum Streiten", überlegte Catherine. „Davon ganz abgesehen, möchte ich denen ungern im Dunkeln begegnen." „Ach, vielleicht sind die im normalen Leben ganz friedlich und gehen einer geregelten Arbeit nach", gab Marc zu Bedenken. „Aber in einem gebe ich dir Recht, zart besaitet scheinen diese Jouteurs nicht gerade zu sein. Und Hungerhaken waren die auch nicht. Weißt du, dass im vorletzten Jahr einer den Wettbewerb gewonnen hat, der locker 150 Kilogramm auf die Waage bringt." Catherines Phantasie ging mit ihr durch. Im Geiste sah sie ein verkleidetes Weinfass auf der rotweißen Barke stehen und mit Lanzen um sich schlagen. Sie kicherte in sich hinein. Dann rief sie sich zur Ordnung und schimpfte mit sich selbst. Marc unterbrach ihren Gedankengang. „Was ich eigentlich sagen wollte: Auch, wenn es zunächst aussieht wie ein Haudrauf-Sport, die Regeln sind detailliert in einem vierzigseitigen Buch festgeschrieben." „Und das seit dreihundert Jahren? Das spricht für Kontinuität." „Machst du dich etwa über Regeln lustig?" Marc setzte eine strenge Miene auf. „Regeln haben den Vorteil, dass du dir nicht ständig etwas Neues ausdenken oder etwas Unbekanntes ausprobieren musst. Einmal gelernt, kannst du das wiederholen, bis du im Grab liegst. Santé!" Beide lächelten und hoben das Glas. Dann erkundigte sich Marc: „Hattest du in letzter Zeit Gelegenheit, dich um deine Greifvögel zu kümmern? Milane oder Hawks oder wie die hießen?" Bedauernd schüttelte Catherine den Kopf. „Leider hatte ich wenig Zeit. Ich musste mehrmals in die Normandie reisen, um den Nachlass von Gisèle zu regeln. Dadurch ist mein Hobby zu kurz gekommen." Catherine staunte, wie unaufgeregt sie Marc gegenüber dieses heikle Thema erwähnen konnte. Ihre langjährige Partnerin war vor mehr als sieben Monaten bei einem Verkehrsunfall tödlich verunglückt, ob absichtlich oder durch widrige Umstände, konnte nicht geklärt werden. Catherines Schuldgefühle und ihre tiefe Trauer wurden allmählich sanfter, schnitten nicht mehr so ins Herz. Die Zeit heilt alle Wunden? Dass eine unglückliche Kindheit so lange nachwirken konnte! „Was hast du gerade gesagt? Entschuldige, ich war in Gedanken." Catherine rappelte sich wieder auf und schaute Marc fragend an. „Ach, war nicht so wichtig", sagte Marc und trank den letzten Schluck seines Viogniers. „Ach ja, die Greifvögel", erinnerte sich Catherine. „Doch, es ist schon etwas länger her, da war ich auf einer Flugschau. Imposant, die Kerlchen, besonders wenn man sie aus der Nähe sieht. Ein Harris Hawk, der den feinen Namen Hercule Poirot trug, hat mich köstlichst amüsiert. Er hatte an dem Tag keine Lust auf Show, nach zwei, höchstens drei Metern flog er zurück zu seiner Falknerin und forderte seine Fleischhappen ein." Catherine schmunzelte immer noch, wenn sie an Hercule Poirot dachte. Marc lächelte ebenfalls. „Weißt du, was meine Mutter neulich zum Besten gegeben hat?" Catherine horchte auf. „Lebt deine Mutter in der Nähe?" „Ja, das tut sie. Und sie ist schon dreiundsiebzig. Aber sie hat immer noch den Schalk im Nacken. Sie sagte neulich zu mir, dass sie gerne auf dem Friedhof Leben rettet." Marc genoss ihre Verblüffung. „Sie holt dort ausgemusterte Blumen aus dem Abfall, nimmt sie mit nach Hause, wässert sie und stutzt sie zurück. Dann pflanzt sie die Geretteten in den Garten und freut sich darüber, dass die meisten nach der liebevollen Behandlung wieder prächtig gedeihen." „Eine wunderbare Idee", kommentierte Catherine und fühlte sich seltsam berührt. „Jetzt würde ich gerne bezahlen." Marc schaute sie verstohlen an und spürte erneut, wie gerne er das zarte Wesen Catherine näher kennen lernen würde. Wer versteckte sich hinter der rauen und kühlen Fassade? Sie zahlten und gingen ein paar Schritte, auf dem Quai trennten sie sich. „Soll ich dich nicht doch bis zu deiner Haustür begleiten?" fragte Marc. „Danke, aber ich muss nachdenken", wehrte sie ab. Flüchtig berührte Catherine Marc am Arm, bevor sie in eine kleine Seitengasse abbog. Marcs Schritte federten leicht, als er zum Parkplatz ging. „Someone like you", summte er leise und fuhr beschwingt nach Hause.

Montag, 20. November

1

Evelyn Majourel wollte schon seit Jahren mit dem Rauchen aufhören. Silvester würde es so weit sein, ganz bestimmt. Der Arzt hatte wiederholt kleinere Zungengeschwüre bei ihr festgestellt und ihr dringend geraten, das Qualmen aufzugeben. Nachdem die störenden Stellen herausgeschnitten waren, schaffte Evelyn es, fast fünf Tage keine Zigaretten zu kaufen. Die angebrochene Schachtel versteckte sie hinter den Tischdecken im untersten Fach ihres Küchenschrankes.

Dann wurde es hektisch in der Praxis des Dentisten, bei dem sie arbeitete. Mehrere Patienten kamen unangemeldet, klagten über heftige Zahnschmerzen, bei einer Frau war eine Brücke gebrochen, eine Fistel musste entfernt werden, sie jammerten ihr allesamt die Ohren voll und sie musste länger bleiben, als sie geplant hatte. Es war, als ob sich alle Patienten verschworen hätten, ihr auf die Nerven zu gehen.

„Ann-Marie, ich brauche fünf Minuten Pause. Kommst du allein zurecht?" „In Ordnung, geh nur." Dankbar lächelte sie Ann-Marie zu, schnappte sich die Notzigarette aus der Schreibtischschublade und stürzte nach draußen. Sie ging zwei Schritte nach links in den kleinen Park und zündete sie an. Das Türkis des eisernen Tores könnte frischer sein, dachte sie flüchtig. Der vanillige Duft der Petunien im Kreisel wurde von ihrem giftig stinkenden Qualm überlagert. Gedankenverloren ging sie nach links, zog wie eine Ertrinkende an dem Glimmstängel und hörte den Kies sanft unter ihren Füßen knirschen.

Plötzlich fuhr sie erschrocken zusammen. Eine Schar von Krähen erhob sich laut krächzend und verteilte sich auf die umliegenden Bäume. ‚Blöde Viecher', dachte Evelyn. Krähen erinnerten sie an Tod, an Verwesung. Unglücksraben. Sie schüttelte den Kopf und damit die bösen Gedanken ab.

Kaum wandte sie sich zum Gehen, kehrten die Krähen zurück und ließen sich nahe der Begrenzungsmauer nieder. Was hatten sie dort zu suchen? Intuitiv drehte sich Evelyn noch einmal um und machte einen Schritt auf die schwarzen Vögel zu. Sogleich krächzten sie und flohen zurück auf die Bäume. Lag dort ein Sack? Ein Haufen Müll? Evelyn hielt automatisch die Luft an und schlich sich näher an das Etwas heran. War das ein Wohnungsloser? Blödsinn, dann hätten sich die Vögel nicht so weit vorgewagt. Beim nächsten Schritt war sie sich sicher. Panisch machte sie auf dem Absatz kehrt und rannte zurück in die Praxis. „Ruf die Gendarmerie! Im Park liegt ein Toter!", kreischte sie. Ann-Marie brauchte eine Sekunde, um zu begreifen, was Evelyn gesagt hatte. Dann wählte sie die 112. Evelyn lief ins Bad und ließ sich kaltes Wasser über die Handgelenke laufen. Im Spiegel blickte sie in ihr kreidebleiches Gesicht. Sie zitterte am ganzen Körper. ,Jetzt höre ich wirklich mit dem Rauchen auf', schwor sie sich.

2

„Hast du mit Eduard gesprochen?" Thierry trommelte nervös mit seinen kurzen, fleischigen Fingern auf der Schreibtischplatte herum. „Aber wann kommt die Lieferung? Meine Kunden werden langsam nervös!" Im Telefonhörer kiekste es. Wütend schlug Thierry mit der flachen Hand auf den Tisch. „Drück dich gefälligst klar aus! … Der Zoll in London hat Wind von der Sache bekommen? Wie kann das sein, da muss doch jemand geplaudert haben! … Beweg deinen Arsch und beschaffe neue Ware über Amsterdam, aber schnell. Ich gebe dir drei Tage. Wenn ich dann nichts in meinem Kasten habe …" Er vollendete den Satz nicht.

Er stand auf und ging ans Fenster, das fast leere Whiskey-Glas in der rechten Hand. Unten, in der Rue de la Citadella, tobte immer noch das Leben. Auch jetzt, im November, schlenderten Touristen durch die enge Gasse, blieben bewundernd vor dem L'Atelier de L'Oeillade stehen und zeigten mit dem Finger auf die kunstvollen Kreationen aus Baumrinde, die Mireille geschaffen hatte. Er goss den Rest des hochprozentigen Zeugs hinunter. Dann fiel ihm wieder etwas ein. Erneut griff er zum Hörer, tippte eine Nummer.

„Christine, hast du daran gedacht, eine Bewertung zu schreiben?" „Ja!" Er schrie fast. Warum musste seine Schwester nur so trottelig sein. „Nein, egal! Schreib, dass du begeistert bist, dass du seitdem total gut drauf bist, meinetwegen dass du Berge versetzen könntest, aber vor allem, dass du immer wieder bei ‚Corne de rhinocéros.fr'[4] kaufen würdest. … Ja, mein liebes kleines Dummerchen. Ist doch ein toller Name, nicht wahr!" Thierry lachte dröhnend, stolz schwoll seine Brust. „Das Horn eines Rhinocérosses gilt als Potenzmittel. Ist in einschlägigen Kreisen bekannt. Da staunst du, was dein schlauer Bruder alles weiß. Also, schreibe jetzt die Bewertung und frag nicht so blöd. Ja, ich weiß, dass viele Firmen ihre Bewertungen kaufen, und ja, ich komme am nächsten Sonntag zum Essen. Aber koch nicht schon wieder so'n asiatischen Scheiß! … Ein normales französisches Beefsteak ist doch nicht zu viel verlangt! Bis bald. Und vergiss nicht die Bewertung!" Er legte auf und füllte sein Glas erneut mit Dalmore King Alexander.

3

Capitaine Joseph Leroux und Lieutenant Catherine Rozier freuten sich auf einen ruhigen Montagvormittag. Die Kampfhähne vom Wochenende waren mit einer Verwarnung nach Hause geschickt worden und die erfrischende Novembersonne erhellte den Horizont. Catherine hatte ihnen beiden ofenwarme Croissants mitgebracht und nun wollten sie in aller Ruhe liegen gebliebene Akten aufarbeiten. „Die Verwandten!", stöhnte Leroux. „Es ist doch immer wieder das gleiche." „Oh!

---

[4] Horn von Rhinozerossen.

Hat man dich am Wochenende überfallen?" „Ich sage es dir! Am Sonntagmorgen um elf Uhr stand meine Tante Hortense mit ihrem unsäglichen Baptiste vor der Tür, ohne Ankündigung natürlich. Sie reden und reden und reden, hören nicht zu, wollen nichts von uns wissen und rauschen dann irgendwann wieder ab. Ich kam mir vor wie von einer Dampfwalze überrollt, total platt." „Zuhören können wenige", pflichtete Catherine ihm bei, biss herzhaft in ihr Croissant und konzentrierte sich auf das korrekte Ausformulieren des Protokolls über die Unterbringung der beiden Trunkenbolde aus Mèze. „Schafft es Hélène eigentlich, zu ihrem Chorabend zu gehen?", fragte Catherine zwischendurch. Leroux schüttelte den Kopf. „Im Augenblick ist das völlig unmöglich, sie kommt zu nichts und ist froh, wenn sie abends nicht gleich mit Leonie einschläft."

Leroux' Telefon brummte. „Ah, der Kollege aus Marseillan! Wie geht's? – Ich verstehe! – Ihr habt was? – Amtshilfe? – Nun ja, es ist ja nicht so, als hätten wir nichts zu tun. – In Ordnung, wir eilen zu Hilfe. Bis gleich." Catherine schaute ihn aufmerksam an. „Brigardier Rifaud aus Marseillan. Sie haben einen Toten im Park gefunden. Rifaud ist neu und zurzeit allein auf weiter Flur. Sein Kollege ist bei der Wildschweinjagd vom Hochsitz gefallen und hat sich das Bein gebrochen. Die Vertretung kommt – wenn überhaupt – erst in ein paar Wochen. Er fragte, ob wir ihn unterstützen könnten. Ich habe zugesagt, dass wir kommen." „Habe ich gehört", sagte Catherine. Sie war bereits vom Stuhl aufgesprungen, hatte ihre Uniformjacke vom Haken und den Autoschlüssel vom Brett gegriffen. Jetzt wartete sie darauf, dass Leroux seinen Computer in den Standby-Modus versetzte. „Na, dann! Auf zu neuen Ufern! Der letzte Todesfall ist ja schon ein paar Monate her." Im Stillen freute sich Leroux darüber, dass sein langweiliger Bürojob durch aufregende Ermittlungen unterbrochen wurde.

„Was ist, wenn wir völlig umsonst herausfahren? Ein Toter in
Marseillan, damit haben wir im Prinzip nichts zu tun." Catherine sprach seine Gedanken aus. „Ach! In Marseillan sind
sie doch chronisch unterbesetzt", sinnierte Leroux. „Und wer
weiß, vielleicht stammt der Tote aus Mèze und dann müssen
wir uns sowieso um ihn kümmern." „Ja, lassen wir uns überraschen", stimmte Catherine zu.

4

Auf dem Weg nach Marseillan fragte Joseph: „Du hast mir
noch gar nicht erzählt, wie die Vernissage bei den Pelzers
war!" „Ach so, stimmt! Irgendwie ist das durch die Schlägerei
vom Samstag total untergegangen. Es waren etliche Paradies-
vögel versammelt. Ich glaube, das waren alles Groupies des
Künstlers." „Ja, und die Ausstellung? Gab es etwas, was ich
mir im Nachhinein anschauen sollte?" „Sicher, unbedingt",
sagte Catherine gedehnt. „Er hatte ein Objekt aus Regenrin-
nen gebaut, das in der Wüste Tautropfen sammeln soll. Es
wäre spannend, das noch einmal in aller Ruhe anzuschauen."
„In der Wüste? Tautropfen? Das muss ich sehen!" Leroux tippte sich schmunzelnd an die Stirn.
Als die beiden Gendarmen zu dem kleinen Park am Eingang
von Marseillan kamen, herrschte dort bereits rege Betriebsam-
keit. Schaulustige hatten sich vor der Absperrung versammelt
und diskutierten heftig. Die Frau, die den Toten entdeckt hatte, zog heftig an einer Zigarette. Sie war schätzungsweise dreißig Jahre alt und wirkte sehr blass. Der Kollege aus
Marseillan, ein hagerer, junger Mann mit dienstbeflissener
Miene, machte sich Notizen. Die Spurensicherung war auch
schon vor Ort. Eugène Fournier, sein Assistent Vincent
Grenoilt und ein weiterer Mann knieten um die Leiche. „Die
sehen ja ein bisschen aus, als befänden sie sich auf dem
Mond", lästerte Catherine. Joseph Leroux grinste verstohlen.
Er ging mit Catherine zielstrebig auf den jungen Mann zu.

24

„Gavin Rifaud, Brigardier", machte sich der Neue bekannt. „Wissen Sie schon etwas über die Identität des Toten?" „Leider nicht!" Rifaud schüttelte bedauernd den Kopf. „Und? Eine natürliche Todesursache oder eine Straftat?" „Bis jetzt haben wir keine eindeutigen Anzeichen gefunden. Keine Schussverletzung, keine Würgemerkmale, und – soweit ich das beurteilen kann – auch keine Stiche. Vielleicht ein plötzlicher Herzstillstand?", rätselte Rifaud. „Mmmh", murmelte Leroux und wandte sich an Eugène Fournier. „Haben Sie Vermutungen?" Der ältere Mann drehte sich zu ihm um. „Die Pupillen sind erweitert, aber die Haut an den Fingernägeln sieht normal aus, das heißt, normal für einen Toten. Ob er einen Herzinfarkt hatte, kann mit Sicherheit nur der Gerichtsmediziner sagen." Leroux sah den Gerichtsmediziner kommen und begrüßte ihn. „Ah! Doktor Letailleur! Sie werden uns bald Erhellendes sagen können, nicht wahr, Herr Doktor?" Der Doktor war etwas außer Atem und ächzte: „Es ist ja völlig unmöglich, hier einen gescheiten Parkplatz zu finden. Ich musste bis zum Markt fahren, um mein Auto abzustellen. Einen Augenblick. Ich muss den Toten gründlich ansehen." Nach wenigen Sekunden fragte er Leroux: „Haben Sie den Ausdruck in seinen Augen bemerkt? Einerseits scheint er vollkommen überrascht zu sein, andererseits hat seine Mimik etwas Spöttisches an sich." Bevor er mehr sagen konnte, wurde er von dem Fotografen unterbrochen. Der Fotograf kam zielstrebig auf die Gruppe zu und schickte sich an, allen die Hand zu geben. „Ich bin Albert Bertrand. Sie kennen mich noch nicht, ich bin vor ein paar Wochen aus Perpignan hierher gezogen." Leroux gab ihm artig die Hand. „Ah, Monsieur Bertrand, auf gute Zusammenarbeit." Dann wandte er sich wieder dem Gerichtsmediziner zu. „Der Todeszeitpunkt?" Doktor Letailleur runzelte nachdenklich die Stirn. „Schwer zu sagen. Der Körpertemperatur nach zu urteilen liegt der hier schon mindestens 24 Stunden, wenn nicht länger. In meinem Saal kann ich weitere Methoden anwenden, um genauere Auskünfte zu geben." Zwischenzeitlich hatte sich Eugène Fournier zu ihnen gesellt. „Monsieur Fournier, haben Sie Ausweispapiere gefunden?" „Haben wir, aber ..." Er zog beide Schultern in die Höhe. „Bis die wiederhergestellt sind, kann es dauern. Diese Krähen! Sie haben ihm sozusagen den Ausweis aus der Tasche gerupft und probiert, ob er essbar ist. Vielleicht haben sich zwei darum gerissen, jedenfalls haben sie der carte d'identité übel mitgespielt. Sehen Sie selbst!" Eugène Fournier hielt Leroux und Rozier eine Plastikhülle mit Fetzen des Ausweises vor die Nase. Die Vögel hatten sich Mühe gegeben. Das Foto war völlig zerfetzt, von dem Namen waren nur einzelne Buchstaben zu erkennen. „Gib mal her", forderte Catherine. Sie hielt sich die Plastiktüte dicht vor die Augen und ließ ihrer Intuition freien Lauf. Es war schwer. „Ich erkenne mo ... vier Bla ... Olivier? Gauthier? Nein, das geht ja nicht. Fällt dir noch ein männlicher Vorname ein, der mit ‚vier' endet?" Joseph Leroux schaute Catherine ratlos an. „Im Augenblick nicht", gab er zu. „Okay, dann müssen wir abwarten. Ich gehe davon aus, dass wir den Fall übernehmen. Brigardier Rifaud, die Zeugin, die den Toten gefunden hat, haben Sie doch vernommen?" Gavin Rifaud errötete wie ein Schulbub. „Selbstverständlich. Aber sie konnte nicht viel berichten, außer, dass sie den Mann entdeckt hat."

„Sie brauchen mich hier nicht mehr?", fragte Doktor Letailleur. „Dann kehre ich zurück zu meinen anderen Klienten", sagte er verschmitzt und verabschiedete sich von Leroux und Rozier. Doktor Letailleur war der dienstälteste Gerichtsmediziner im Bezirk. „Noch zwei Jahre, dann gehe ich in Pension", hatte er zu Leroux gesagt. „Und wissen Sie was? Dann werde ich mich endlich in aller Ruhe um meinen Werkzeugkeller kümmern." „Sind Sie tagsüber nicht mit Sägen, Schneiden und Bohren ausgelastet?", hatte Leroux gefragt. „Ach nein! Ich gestehe, ich habe Spaß an technischen Spielereien. Neulich

26

habe ich mir einen Bewegungsmelder für meinen Schuppen ausgedacht, der die Geräusche einer fauchenden Katze nachahmt. Ich hoffe, das hält die Ratten davon ab, meine Kabel anzunagen. Wenn Sie mögen, kommen Sie doch mal nach Feierabend vorbei und schauen sich mein Schmuckstück an."
„Ja gerne", hatte Leroux erwidert. „Aber ich fürchte, ich muss damit noch warten, bis meine Tochter etwas größer ist." „Das verstehe ich sehr gut!" Der Gerichtsmediziner hatte Leroux mit einem warmherzigen Blick aus seinen bebrillten, hellblauen Augen bedacht.
„Wir fahren jetzt ebenfalls zurück", sagte Joseph zu seinem Kollegen aus Marseillan. „Ich werde den Staatsanwalt informieren. Alles, was Sie wissen müssen, werden wir Ihnen natürlich unverzüglich berichten", versicherte er Rifaud. Nachdenklich gingen er und Catherine zum Wagen und fuhren zurück zur Gendarmeriestation in Mèze.

Dienstag, 21. November

Université Paul-Valéry Montpellier

Doktor Valerie Fabron wusste, dass Professor Raymond Xavier Blanc erst donnerstags in der Universität erscheinen würde. Einigen wichtigen Gespräche am Rande würde daher nichts entgegenstehen. Vizepräsidenten Lentheric war zuständig für die Finanzen. Mit ihm hatte sie sich morgens schon bestens über die Hitze des vergangenen Sommers und die Gier der Banken unterhalten. Ein väterlicher Typ, älteres Semester, wohlwollend, stabile Konstitution. Valerie stellte sich vor, dass seine Frau ihm am Wochenende Boeuf bourguignon mit einem guten Glas Rotwein und Baguette vorsetzte.
Ob er bei der anstehenden Wahl für sie stimmen würde? Wer weiß, solche Männer konnten sich urplötzlich auf die Seite ihrer Artgenossen schlagen, weil sie dem weiblichen Geschlecht keine echten Führungsqualitäten zutrauten. Aber sie würde das Eisen schmieden, solange es noch heiß war. Morgen müsste sie eine Gelegenheit finden, Christophe Chiappetta zu umgarnen. Auch er war ein Mitglied des Komitees, das sich für die Wiederwahl von Blanc oder für seine Herausforderin Fabron entscheiden müsste.
Ein Italiener in Montpellier! Valerie würde das schmale, dunkelblaue Kostüm anziehen. Nichts drunter. Ihren Büstenhalter natürlich, den Push-up. Die Konturen ihrer Augen mit dunklem Kajal nachziehen. Ach was! Sie verwarf ihre erotischen Phantasien, das hatte sie nicht nötig. Ihm von Apulien vorschwärmen, den weißen Sand und die wilden Wellen bei Bari preisen und beiläufig erwähnen, dass sie zu später Stunde einen Tango mit Alberto im Enzo e Ciro getanzt und vorher ausgezeichnete Orecchiette genossen habe. Sie hatte nicht nur sein Profil auf Facebook aufgerufen, sondern in weiteren sozialen Netzwerken gewildert und gesehen,

dass er ledig und 1974 in Bari geboren war. Vorsichtshalber hatte sie sich auch seinen Lieblingsfilm besorgt und sich Baarìa dreimal angeschaut, so dass sie ein paar Dialoge bereits auswendig konnte.

Der Zeiger der Uhr rückte auf zehn. Ihre Vorlesung, fast hätte sie vergessen, dass im Raum 3 des Studiengebäudes sechzig Studenten auf sie warteten. Sie raffte ihre Notizen zusammen, verließ ihr Büro und stöckelte den Gang entlang bis zur Treppe. Im Erdgeschoß stand eine Traube von jungen Studentinnen und ein paar verloren wirkende männlichen Studenten vor dem kleinen Hörsaal. Hoch erhobenen Hauptes schritt Doktor Valerie Fabron zur Tür, schloss auf und ließ die Meute ein. Sie ließ sich mit dem Beginn ihres Vortrages Zeit. Als auch die letzte Studentin Platz genommen und sich aufmerksam zum Pult gewandt hatte, schaltete sie den Beamer ein und projizierte das Bild ‚La pubelle‘[5] von Jaques Senlis an die Wand. „Meine Damen, meine Herren! Nehmen Sie sich einen Augenblick Zeit und betrachten dieses Werk. Was sehen Sie? Welche Gefühle werden in Ihnen angesprochen? Wodurch, glauben Sie, werden diese Reaktionen ausgelöst? Machen Sie sich Notizen, bevor wir gleich über dieses Bild diskutieren.“ Selbstgefällig registrierte Valerie, dass die meisten der Anwesenden gebannt auf das monumentale Werk schauten. Sie selbst sah auf ihrem Smartphone nach, welche Nachrichten sie erhalten hatte. Der süße Gerard schickte ein blumenbekränztes Herz, wie niedlich. Monique wollte wissen, ob sie den BMW ihrer Mutter ausleihen könne, ihr Kleinwagen sei stehen geblieben. Frederic, ihr englischer Gatte schickte einen Gruß mit Foto aus Wales. Es zeigte ihn, wie er mit einer Wandergruppe den Snowdon[6] hinauf lief. Keine Nachricht von Philippe. Ihre Stimmung schlug um. Missgelaunt schob sie das Smartphone zurück in ihre Tasche.

---

[5] Papierkorb oder Mülleimer.
[6] Höchster Berg in Wales.

„Fangen wir an! Wer möchte etwas zu dem Bild sagen?" Eine magere Frau mit langen roten Haaren hob die Hand. „In diesem Bild gibt es nichts Lebendiges, weder ein Mensch, noch irgendein anderes Lebewesen ist zu sehen. Die Halle wird mit Natriumdampf so ausgeleuchtet, dass man den Eindruck hat …" „Bitte sprechen Sie von sich selbst, nicht von irgendeinem anonymen ‚man'", unterbrach Valerie die Studentin. Diese wurde rot, verhaspelte sich, versuchte aber weiter, etwas Intelligentes über das Bild zu sagen. „Die Kälte der Architektur, ich meine, das Dunkel der Decke … im Hintergrund des Bildes, nein, der Halle könnte etwas lauern." „Danke, das ist eine mögliche Deutung. Der nächste bitte." Sie erteilte einem dunkelhäutigen Studenten das Wort. „Der Künstler setzt eine Müllverbrennungsanlage in Szene. Der Müll sickert und kriecht wie Blut aus dem Hintergrund in den Schacht. Die Vertikalen und Horizontalen gliedern das Bild und lenken den Blick auf die Abfälle unserer Wohlstandsgesellschaft." Er räusperte sich und sah Doktor Fabron direkt an. „Dadurch, dass Menschen in dem Werk fehlen, ist das Funktionsgebäude nur noch für sich selbst da. Es wird zu einem eigenständigen Organismus, der Arbeit, Geist und Individuum überflüssig macht." Valerie blieb der Mund offen stehen. Sie applaudierte und sagte: „Bravo! Haben Sie sich das selbst ausgedacht oder haben Sie das gerade im Internet gelesen?" Der Student parierte prompt. „Ach, Sie glauben also, Schwarze könnten nicht selbständig denken?" Mit verschränkten Armen wartete er auf ihre Antwort. Valerie Fabron wusste zunächst keine. Sie murmelte kaum hörbar „Hätte ja sein können." Nach diesem unglücklichen Zwischenfall wollte sich so recht niemand mehr zu dem Kunstwerk äußern, also begann Valerie, ihr Fachwissen vorzutragen. „Sie haben beide schon wesentliche Komponenten genannt. Ich gehe davon aus, dass der Künstler die Müllverbrennungsanlage zu einem Palast überhöht, um uns zu mahnen. Das bequeme Leben könnte uns zum Verhängnis werden. Wir müssen die Verantwortung für Effektivität und Fortschritt übernehmen. Es gibt nichts Abstraktes, Andersartiges oder Fremdes, das wir nicht selbst erschaffen haben." Der Dunkelhäutige hob die Hand. „Ja, bitte!" „Ich persönlich sehe das anders. Wenn ich Müll vermeide, Müll trenne, einen Minikompostierer in der Wohnung habe, Glasflaschen in den Container bringe und Papier sammle, fühle ich mich nicht der verantwortungslosen Gesellschaft zugehörig!" Mit einem leichten Lächeln setzte er sich. „Es gibt immer Ausnahmen", ereiferte sich eine Studentin aus der ersten Reihe. „Hier geht es nicht um individuelle Befindlichkeiten, sondern um das große Ganze." „Das sehe ich anders!", rief ein anderer. „Bitte, halten sie sich bei Ihren Wortmeldungen an die Reihenfolge", ermahnte Valerie. „Außerdem möchte ich in meinen Betrachtungen fortfahren." Bis zum Ende der Vorlesung wurde Valerie nicht mehr gestört. Das lag nicht zuletzt an dem Sauerstoffmangel in dem sanft abgedunkelten Raum. Ein nicht unerheblicher Teil ihrer Zuhörer war ins Reich der leichten Träumereien abgeglitten und diese Träume handelten nicht unbedingt von ‚La Pubelle'. Als Doktor Fabron den Raum verließ, fielen ihr die verquollenen Gesichter einiger Studenten nicht weiter auf. Ihr ganzes Augenmerk war darauf gerichtet, in der Cafeteria rechtzeitig einen Platz in der Nähe des Präsidenten zu ergattern.

Donnerstag, 23. November

1

Isi Nicolas erschien rechtzeitig im Gebäude des Sekretariats.
Sie freute sich darauf, mit Professor Blanc über das letzte
Kunstspektakel zu diskutieren, dialektisch zu streiten und ihm
ihren jüngsten Einfall vorzustellen. Seit zwei Jahren gehörte
sie zu dem Stab von Hilfskräften, die Raymond Xavier Blanc
um sich geschart hatte. Sie erledigte Verwaltungsaufgaben, für
die seine offizielle Sekretärin nicht zuständig war. Außerdem
wimmelte sie lästige Studentinnen ab, mit denen er gelegentlich geschlafen hatte und die ihn nun mit ihrem Liebeskummer verfolgten. Isi ließ sich mit ihren fünfundzwanzig Jahren
von den verrückten Ideen des Professors inspirieren. Nach ihrem Studium der schönen Künste hatte sie sich selbst einige
Male als Performancekünstlerin probiert, mal kleinere Video-
filme gedreht und Objekte kreiert. Mit dem Erfolg des Professors konnte sie sich natürlich nicht messen.
Am Anfang ihres Studiums war sie wie viele ihrer Kommili-
toninnen ein paar Mal dem Charme des Casanovas erlegen,
stufte seine Künste als Liebhaber jedoch eher als mittelmäßig
ein. Danach reichte es ihr zu beobachten, wie er seine ab-
gefahrenen Ideen verwirklichte. Obendrein fand Isi es lustig,
wie er den konventionellen Betrieb der Universität durchein-
anderbrachte. Professor Blanc hielt sich nicht an die Kleider-
ordnung und kreuzte je nach Tageslaune in langen Ethno-
Röcken und Jesus-Latschen, in farbigen Kaftans oder aber in
Nadelstreifenanzügen auf. Seine Mitarbeiter ermutigte er zu
Provokationen und ermunterte sie, gegen das Establishment
zu revoltieren. Gelegentlich versorgte er sie mit Medikamenten, die ihrer Konzentration auf die Sprünge halfen oder ihre
Müdigkeit vertrieben. Er wurde nicht müde, auf die Vorzüge
dieser kleinen Helfer hinzuweisen, ganz besonders, wenn er

ein Happening inszenierte oder wenn seine Ideen unbedingt über die Nacht hinaus noch reifen wollten.

Isi saß seit neun Uhr an ihrem Schreibtisch. Sie telefonierte gerade mit einer Künstlerin aus Paris, die einen Termin mit Professor Blanc vereinbaren wollte, als es an der Tür klopfte. Pierre Villon, ein Student aus dem fünften Semester, streckte seinen dunkelblonden Strubbelkopf durch den Türspalt und machte ein fragendes Zeichen. ‚Moment‘, formten Isis Lippen und sie zeigte auf den Telefonhörer. „Okay, ich richte es Professor Blanc aus. Er wird sich mit Ihnen in Verbindung setzten. Au revoir, Madame Denise.“

„Was gibt's?“, fragte sie Pierre. „Ist er noch nicht da?“ Isi schüttelte den Kopf. „Er kommt um zehn. Was willst du von ihm?“ „Na, das übliche.“ „Okay, ich frage ihn, wenn er kommt.“ Pierre verschwand und Isi fuhr ihren PC hoch. Gespannt öffnete sie ihr E-Mail-Postfach. „Das ist ja komisch“, murmelte sie. „Keine Mail vom Prof?“ Normalerweise wies er sie in mehreren Mails an, welche Unterlagen sie sortieren, welche Personen sie anrufen und welche Termine sie vereinbaren sollte. Oder sie sollte seine Notizen sichten. Manchmal fragte sich Isi, warum Sofie Fontaine das nicht erledigte. Erneut klopfte es und Isi erkannte überrascht Karl Schattenberg, einen der ehemaligen deutschen Erasmus-Austauschstudenten. „Ist der große Meister nicht da? Nein? Ich wollte fragen, wo der Schwan von Sète ist.“ „Bedauere, du musst später wiederkommen“, beschied Isi ihn lächelnd. „Wieso bist du überhaupt in Montpellier? Du musst inzwischen doch schon … lass mich nachrechnen …“ „Du brauchst nicht nachzurechnen. Ja, ich habe im Sommer meinen Master in Erlangen gemacht. Jetzt bin ich auf dem Weg nach Collioure und dachte, ich komme mal vorbei.“ „Was willst du in Collioure?“ „Ich habe gehört, dass es dort sehr schön sei. Ich möchte auch noch nach Figueres, danach ein bisschen abhängen, chillen, das Leben genießen. Bis zum 6. Dezember kann ich tun und lassen, was ich will." „Und? Was machst du so? Hast du einen aufregenden Job?" Karl hatte immer noch einen süßen deutschen Akzent. Er verzog sein Gesicht. „Aufregend ist es schon. Aber einen richtigen Job habe ich noch nicht. Immerhin darf ich mich als Praktikant beim jungen Theater Konstanz bewähren." „Das hört sich gut an. Bestimmt wirst du bald Regieassistent. Wobei hast du denn mitgearbeitet? Othello? Zauberflöte? Madame Butterfly?" Isi schaute Karl mit großen, glänzenden Augen an. „Sweetheart! Madame Butterfly und die Zauberflöte sind Opern. Othello gibt es sowohl als Oper als auch als Schauspiel. Aber nein, wir machen modernes Theater. Im letzten Jahr haben wir Ixypsilonzett aufgeführt." „Das sagst du absichtlich, weil ich es noch nicht einmal wiederholen kann. Eine Komödie?" „Nein, ein Clownsstück von F.K. Waechter." „Nie gehört!" Isi Nicolas schüttelte den Kopf. Sie hatte keine Lust, als Kulturbanausin dazustehen. „Dann mach's mal gut", sagte sie kühl und machte Anstalten, sich wieder ihrem Computer zuzuwenden. „Du kannst mich ja einmal in Konstanz besuchen, das ist eine attraktive Stadt mit viel Historie und Kultur. Obwohl die Stadt seit einiger Zeit von den Schweizer Heuschnecken überrannt wird." „Wie meinst du das"?, fragte Isi. „Die fallen ein wie die Heuschrecken und kaufen fast alle Geschäfte leer. Anschließend stehen sie an der Kasse und halten den ganzen Laden auf, weil sie sich ihre Mehrwertsteuer zurückzahlen lassen." „Was ist daran so schlimm?" Isi verstand den Sinn seiner Aufregung nicht. „Ist auch egal", winkte Karl ab. „Konstanz ist trotzdem eine Reise wert!" „Mal sehen, ob ich es einrichten kann", sagte Isi. „Kommt Professor Blanc denn heute noch hierher? Ich könnte in einer Stunde wieder hereinschauen." Karl blieb hartnäckig. „Ich weiß es wirklich nicht. Und jetzt habe ich zu tun. Du kannst ja in einer Stunde anrufen und fragen, ob der Professor schon hier ist." „Das werde ich machen. Vielleicht komme ich vor meinem Rückflug noch einmal vorbei. Man sieht sich." Dann verließ er endgültig das Büro.

Bis es zehn Uhr wurde, kamen noch drei Studentinnen, seine Sekretärin Sofie Fontaine erkundigte sich nach ihm und der Präsident bat um einen Rückruf. Isi notierte alles auf einem großen Blatt, kochte vorsorglich heißes Wasser, das auf 70 Grad abkühlen musste, um darin grünen Tee zu bereiten, goss die Kakteen und düngte sie. Sie entzündete ein Räucherstäbchen, polierte ein paar Streifen auf dem riesigen Spiegel weg und sortierte die Post, die sie getrennt nach Kunstzeitschriften, Politmagazinen und persönlichen Briefen auf seinem Schreibtisch drapierte. Als Raymond Xavier Blanc um 10.20 Uhr immer noch nicht in seinem Büro erschien und sie weder einen Anruf noch eine elektronische Nachricht von ihm erhalten hatte, wurde Isi langsam nervös. Sie rief ihn auf seinem Mobiltelefon an. „Hier spricht Matoskah, ich bin nicht da, ruft mich später wieder an", meldete sich seine Mailbox. Matoskah, Matoskah! Isi musste jedes Mal grinsen, wenn sie diese alberne Ansage hörte. Sich in der Indianersprache als weißer Bär zu bezeichnen! Aber das gehörte zum Image seines Künstlerdaseins dazu. Sie wählte seine Privatnummer. Ursulina, seine Haushälterin, meldete sich. „Er scheint verreist zu sein, jedenfalls ist er nicht im Haus. Und er hat mir nichts gesagt", beklagte sich Ursulina „Er hat keine Notiz hinterlassen?" wunderte sich Isi. „Nein! Hier ist keine Notiz", jammerte Ursulina. „Seit wann ist er nicht zu Hause?", fragte Isi alarmiert. „Habe ihn gesehen zuletzt Freitag." Ursulina verfiel nur in ein radebrechendes Französisch wenn sie sich aufregte. „Aber das sind ja schon sechs Tage!", rief Isi. „Stimmt. Ist er nicht an der Uni? Oder irgendwo in einem Hotel in Montpellier?" „Ich weiß es nicht", antwortete Isi verunsichert. „Ach! Wir warten ab. Vielleicht meldet er sich gleich aus Straßbourg oder Wien, wo er überraschend einen Termin vereinbart hat. Trotzdem wünsche ich dir einen guten Tag." Nachdem sie aufgelegt hatte, schaute Isi auf den Planer. Um elf Uhr fand der Workshop zur Installations-Kunst statt. Bisher leitete Blanc den konsequent selbst, ließ manchmal einen Studenten assistieren. Es sah ihm nicht ähnlich, diesen Termin zu vergessen. Auch um fünf vor elf erschien er noch nicht. Isi schloß das Büro ab und eilte zu dem Raum, wo der Workshop stattfand. Sie begrüßte die wartenden Studenten, ließ sie eintreten und entschuldigte den Professor. „Liebe Kommilitonen, fangt schon einmal an. Vielleicht könnt ihr die bisherigen Ergebnisse untereinander diskutieren. Ich halte mich für Fragen bereit, sofern ich sie beantworten kann." Zunächst setzte ein haltloses Durcheinander ein, die Studentinnen und Studenten waren verwirrt und ratlos, aber nach wenigen Minuten gewöhnten sie sich an die Situation und begannen, eifrig miteinander zu reden. Isi wurde innerlich immer unruhiger, wahrte aber nach außen das Gesicht. Sie blieb bis zum Ende des Workshops allein mit der studentischen Gesellschaft, schloss den Raum wieder ab und eilte zu ihrem Büro. Sie rief den Präsidenten an.

„Pardon, Monsieur Mercure. Ich bin beunruhigt. Professor Blanc ist zum ersten Mal, seit ich ihn kenne, nicht zu seinem Workshop erschienen. Auf seinem Mobiltelefon erreiche ich nur die Mailbox, zu Hause scheint er seit sechs Tagen nicht gewesen zu sein. Von einem Termin oder einem Urlaub ist mir nichts bekannt. Wissen Sie, wo er steckt? Hat er sich bei Ihnen abgemeldet?" „Das ist in der Tat sehr seltsam. War er in der letzten Zeit krank? Ich weiß, dass er nicht wegen Krankheit ausgefallen ist, aber hatte er gesundheitliche Schwierigkeiten, die er uns verheimlicht hat?" „Nicht, dass ich wüsste. Wenn er stärkere Medikamente genommen hätte, wäre es mir auf die Dauer aufgefallen. Soll ich die Krankenhäuser in Montpellier anrufen?" „Das wäre eine sinnvolle Maßnahme. Aber damit müssen Sie sich nicht belasten, geben Sie diese

Aufgabe seiner Sekretärin. Bitte halten Sie mich auf dem Laufenden."

Isi wollte gerade Madame Fontaine informieren, als Doktor Fabron in der Tür erschien. „Ist Professor Blanc nicht da?", fragte sie affektiert und lächelte dabei gekünstelt. „Nein, er ist heute noch nicht gekommen." „Oh!", rief Doktor Fabron und riss theatralisch die Augen auf. „Aber soweit ich weiß, ist für heute Nachmittag eine Präsidiumssitzung angesetzt. Sie wissen nicht, wo er steckt?" „Ich bin gerade dabei, es heraus zu finden. Soll ich ihm etwas ausrichten?" „Oh, nein, nein. Es ist nicht wichtig." Mit diesen Worten schloss Doktor Fabron die Tür. Isi traute Fabron nicht über den Weg, aber das hatte sie bisher noch keinem Menschen verraten.

Sie ging zu Madame Fontaine. Diese war ebenfalls beunruhigt, als Isi darum bat, bei den Krankenhäusern Montpelliers zu checken, ob Blanc dort eingeliefert worden war. „Ich suche mir die Nummern gleich heraus und frage nach. Ich hoffe, es stellt sich bald heraus, dass alles nur ein böser Irrtum ist." „Ja, das hoffe ich auch. Geben Sie mir Bescheid, wenn Sie etwas herausgefunden haben?" „Mache ich, meine Liebe!" Sofie Fontaine fragte nacheinander bei allen vier Krankenhäusern in Montpellier nach. Nirgendwo fand sich Raymond Xavier Blanc auf den Listen wieder. Auch bei der Gendarmerie Nationale in der Avenue Henri Malacrida erfuhr sie nichts. Brigardier Frederic schlug ihr lediglich vor, bei der Gendarmerie des Wohnortes von Blanc nachzuhaken. Er gab ihr die Telefonnummer und sagte ihr noch, sie solle sich direkt an Capitaine Leroux wenden.

2

„Capitaine Leroux", meldete sich eine sympathische Stimme. „Sind Sie zuständig für den Bereich Mèze und Montagnac?" „Ja, Madame, unsere Gendarmerie ist für diese Ortschaften zuständig. Womit kann ich Ihnen helfen?" „Ah, mein Name ist Sofie Fontaine von der Universität Montpellier. Es ist so, also, wir vermissen Professor Blanc. Er hätte heute eine Vorlesung und eine Präsidiumssitzung gehabt und ist nicht erschienen. Das ist völlig untypisch für ihn." „Sicherlich haben Sie schon versucht, ihn per Mobiltelefone und zu Hause zu erreichen." „Ja, natürlich. Seine Haushälterin hat ihn zuletzt am vergangenen Freitag gesehen. Sie hat gedacht, er sei spontan verreist und habe vergessen, ihr Bescheid zu geben. Und in Montpellier habe ich schon in sämtlichen Krankenhäusern angerufen." „Oh!", rief Joseph Leroux aus. „Wie heißt ihr Professor und haben Sie eventuell ein Foto von ihm, das Sie einscannen und uns mailen könnten?" Erschrocken hielt sich Sofie Fontaine die Hand vor den Mund. „Natürlich haben wir ein Foto. Aber Sie könnten sich genauso schnell auf unserer Internetseite sein Konterfei ansehen. Fachbereich Kunst, Literatur, Sprachen. Dort sehen Sie ein aktuelles Foto. Er heißt Raymond Xavier Blanc. Warum? Müssen wir uns Sorgen machen?" Joseph Leroux überlegte kurz, ob er der Sekretärin etwas von dem Toten in Marseillan mitteilen sollte, unterließ es aber. „Ihre Telefonnummer brauche ich noch, falls wir Neuigkeiten oder Fragen haben." „Gerne", antwortete Sofie Fontaine und diktierte Joseph Leroux ihre Durchwahl. „Ich hoffe, alles wendet sich zum Guten", sagte sie zum Ende ihres Gesprächs. „Das wünsche ich Ihnen auch", erwiderte Leroux.

3

Joseph rief sofort die Internetseite der Universität Montpellier auf. Sie war über die Stadt verteilt und unterhielt Standorte an drei verschiedenen Stellen. Die Paul-Valery-Universität im Norden war für Kunst, Literatur- und Sozialwissenschaften zuständig. Dort fand er Professor Raymond Xavier Blanc. „Das ist er", murmelte Joseph, als er das Bild sah. „Das ist unser Mann."

Er rief sofort Docteur Letailleur an. „Ah, Capitaine Leroux! Bonjour! Ich hätte mich spätestens in einer halben Stunde bei Ihnen gemeldet. Wie es aussieht, hat man dem Toten mit einer ganz feinen Nadel ein schnell wirkendes Betäubungsmittel injiziert, möglicherweise in einer tödlichen Dosis." „Wo genau befindet sich die Einstichstelle?" „Im rechten Oberarm. Der Tod muss Sekunden später durch eine Atemdepression eingetreten sein. Deswegen der erstaunte Gesichtsausdruck, er scheint nicht geglaubt zu haben, dass der Angreifer oder die Angreiferin es ernst meinte, todernst. Die feingewebliche Untersuchung der Lunge hat das bestätigt. Lungenoedeme sowie eine portale Lymphknotenhyperplasie weisen darauf hin." Joseph Leroux kannte sich nicht so gut in biologischen Zusammenhängen aus; die Terminologie der Gerichtsmedizin konnte er sich erst recht nicht merken. Deshalb wiederholte er: „Rechter Oberarm, sagten Sie?" „So ist es." „Könnten Sie anhand der Injektionsstelle unterscheiden, ob er von einem Links- oder Rechtshänder ausgeführt wurde?" „Oh nein, ich weiß, worauf Sie hinauswollen. Aber das ist in diesem Fall nicht eindeutig. Vielleicht müssten Sie das mit einem Kollegen einmal nachspielen." „Oder mit einer Kollegin", ergänzte Leroux. „Um welches Gift handelt es sich, haben Sie das auch schon herausgefunden?" „Nein, dazu müssen wir noch weitere Gewebestellen untersuchen. Es könnte sich um M99, also Etorphin handeln. Genauso gut könnte er mit Natrium-Pentobarbital narkotisiert worden sein. Etorphin und Euthasol werden von Tierärzten verwendet, die große Tiere, zum Beispiel Elefanten oder Pferde betäuben oder final sedieren müssen. Euthasol enthält den Wirkstoff Pentobarbital. Etorphin wirkt zuverlässig schon bei einem Tropfen, bei Natrium-Pentobarbital benötigt man etwas mehr, je nach Gewicht des Objekts." „Das heißt, der Kreis unserer Verdächtigen wird kleiner. Es wäre natürlich gut, wenn Sie uns bald genaue Angaben machen könnten. Aber haben Sie vorab schon einmal vielen Dank, Docteur Letailleur. Jetzt haben wir mehrere Anhaltspunkte. Ach ja, bei dem Toten handelt es sich mit ziemlicher Wahrscheinlichkeit um einen angesehenen Kunstprofessor, der in Montpellier an der Universität lehrt." „Na, dann werde ich mir größte Mühe geben, ihn nicht weiter zu verunstalten", scherzte Docteur Letailleur, der ansonsten eher zu den trockeneren Zeitgenossen zählte.

4

„Catherine", rief Joseph Leroux. „Wir haben den Fall noch in dieser Woche gelöst, wetten?" „Warum?" fragte Catherine irritiert. „Der Tote scheint der weltberühmte Professor Raymond Xavier Blanc zu sein." „Kenne ich nicht", erwiderte Catherine lapidar. „Hast du dich nicht vor kurzem noch mit Marc bei den Artisten auf Lumiére herumgetrieben?" „Herumgetrieben! Was ist denn das für eine Wortwahl und was hat das damit zu tun?" Catherine drohte ihm scherzhaft mit dem Zeigefinger. „Nur, weil ich einmal auf einer Vernissage war, kenne ich mich noch lange nicht mit ,Kunst' aus. Wer definiert überhaupt, was Kunst ist? Werfe eine Million kaputter Eierschalen in die Mitte eines Raumes, halte das Geschehen mit der Videokamera fest und erfinde anschließend eine Theorie dazu. Ach, ich weiß nicht!" Offensichtlich sauer zerknüllte Catherine den Entwurf eines Protokolls und pfefferte den Papierball in den Korb. „Dieses ganze affektierte Gehabe geht mir auf die Nerven", ereiferte sie sich. „Wenn mir ein Bild oder ein Werk gefällt, gefällt es mir, Punkt. Mir ist es schon zuwider, wenn mir am Eingang eines Museums ein Hörgerät empfohlen wird, wo mir jegliche Interpretation der Kunstwerke abgenommen werden soll." Joseph Leroux sah sie verwundert an, bevor sie fortfuhr. „Also, wer soll das sein, dieser Professor Blanc?" „Du hast wirklich noch nie von ihm gehört! Er reist in der ganzen Welt herum, hält Vorträge über innovative Kunst und so." Leroux' Stimme triefte vor Spott. „Wir werden gleich mit unserer Recherche anfangen und den Menschen Blanc unter die Lupe nehmen. Ich frage nach, ob uns jemand die Tür öffnet, dann sehen wir uns als Erstes sein Haus an. Ich schlage vor, dass du währenddessen alle Tierkliniken und Tierärzte in der näheren Umgebung auflistest." Catherine fragte: „Wieso Tierkliniken?" „Ach, ich habe dir ja noch nicht gesagt, dass der Professor wahrscheinlich mit Etorphin oder Pentobarbital getötet wurde, das wird normalerweise nur von Tierärzten verwandt. Deswegen müssen wir die besonders unter die Lupe nehmen. Anschließend legen wir eine Liste der Personen an, die wir zu seinem Tod befragen müssen. Ach, könntest du vielleicht in der Zwischenzeit bei der Spurensicherung nachfragen, ob sie verwertbare Spuren gefunden haben? Ich werde die Sekretärin des Professors anrufen, die ist schon sehr nervös." „Ist gut", antwortete Catherine ungewohnt sanft.

Sofie Fontaine reagierte total hysterisch, als Joseph Leroux ihr vom Tod des Professors berichtete. „Ich fasse es nicht!", schrie sie gleich mehrmals nacheinander. „Wer tut so etwas? Wer war das? Oh Nein!" „Madame Fontaine, beruhigen Sie sich! Wir brauchen schnellstens von Ihnen eine Liste der Personen, die engeren Kontakt mit Professor Blanc hatten." „Engeren Kontakt?", kreischte sie. „Er kennt hunderte von Leuten. Er war ein bekannter Künstler, wie soll ich das bewerkstelligen?" Dann heulte sie los. „Madame Fontaine, gibt es noch jemanden, den wir befragen können, bis Sie sich gefasst haben?" „Einen Moment, ich rufe Isi", schluchzte Sofie. Ein Rascheln pflanzte sich durch die Leitung fort, gefolgt von leisem Knistern, ein Knacken, dann meldete sich eine jugendliche Stimme. „Isi Nicolas am Apparat. Kann ich Ihnen helfen?" „Madame Nicolas. Leider müssen wir auch Ihnen Trauriges mitteilen. Man hat Ihren Chef am letzten Samstag in einem Park in Marseillan tot aufgefunden. Und wir gehen von einem Verbrechen aus. Wir brauchen möglichst schnell eine Liste von

Menschen, die in näherem Kontakt zu Professor Blanc standen. Können Sie das leisten?" Isi brauchte einen Moment, um sich zu sammeln. „Ich nehme an, Sie meinen nicht, dass ich all seine Studenten und Studentinnen auflisten soll?", fragte sie. „Mmmh. In den Zeiten moderner Datenbanken dürfte das doch nicht allzu schwierig sein. Ich meine, vielleicht müssen wir darauf zurückgreifen. Mit anderen Worten, es könnte nicht schaden, wenn Sie eine solche Liste schon einmal vorbereiten würden." „Eine Frage, der Professor lehrt schon seit sechs Jahren an dieser Universität. Wollen Sie aus all den Jahren die Listen der Sommer- und der Wintersemester haben?" „Ich sehe ein, das sind Unmengen an Daten, vielleicht würde es reichen, die Anmeldungen der letzten zwei Jahre zu listen?" „Haben Sie überhaupt eine Genehmigung dafür?" fragte Isi. „Die werde ich mir bei nächster Gelegenheit vom Staatsanwalt besorgen. Ich meinte ja auch nur, falls wir bei den anderen Menschen keine Hinweise finden. Also bitte, es wäre schön, wenn wir ein paar Anhaltspunkte hätten." „Gut, ich ziehe die Daten sofort aus dem Programm und mache eine Liste, wer etwas Näheres über den Professor wissen könnte", versprach Isi. „Und ich werde Ihnen die Liste gleich mailen, wenn ich sie fertig habe. Geben Sie mir bitte ihre Dienstadresse." Das tat Joseph Leroux. „Können Sie mir sagen, welches Auto der Professor fuhr und wie das Kennzeichen lautet?" „Ja, das kann ich. Er fuhr einen gelben Porsche, das Kennzeichen lautet RB-256-KK." „Welches Modell, wissen Sie das auch noch zufällig?" Isi lachte. „Tut mir leid, das weiß ich beim besten Willen nicht." Leroux dankte Isi für ihre Hilfe.

An Catherine gewandt bemerkte er: „Zum Glück gibt es auch noch normal tickende Menschen in dem Umfeld des Künstlers. Isi Nicolas scheint mir relativ unaufgeregt zu agieren. Ich bin gespannt, mit wem wir es demnächst zu tun haben. Hoffentlich nicht mit allzu exaltierten Schwätzern, da bekomme ich garantiert Pickel." „Na, na, Chef!", mahnte Catherine.

42

„Nun lass deine Vorurteile mal für eine Weile im Schrank. Du weißt, dass du alle Zeugen unvoreingenommen befragen musst." „Natürlich Madame Rozipedia, ich hab's nur für einen Augenblick vergessen. Auch als Capitaine der Gendarmerie darf man fünf Sekunden am Tag Mensch sein." Catherine tippte sich an die Stirn. „Hast du schon mit der Spusi gesprochen?" „Sie haben ein paar DNA-Spuren, die aber mit keiner der vorhandenen in der Datei übereinstimmen." Leroux brummte etwas in seinen nicht vorhandenen Bart.

5

Thierry Robin rief seinen Posteingang im Dark-Net auf. Eine neue Anfrage. 100 Stück Bonvirol. Eine Testlieferung also. Thierry schlug einen Preis vor. 198 Euro, zahlbar im Voraus mit Bitcoins. 78 Euro unter dem normalen Verkaufspreis, das musste reichen. Er drückte auf ‚Senden'. Die Antwort kam nach wenigen Sekunden. Akzeptiert. Lieferung zum Postamt Marseillan am Place du Théatre, postlagernd,.
Thierry hätte darauf wetten können, dass hinter dem Besteller der Paradiso-Club steckte. Er kannte den exquisiten Verein schon lange dem Namen nach. Vor einigen Monaten war seine Freundin Odette mit ihrem Mann dort gewesen und hatte den Club diskret unter die Lupe genommen. Sie hatte seine Vermutung bestätigt. In einem Kiefernwäldchen, abseits der Hauptstraße von Marseillan gelegen, tarnte sich der Swinger-Club als Restaurant und Diskothek. Odette berichtete von einer amüsanten und vergnüglichen Atmosphäre, die dort herrsche. Die Kellnerinnen, ausnahmslos aus osteuropäischen Staaten angereist, waren freizügig gekleidet und unkompliziert im Umgang mit der Kundschaft, die sich in erster Linie aus der gehobenen Gesellschaftsschicht zusammensetzte, wobei streng darauf geachtet wurde, dass alle Gäste anonym blieben. Nur einer der Gäste schaffte es nicht, in der Anonymität abzutauchen. Odette erkannte ihn gleich und machte sich einen

Spaß daraus, so offensichtlich mit ihm zu flirten, dass er ihr bereitwillig in ein kuscheliges Séparée folgte. Sie wollte sich auch gerne tiefergehend mit ihm vergnügen, aber das konnten sie erst verwirklichen, als sie ihm diskret eine kleine blaue Pille zusteckte. Nach kurzer Zeit balzte sich der Aktionskünstler vor Vergnügen und fragte, wo er das Zaubermittel bekommen könne. Bereitwillig offenbarte Odette ihm die Mailadresse von rhinocéros. Seitdem ließ er sich regelmäßig unter dem Decknamen Matoskah Bonvirol schicken, die Großpackung, die Thierry fast den doppelten Preis einbrachte. Offensichtlich hatte der Künstler sein Wissen weitergegeben und die Quellen seines Glücks verraten. Kam Thierry sehr gelegen. Auch wenn der Vertrieb über London zu unsicher geworden war und es zu kurzfristigen Lieferengpässen kam, war Eduard clever genug, um neue Vertriebswege über Amsterdam zu finden. Lieferverzögerungen konnten ihm im Darknet schnell zum Verhängnis werden, die Kunden neigten dazu, sich andere Lieferanten zu suchen.

6

Hélène schlang ihre Arme um Joseph, als er am späten Abend vorsichtig die Haustür aufschloss. „Hast du mir aufgelauert?", scherzte er. „Ach nein! Ich habe gerade den Schlüssel für den Postkasten gesucht. Leonie schläft seit zehn Minuten endlich. Ich bin den ganzen Tag nicht dazu gekommen, nach der Post zu schauen." Minouche strich an Josephs Bein entlang und miaute vorwurfsvoll. Fast wäre Joseph über die Katze gestolpert. „Ich hätte mir das Bein brechen können", klagte er. Minouche starrte ihn unbeeindruckt mit ihren grünen Augen an und maunzte kläglich. „Ach so! Die Chefin hat dir nichts zu fressen gegeben, stimmt's? Aber weißt du was? Die Chefin geht vor!" Sanft schob Joseph die Katze beiseite und folgte Hélène in die Küche, wo er sie umdrehte und ihr einen leidenschaftlichen Kuss auf den Mund gab. Verlangend legte er seinen Arm um ihre Taille. „Ich habe noch einen Zucchini-Auflauf im Backofen", sagte Hélène matt. „Er ist in ein paar Minuten heiß. Möchtest du?" „Kann ich mich nicht erst an einer Vorspeise laben?", fragte er leise und vergrub sein Gesicht an ihrem zart duftenden Hals. „Sorry Liebling", entschuldigte sich Hélène. „Ich bin todmüde." „Wie schade", seufzte Joseph. Noch bevor er sich leicht enttäuscht auf den Küchenstuhl fallen ließ, schlich er auf Socken ins Schlafzimmer, wo Leonie in ihrem Beistellbettchen schlief. „So eine süße Prinzessin", flüsterte er, als er das rosige Engelsgesicht von Leonie betrachtete. Ab und zu bewegte sie ihr Mündchen, als ob sie nuckeln würde. Die winzigen Fäustchen hatte sie links und rechts neben ihren Kopf gelegt. Hélène bedeutete mit ihrem Zeigefinger am Mund, dass er leise sein solle. Auf Zehenspitzen kehrte er zurück in die Küche. „Solch ein Menschlein, das ist schon ein Wunder." Trotzdem spürte er in einem geheimen Winkel seiner Seele einen Funken Angst. Was wäre, wenn Leonie etwas passieren würde? Was wäre, wenn … Er schob die aufkeimende Furcht beiseite und versuchte, sich nichts anmerken zu lassen. „Sehr gerne würde ich jetzt den Auflauf kosten. Ich bin total ausgehungert. Gibt es einen Rotwein dazu?" „Für dich ja. Darf es ein trockener Cabernet Franc sein?" „Den Marc uns neulich vom Fadèze mitgebracht hat?" „Ja, ich habe ihn schon dekantiert." „Meinst du, der passt zum Auflauf? Ich nehme lieber später ein Glas davon. Hat dich unsere Prinzessin den ganzen Tag auf Trab gehalten?" „Allerdings. An Schlaf schien sie nicht interessiert zu sein, deswegen bin ich nicht dazu gekommen, zu putzen oder aufzuräumen. Sie hat nur kurz die Augen zu gemacht, als ich mit ihr zur Galerie L'Arbre de Jade gegangen bin. Aber die Skulpturen dort konnte ich mir leider nicht in Ruhe anschauen. Kaum hatte ich die Galerie betreten, wurde Leonie wach und schrie. Man kann also nicht behaupten, dass unsere Tochter kunstbegeistert sei. Gibt es Fortschritte in eurem

Mordfall?" „Mir scheint, unsere Toten werden jedes Mal berühmter. Jetzt haben wir es mit einem Kunstprofessor der Uni Montpellier zu tun. Ich durfte heute mit einem Teil seines exquisiten Gefolges kommunizieren." „Joseph! Sprich nicht so geschwollen. Ich glaube, das Umfeld bekommt dir nicht." „Wieso? Ich habe doch noch gar nicht richtig angefangen", beschwerte sich Joseph. „Ich ahne, worauf das hinausläuft", unterbrach ihn Hélène. „Wie ist er ermordet worden?" „Man hat ihm höchstwahrscheinlich eine Injektion mit der tödlichen Dosis eines Betäubungsmittels verpasst. Sehr viel mehr wissen wir noch nicht. Abwarten und Tee trinken oder noch besser Rotwein", sagte Joseph und schnupperte an dem aromatischen Auflauf, den Hélène ihm auf einem Teller serviert hatte. Ray Charles sang im Hintergrund „I can't stop loving you." „Oh! Kannst du den Ton ein bisschen lauter drehen?", bat Joseph. „Weißt du noch?", fragte Hélène und war plötzlich wieder hellwach. Sie deutete ein paar Tanzschritte an. „Das werde ich niemals vergessen, wie kannst du das fragen!" Joseph schob einen weiteren Bissen der überbackenen Zucchini in den Mund und schloss die Augen. „Siebter August 1995. Marciac, dreiundzwanzig Uhr und zwölf Minuten. Ray Charles tritt auf. Der Saal tobt. Ray singt „I can't stop loving you." Und diese junge Frau mit den wilden, dunklen Locken neben mir fällt mir einfach so in die Arme. Wie sollte ich das jemals vergessen!" „Ich kann mich daran gar nicht mehr so genau erinnern", flötete Hélène provokativ. Bevor Joseph aufspringen und sie durchkitzeln konnte, quakte das Babyphone und Hélène eilte ins Schlafzimmer. Leonie war zwar gnädig mit ihnen und schlummerte nach zehn Minuten wieder ein, aber auch Hélène war ins Reich der Träume geglitten. Der Zauber von Ray Charles war verflogen. Joseph genoss noch einen Augenblick die ungewohnt milde Abendluft auf ihrer hübschen Terrasse, bevor auch er unter die gemeinsame Decke kroch.

46

Freitag, 24. November

1

Schweigend fuhren Catherine und Joseph am nächsten Morgen die Straße nach Montagnac entlang. Als sie den Hügel von Montmèze erreichten, schielten sie kurz sehnsüchtig auf die rote Weinflasche, die den Weg nach La Lumière wies. Heute diktierte das Navi ein anderes Ziel. Nach einer der nächsten Kurven sahen sie durch dicht stehende Chausseebäume eine aufwändig renovierte Villa. Sie umhüllte sich mit prächtig gewachsenen Pinien. Das imposante Tor stand offen, der Kies des Eingangsbereiches knirschte unter den Rädern des Peugeot.

Drei Marmorstufen führten zu der Eingangstür, auch diese gewaltig. Joseph fragte sich, ob der Professor sie wohl importiert hatte. Sie schmiegte sich genau in einen Rundbogen und weckte sofort Assoziationen zu verborgenen Schätzen aus tausend und einer Nacht. Leicht verrostetes Türkis, geschnörkelte Ornamente, in der Mitte Andeutungen von siebenarmigen Kerzenleuchtern. Im unteren Drittel war eindeutig das doppelte Pentagramm zu erkennen. Eine drahtige Frau mit streng zurück gekämmten, schwarzen Haaren empfing sie. Einzelne graue Strähnen verrieten, dass sie die Fünfzig wohl überschritten hatte. Sie blickte ihnen entschlossen entgegen. „Und die soll gejammert haben, dass der Professor ihr nicht Bescheid gesagt hat? Das kann ich mir beim besten Willen nicht vorstellen!“, wunderte sich Catherine. „Lassen wir uns überraschen“, antwortete Leroux leise. „Als ich ihr am Telefon sagte, dass ihr mutmaßlicher Arbeitgeber in Marseillan tot aufgefunden wurde, hat sie relativ gelassen reagiert.“ Noch bevor Ursulina ihnen einen guten Tag wünschte, forderte sie die beiden auf, ihr die Dienstausweise zu zeigen. Sie studierte diese gründlich, reichte sie zurück und nickte, dann erst hielt sie ihnen die Tür auf.

Ein gepflegter Marmorboden in der Eingangshalle, eine Garderobe aus dunklem Holz an der Wand, schlicht und wahrscheinlich direkt vom Designer hierher gewandert. Minzig frischer Duft erfüllte das kühle Entree. Von hier aus konnte man vier Zimmer separat betreten.

„Was genau suchen Sie hier?" wollte Ursulina wissen. Keine Spur von einem spanischen Akzent. Sie hatte sich unter Kontrolle. „Zunächst möchten wir Sie etwas fragen. Wie oft kommen Sie in der Woche hierher?" „Was geht Sie das an?" Sie schien sich innerlich zu versteifen. Joseph Leroux ahnte den Grund. „Wir werden der Steuerbehörde nichts melden", beruhigte er die Hausangestellte. „Wirklich?", fragte Ursulina misstrauisch. „Wir wollen in erster Linie herausfinden, ob jemand einen Grund gehabt haben könnte, Professor Blanc umzubringen. Deshalb frage ich Sie noch einmal: Waren Sie täglich hier? Gingen viele Menschen ein und aus?" Ursulina lachte kurz. „Der Reihe nach. Da ich für ihn nicht nur geputzt und eingekauft, sondern auch gekocht habe, komme ich sechs Tage die Woche. Samstags gab es ziemlich oft Partys. Dann war das Haus gerammelt voll. Auch ein paar seiner Studenten kamen dauernd hier vorbei. Wenn Sie mich fragen, die versuchten, sich bei ihm einzuschleimen." „Gab es welche, die besonders häufig hier waren?" Ursulina überlegte eine Weile. „Ich glaube schon. Aber ich habe sie immer nur hinein- und hinaushuschen sehen. An einzelne Gesichter kann ich mich nicht erinnern." Leroux konnte sich das gut vorstellen. „Hatte Professor Blanc ein spezielles Arbeitszimmer?" „Natürlich!" Ursulina warf sich in die Brust. „Ich zeige es Ihnen!" Sie wies auf eine dunkle, große Tür links von der Garderobe. Den hohen Räumen entsprechend war auch die Tür ziemlich hoch, mit wenigen, schlichten Intarsien versehen. „Hier bitte!"

Erstaunt blieben Catherine und Joseph hinter dem Eingang stehen. „Ich hatte ein rumpeliges Atelier erwartet, vollgestellt mit Farbtöpfen, Pinseln, halbfertigen Skulpturen, irgendetwas in der Art", sagte Leroux. „Ehrlich gesagt, ich auch", pflichtete Catherine ihm bei. Sie ließen den karg möblierten Raum auf sich wirken. Zur Linken wurde er beherrscht von einem wuchtigen Schreibtisch aus dunklem Holz, an dessen Türen kreisrunde Schnitzarbeiten prangten. Catherine setzte sich probehalber in den dahinter stehenden, ausladenden Ledersessel. Sie ließ den Blick, den sie von dieser Position aus hatte, über den Raum wandern. Durch große, dunkel holzgerahmte Fenster schaute Catherine in einen Garten, der auf sie verwunschen wirkte. Sie nahm einen Rosenbogen wahr, der sich mit einer roten Trompetenblume schmückte. „Soll die Statue hinter dem Malvenbusch dort eine moderne Variante der Venus sein?", rätselte Leroux. „Kann sein", erwiderte Catherine. Eine schlichte Gartenbank vor einer üppigen Hecke forderte zum Verweilen auf. Ein geschwungener, schmaler Kiesweg schlängelte sich hinter die Hecke und versprach geheime Verstecke im hinteren Teil des Gartens. „Davon können wir nur träumen", sagte Catherine laut und schaute Joseph nachdenklich an. „Ja, in unserem Budget ist der Gärtner nicht enthalten", lachte Leroux. „Dafür leben wir aber noch."
In dem Arbeitsraum hing ein abgestandener Geruch von Tabak. „Komisch!", sagte Catherine laut. „Da geben die Leute so viel Geld für eine geschmackvolle Einrichtung aus und ihre Räume stinken wie ein Schweinestall." „Ach, sei doch ein wenig nachsichtiger mit den menschlichen Schwächen", rief Joseph, der selber jahrelang wie ein Schlot geraucht hatte. „Sag mir lieber, welche Gedanken sich bei dir einstellen, wenn du da am Schreibtisch des großen Meisters sitzt!" „Mmmmh", murmelte Catherine. „Ich brauche noch etwas Zeit." „Die sollst du haben. Aber irgendwie wirkt es hier so unterkühlt, ganz im Gegensatz zu dem romantischen Garten." „Das ist

es", rief Catherine aus. „Als ob wir es mit einer total widersprüchlichen Person zu tun hätten. Wenn ich hier so sitze, fällt mir persönlich überhaupt nichts Kreatives ein. Ob Blanc noch irgendwo einen anderen Raum hatte, wo er sich verwirklichte? Ich mag mich mit diesem Arbeitszimmer gar nicht recht anfreunden." „Du sollst hier ja auch nicht anwachsen und außerdem soll es Menschen geben, die genau solch eine kühle Atmosphäre brauchen", sagte Leroux. „Stimmt", pflichtete Catherine ihm bei. „Wenn jegliche Kunst fehlt, phantasieren die grauen Zellen vielleicht automatisch Kunst herbei? Ist das nicht bei Farben ähnlich? Ich habe einmal gehört, wenn du nur gelbe und blaue Farben vor dir hast, packt das Gehirn selbständig das Rot hinzu."

„Ach Frau Rozipedia, wenn ich dich nicht hätte", neckte Joseph seine Kollegin. „Moment mal", rief er plötzlich. „Hinter dir hängt ja doch etwas! Ohne direkte Beleuchtung fällt es kaum auf!" Catherine drehte sich um und betrachtete das relativ kleine Bild, das hinter dem Schreibtisch an der Wand hing. „Irgendwie passt das überhaupt nicht zu dem übrigen Interieur, es wirkt irgendwie … altmodisch. Und so heilig! Vielleicht hat er das geerbt?", rätselte Catherine.

Das Gemälde zeigte eine Madonna mit Kind. Zwei Engel über ihr, zu ihren Füßen hockte ein Vogel. Eine Wachtel vielleicht? „Entschuldigung, ich muss mir das Bild genauer anschauen. Kannst du ein Stück weiter vorrücken?", bat Joseph. „Nur zu", sagte Catherine. Er starrte auf das Bild. Es war wirklich nicht besonders groß, er schätzte es auf ungefähr dreißig mal fünfzig Zentimeter. Er befühlte das Material und glaubte zu wissen, dass es sich nicht um Leinwand sondern um Holz handelte. Das Bild hatte er schon einmal gesehen, aber wo? War das ein Original? Joseph konnte es nicht sagen. Wozu hatte er von Hélène ein neues Smartphone bekommen? Er holte es aus seiner Dienstjacke und fotografierte das Gemälde. Seine Frau könnte ihm sicher auf die Sprünge helfen.

„Komm! Jetzt fragen wir Ursulina, ob es noch einen anderen Raum gibt. Vielleicht hinten im Garten? Oder es gibt einen versteckten Keller?" Ursulina hatte an der Tür auf sie gewartet und antwortete schnell.

„Ich muss Sie enttäuschen. Der Professor war äußerst penibel und darüber hinaus auch noch geizig. Meinen Sie, der hätte mir einmal fünf Euro mehr bezahlt, weil ich länger gearbeitet habe? Non!" Achselzuckend fegte Ursulina nicht vorhandenen Staub vom Schreibtisch. „Ich kann Ihnen nicht sagen, wo er seine künstlerischen Ideen ausgebrütet hat. Vielleicht sind ihm diese in seinen schlaflosen Nächten eingefallen. Brauchen Sie mich noch? Ich würde jetzt gerne weiter aufräumen." „Oh, pardon! Im Augenblick sollten Sie hier gar nichts anfassen. Wir werden die Spurensicherung vorbeischicken, deswegen sollten Sie am besten nach Hause gehen und alles so lassen, wie es ist." „Stimmt! Ich vergaß, dass Sie alles untersuchen müssen." Ursulinas tiefer Alt hörte sich an, als würde sie selbst täglich mindestens eine Schachtel Zigaretten qualmen. „Wenn Sie noch etwas von mir wissen möchten, ich koche mir in der Küche einen Kaffee. Möchten Sie auch einen?" „Einen kleinen Schwarzen?", fragte Joseph Leroux. „Was denken Sie denn? Professor Blanc liebte Extravagantes!" Ursulina schüttelte den Kopf. Der Schalk in ihren Augen verriet, dass sie sich über die Marotte ihres Arbeitgebers lustig machte. „Der Professor besitzt, pardon, ich meine, er besaß eine exquisite italienische Espressomaschine und wir verwenden nur Original-Espresso-Bohnen. Also, möchten Sie?" „Sehr gerne, einem Espresso dieser Art kann ich nie widerstehen", schmunzelte Leroux. „Kann ich vielleicht einen Cappuccino bekommen?", fragte Catherine. Sie hatte ein Notebook eingeschaltet, das sie auf einer herausziehbaren Platte unterhalb des Schreibtisches gefunden hatte. Jetzt versuchte sie, einen Eindruck von der Oberfläche zu bekommen, deswegen konnte sie auch nicht die naserümpfende Mimik von Ursulina sehen.

„Das wird ja immer schlimmer", murmelte diese in sich hinein. „Der übliche café au lait reicht den jungen Leuten nicht mehr, es muss Cappuccino sein, hah!"
Joseph begleitete Ursulina in die Küche und beobachtete sie dabei, wie sie die Maschine handhabte. Dann fragte er beiläufig: „Dieses Bild im Arbeitszimmer hinter dem Schreibtisch, hing das schon immer dort?" Ursulina überlegte. „Der Professor hat es im letzten Jahr nach einer Reise dort aufgehängt."
„Wissen Sie, von wo er es mitgebracht hat?", legte Leroux nach. Zwei steile Falten bildeten sich über Ursulinas Nase. „Soweit ich weiß, hat er sich für einige Zeit in der Ukraine aufgehalten. Es wird ein Andenken sein. Warum? Stimmt etwas nicht mit dem Bild?", fragte sie neugierig. „Also war es kein Erbstück?", hakte Leroux nach. „Ach nein! Ich habe einmal ein Bild von seinen Eltern gesehen. Das waren alte Hippies, die hatten mit Madonnen nichts am Hut!" „Dann haben Sie erst einmal vielen Dank."
Er brachte Catherine den Cappuccino und schaute ihr über die Schulter.
„Hast du etwas in dem Kasten entdeckt?", wandte er sich an Catherine. „Kann ich noch nicht sagen. Das Notebook verfügt über zwei ordentliche Festplatten. Blanc hat jeweils Ordner für seine Assistenten eingerichtet, einen für seine Arbeit als Vize-Präsident, einen für seine Aufträge als freischaffender Künstler und dann gibt es noch einen Unterordner für Privates. Auf seinem Desktop erscheinen mehrere Icons für Emailkonten, unter anderem sogar eines für AlphaBay." „Wieso? Das heißt doch Ebay", widersprach Leroux. Catherine lächelte. „Es ist tatsächlich vergleichbar, nur dass es sich bei AlphaBay um eine Verkaufsplattform des Darknet handelt. Blanc muss sich für unverwundbar gehalten haben, sonst hätte er das Symbol nicht offen auf seinem Bildschirm gelassen. Und bevor du nachfragst, ich habe zufällig vor ein paar Tagen in der Zeitung gelesen, dass es so etwas wie AlphaBay gibt.

Außerdem scheint Blanc eine Vorliebe für indianische Namen gehabt zu haben." „Zum Beispiel?" „Zum Beispiel Matoskah. Oder hier: Chumani. Könnte natürlich auch ein Deckname für Khomeni sein. Bei Kolenya bin ich mir sicher, ich habe es mir gemerkt, weil ich es so lustig fand. Es heißt ‚Hustender Fisch', das ist doch witzig, nicht wahr? Als ich es zum ersten Mal hörte, habe ich mich die halbe Nacht gefragt, wie es sich anhört, wenn ein Fisch hustet." „In der Tat", gab Joseph zu, „das kann ich mir kaum vorstellen. Und was bedeutet Matoskah?" „Weiß ich nicht! Ich glaube, sein Faible für indianische Namen könnte uns beim Knacken seiner Passwörter helfen." „Ich verstehe!" Joseph rieb sich nachdenklich die Schläfen. „Aber was hatte Professor Blanc im Darknet zu suchen?" „Um das herauszufinden, müssen wir seine ganzen Daten unter die Lupe nehmen." „Gut. Wir nehmen das Notebook mit und übergeben es der IT-Abteilung. Die werden es sach- und fachgerecht auseinander nehmen. Eins noch. Gibt es vielleicht irgendwo ein ganz normales Adress- oder Telefonbuch?" Catherine öffnete die linke Tür des Schreibtisches und zog die oberste Schublade heraus. „Bingo!", triumphierte sie, als sie ein ledergebundenes Buch in DINA6-Format entdeckte. Hier waren nicht nur sehr viele Telefonnummern notiert; auf der letzten Seite versteckten sich Passwörter aller Art. „Passwörter knacken hat sich erübrigt", rief sie. „Schau dir das einmal an", sagte sie, als sie eine weitere Großschublade heraus zog. Hier standen brav aneinandergereiht und sorgfältig beschriftet DVDs. Happening August 2011; Exhibition Venedig Februar 2013, Vortrag Odessa Mai 2016 stand auf den Rücken. „Ich glaube, wenn wir das alles sichten wollen, brauchen wir Verstärkung", stöhnte Leroux. „Ich werde der Spusi eine Notiz machen, dass sie den gesamten Schreibtischinhalt mitnehmen sollen." „Glaubst du, wir bekommen jemanden, der uns unterstützt? Das hört sich eher nach Sonderschichten an", prophezeite Catherine. „Sind wir hier fertig? Dann schauen wir uns jetzt die übrigen Räume an!", schlug Leroux vor. In der geräumigen Küche saß Ursulina gelangweilt an einem langen, weiß lackierten Holztisch und blätterte in einer Illustrierten, die wöchentlich das Leben der Promis beleuchtete. „Nun hat es unsere Gottheit auch erwischt", lästerte sie und zeigte Catherine die Seite mit dem schönsten Paar der Welt. Die klapperdürre Frau mit den aufgespritzten Lippen hatte bei der Staranwältin von Hollywood die Scheidung eingereicht. „Also ich kenne ein paar, die finde ich wesentlich schöner", bemerkte Catherine. Ursulina kicherte. Dann schob sie ernst hinterher: „Wenn Sie hier nach Fingerabdrücken suchen wollen, muss ich Sie gleich enttäuschen: Die Küche hat der Professor nie betreten." „Ein besonders freundschaftliches Verhältnis hatten Sie aber nicht zu Professor Blanc, oder sehe ich das falsch?" fragte Joseph Leroux. Ursulina nahm den letzten Schluck Espresso. „Er hat mich schalten und walten lassen wie ich wollte. Haushaltsgeld gab es genug, aber ich musste ihm hinterher genau vorrechnen, wofür ich es ausgegeben habe." „Hat der Professor privat mit Ihnen geredet?" wollte Leroux wissen. „Also mehr als ‚Ursulina mach dies' und ‚Ursulina mach das'? Sie glauben doch nicht, dass der Herr Professor sich dazu herabgelassen hätte! Mit seiner Haushälterin!" Ursulina äffte seine Haltung nach. „Stört es Sie, wenn ich eine Zigarette rauche?" „Rauchen Sie! Eventuell müssen wir später noch einmal wieder kommen und Sie um ihre Fingerabdrücke und eine Speichelprobe bitten. Der Espresso hat wirklich ganz vorzüglich geschmeckt." „Sagte ich doch. Und wenn Sie noch einmal wiederkommen müssen: Sie tun nur Ihre Pflicht!" „Aber jetzt wollen wir uns noch die übrigen Zimmer anschauen." „Sie brauchen mich dazu nicht. Schauen Sie sich alles in Ruhe an." Ursulina stellte sich mit ihrer Zigarette vor die Haustür und gönnte sich eine ausgedehnte Pause.

Das Wohnzimmer, ebenfalls riesig, strahlte dieselbe zurückhaltende Kühle wie das Arbeitszimmer aus. Dicke helle Teppiche, ein ausladendes, schwarzledernes Sitzensemble, ein niedriger Tisch. Lediglich an der Stirnwand befand sich ein überdimensionales Schwarz-Weiß-Porträt von einer nackten Frau, die auf einer Hängebrücke kauerte. Joseph, der selbst liebend gern zur Kamera griff und die Fotografien von Anton Corbijn bewunderte, war sich ziemlich sicher, dass es von dem Holländer stammte. Es gab keine Blumen vor den bis zur Erde reichenden Fenstern, die von weißen Seidenvorhängen eingerahmt wurden. Catherine schüttelte sich und wechselte einen Blick mit Joseph Leroux. „Leblos, nicht wahr?“, sagte er. Catherine nickte. „Jetzt noch das Schlafzimmer, dann haben wir es.“ Im gegenüber liegenden Schlafzimmer gab es keine Überraschungen. „Hätte mich jetzt auch gewundert, wenn hier plötzlich Barock-Engelchen von der Decke schweben würden“, gab Joseph von sich. „Naja. Die Barockengel haben sich eher im Bett getummelt. Falls der Professor auf Barock stand“, sagte Catherine und wies zur Decke. Von oben blickten ihnen ernst Joseph und Catherine entgegen. Einen Augenblick später musste Catherine würgen. Grün im Gesicht stieß sie hervor: „Wo ist das Badezimmer?“ Ursulina eilte herbei und zeigte Catherine den Weg in das ans Schlafzimmer angrenzende Bad. Anschließend holte sie ein Glas Wasser, das sie wortlos an Joseph weiterreichte. Der hatte geistesgegenwärtig das Fenster geöffnet. Nach ein paar Minuten hatte Catherine sich wieder gefangen. Dankbar nahm sie einen großen Schluck des angebotenen Wassers. „Hat dich der Spiegel an der Decke so schockiert?“, fragte Joseph. „Nicht nur der“, gestand Catherine heiser. Sie zeigte auf einen gewaltigen Deckenstrahler. Direkt daneben war eine Kamera angebracht. „Ach Gott!“, entfuhr es Leroux. „Vielleicht kocht Ursulina dir noch einen Espresso. Ich mache hier allein weiter.“ „Das ist sehr nett von dir", sagte Catherine und drückte leicht seinen Arm, bevor sie mit Ursulina den Raum verließ.

Joseph glaubte, Catherine schon ein wenig einschätzen zu können. Er vermutete zu Recht, dass sich Catherine vorgestellt hatte, wie der ältere Lebemann seine Liebesspielchen nicht nur im Spiegel verfolgt, sondern auch noch gefilmt hatte. Hatte sich der Professor später an seinen erotischen Nächten ergötzt? Leroux konnte sich an keine DVD erinnern, die auf einen jugendgefährdenden Inhalt hindeutete. Ob Blanc die gesondert aufbewahrte? Nachdenklich starrte er auf eine Nachtkonsole neben dem Bett. Gedankenverloren zog er an dem schmalen, silber gefassten Griff. „Olala", entfuhr es Leroux. Ihm purzelte ein ganzes Sortiment an Medikamenten entgegen. Joseph fing sie mit seinen Händen auf und fischte eine davon heraus. Zoovigil. Er öffnete die Schachtel und zog den Beipackzettel heraus, um zu sehen, wofür dieses Medikament eingenommen werden sollte. Vollmundige Versprechungen schlugen ihm entgegen. Mehr Konzentration, mehr Fokus, mehr geistige Frische, besser lernen! Bei anhaltender Müdigkeit – das pflanzliche Gehirndoping für Enthusiasmus und Freude. Das Nootropikum! Ideal für Studenten, Sportler, Berufstätige. Joseph dachte scharf nach. Nootropikum? Das musste mit dem Verstand zu tun haben. Ein Dopingmittel? Von einer anderen Sorte waren ebenfalls erhebliche Mengen vorhanden: Bonvirol. Virol? Musste das nicht Viril heißen? Das hatte etwas mit … Auch hier zückte er den Beipackzettel und überflog ihn. Aha, hatte er sich schon fast gedacht. Hochdosierte Vitalstoffe, semi-essentielle Aminosäure … positiv auf die Synthese der Sexualhormone … Stimulierung … Asparaginsäure kurbelt die Testosteronproduktion an. Vorsichtshalber nahm er von beiden Medikamenten je eine Packung mit. Er ging zu den beiden Frauen in die Küche zurück. „Ursulina, wurden dem Professor des Öfteren Pakete geliefert?" „Nicht, während ich hier war", behauptete die Haushälterin vehement. „Wissen Sie, ob der Professor oft nachts durchgearbeitet hat?" „Auch das weiß ich nicht. Ich komme immer um zehn. Wenn er Partys gefeiert hat, ging das oft bis morgens. Und er war ja auch viel im Ausland. Was er dort gemacht hat, weiß ich natürlich nicht." „Gut! Noch eine Frage zum Schluss. Könnten Sie den Professor identifizieren?" „Ja natürlich", sagte sie schlicht.

Als Eugen Fournier nebst seinem Gefolge eintraf, wies Joseph sie detailliert an, um was sie sich im Besonderen kümmern sollten. „Und schaut ganz besonders, ob ihr noch mehr DVDs oder CDs findet, auf denen ihr erotische oder pornografische Inhalte vermutet. Vielleicht gibt es einen versteckten Safe?" Danach räumten Catherine und er das Feld. Mit Ursulina vereinbarten sie, dass sie den Professor gleich nach der Mittagspause identifizieren sollte.

2

Am frühen Nachmittag meldete sich Docteur Letailleur noch einmal. „Wie ich es neulich schon vermutet habe", eröffnete er sein Gespräch. „Jetzt bin ich hundertprozentig sicher: Der Tote hat intramuskulär eine Injektion mit Natrium-Pentobarbital, kurz genannt NaP, erhalten. Im Urin befand sich eine extrem hohe Konzentration des Narkotikums wieder. Darüber hinaus muss er über einen längeren Zeitraum ein Aufputschmittel konsumiert haben. Wahrscheinlich nicht täglich, aber doch regelmäßig, jedenfalls zeigt sich das in seinen Leberwerten. Dafür sprechen auch die erhöhten alkalischen Phosphatase-Werte. Und außerdem: Die Nadel muss ihm in großer Hektik eingeführt worden sein, denn rund um die Einstichstelle befindet sich ein minimaler Bluterguss." „Konnten sie denn jetzt das Produkt genauer bestimmen?" „Aber sicher. Es handelt sich um ein Schweizer Produkt, das normalerweise für die Tiermedizin bestimmt ist. Allerdings benutzen es auch die Organisationen der schweizerischen Vereine für Sterbehilfe. In dem Fall wird den Betreffenden vorher Metoclopramid gegen die Übelkeit verabreicht. Unserer Leiche wurde so viel von dem Zeug injiziert, dass er keine Zeit mehr hatte, sich zu übergeben." „Heißt das jetzt, dass wir nicht nur die Tierkliniken und Tierärzte unter die Lupe nehmen, sondern auch Verbindungen mit der Schweiz aufnehmen müssen?" „Das wäre durchaus möglich", gab Docteur Letailleur zu. „Na fein", bedankte sich Joseph Leroux und verdrehte die Augen.

„Catherine! Bevor du weitermachst, würde ich gerne wissen, wie der Mörder es geschafft hat, dem Professor die Injektion zu verpassen. Komm mit, wir gehen nach draußen, dort steht eine Bank." „Einen Augenblick, Joseph. Es wird bestimmt länger dauern, da muss ich vorher mal ins Bad." „Das kommt vor", grinste Joseph und duckte den Kopf rechtzeitig vor dem zerknüllten Papierball, den Catherine in seine Richtung warf. Draußen beschwerte sich Catherine über den penetranten Geruch, der aus dem überquellenden Aschenbecher neben der Bank drang „Mon Dieu, ich glaube, gleich fließt mir der Tabak intravenös in die Lungen. Können wir nicht woanders hingehen?" Joseph schaute sich ratlos um. „Ich glaube nicht. Atme einfach nicht, dann müsste es gehen." „Sehr witzig!", schmollte Catherine.

„Also, ich bin Professor Blanc und sitze auf der Parkbank. Du hast die Absicht, mir eine tödliche Injektion zu geben. Wie gehst du vor?" Catherine überlegte. „Der Professor hat überrascht ausgesehen, nicht wahr? Wenn ich rechts neben dir sitze …" Catherine probierte es aus." Dann muss ich mich mit dem halben Körper zu dir herumdrehen, dann siehst du, was ich vorhabe und wehrst meinen rechten Arm mit der Spritze ab. Funktioniert also nicht." „Und wenn du das Ganze mit der linken Hand ausführst?" schlug Joseph vor. „Nee, fühlt sich auch ziemlich verdreht an. Ich habe eine Idee. Stehe einmal auf und komme auf mich zu. Ich begrüße dich mit der

58

rechten Hand. Du bist abgelenkt, schaust mir in die Augen und mit der linken Hand jage ich dir die Nadel in den rechten Oberarm." Sie spielten es durch. „So könnte es gewesen sein", hielt Joseph fest. Auf dem Rückweg ins Büro dachte Catherine nach. „Warum? Welches Motiv hatte der Mörder, den Professor umzubringen?" „Ja, welches Motiv?", wiederholte Leroux. „Neid? Eifersucht? Rache? Konkurrenz? Jedes Motiv könnte gelten. Raubmord können wir … Haben wir das gecheckt?" Catherine hatte das Protokoll des Kollegen Rifaud akribisch durchgesehen. „Sein Portemonnaie enthielt ungefähr zweihundertfünfzig Euro. Einige blaue Scheine hatten es den Krähen angetan, die haben sie angeknabbert. Ansonsten war alles vorhanden. Bis auf den Personalausweis natürlich." Joseph kratzte sich nachdenklich am Kopf. „Also fröhliches Rätselraten. Gut, beauftrage die Kollegen mit der Befragung der Veterinäre."
Danach gingen sie gesonderte Wege. Joseph Leroux holte Ursulina ab und gemeinsam fuhren sie zur Gerichtsmedizin nach Montpellier. Ursulina schluchzte nicht, als sie den Toten als Professor Blanc identifizierte.

Catherine hatte in der Zwischenzeit einige Brigardiere versammelt und sie beauftragt, alle Veterinäre im Languedoc-Roussillon zu befragen, ob bei ihnen in den letzten Monaten eingebrochen worden sei und/oder ob in der Praxis eine kleine Menge NaP vermisst werde. Das war eine Sisyphos-Arbeit, die zum normalen Alltag der Beamten gehörte. Mit einem Ergebnis war nicht so schnell zu rechnen. Sie hatten auf Anhieb 59 eingetragene Veterinäre und Tierkliniken im Languedoc gefunden. Wenn nur die Hälfte von ihnen freitags nachmittags geschlossen hatten, sähe es schlecht aus. Vielleicht waren einige von ihnen verreist, andere operierten freitags. Bestimmt würden es die Veterinäre nicht sehr lustig finden, dass sie im Fokus einer kriminalistischen Untersuchung standen. Wer von ihnen würde freiwillig zugeben, dass bei ihm ein hochwirksames Gift verschwunden sei, mit dem sogar ein Mensch zu Tode gekommen war.

3

Catherine selbst nahm sich das Notizbuch mit den Telefonnummern des Professors vor. Es passte in ihr bisheriges Bild von ihm, dass er seine Eintragungen mit Tinte vorgenommen hatte. Nur für die Zusätze und Zeichnungen hatte er einen Bleistift benutzt. Eine alphabetische Ordnung gab es nicht, die Telefonnummern waren wild durcheinander notiert. Oder er hatte sie einfach so aufgeschrieben, wie sie zu ihm geflogen waren. Manche waren gekennzeichnet durch eine Berufsbezeichnung wie ‚plombier‘[7] oder ‚jardinier‘[8] oder ‚gouvernante‘ (Haushälterin). Dass sich Blanc ins Gedächtnis rufen musste, dass Ursulina seine Haushälterin war, empörte Catherine. ‚Ganz schön dekadent‘, dachte sie. Auf einer Seite des Notizbuches hatte sich doch eine sachliche Ordnung durchgesetzt, auf ihr standen Telefonnummern, die mit der Universität zu tun hatten. Der Vize-Präsident der Verwaltung rangierte dick unterstrichen ganz oben auf der Liste. Seine Sekretärin Madame Vanelle war gesondert darunter notiert, dahinter drei Ausrufezeichen. Auch eine Art, die Menschen hinter einer Telefonnummer in Freund und Feind aufzuteilen. Bei Doktor Fabron musste Catherine nicht lange rätseln, Blanc hatte einen Totenkopf neben ihre Nummer gekritzelt. Isi Nicolas konnte mit einem durchgestrichenen Herzen punkten. Von denen existierten mehrere. Patric Morél musste ohne jegliche Kennzeichnung leben. Gleich unter Patric befand sich die Nummer von Karl Schattenberg, hinter seinem Namen stand lediglich ein großes E. Für was sollte das nun wieder stehen? Sie suchte Hilfe im Internet. Die Universität Montpellier un-

---

[7] Klempner.
[8] Gärtner.

terhielt eine ausgezeichnete Partnerschaft mit dem Erasmus-Programm. ‚Das wird es sein‘, dachte sich Catherine und notierte auf ihrem Blatt: Karl Schattenberg, Erasmus-Student? Beziehung zu Blanc klären. Sie zupfte nervös an ihren Haaren. Die Aufzeichnungen des Professors waren und blieben chaotisch! Einer weiteren Seite ging eine kunstvoll verkritzelte zur Linken voran. Er musste Langeweile gehabt haben oder eine künstlerische Eingebung, der Herr Professor! Eine geometrische Anordnung von Kreisen, Rechtecken, Linien, manche doppelt geführt, manche sich umschlingend, im Nichts endend, manche ausgefüllt, manche leer. Sollte das ein Phallus sein? Das Ganze mutete an wie ein Labyrinth oder auch wie die gelangweilte Schülerzeichnung eines Pubertierenden während des Religionsunterrichts. Hatte Blanc das während zahlreicher Telefonate vollendet? Auf dem Blatt rechts daneben gesellten sich dicht an dicht Nummern mit den Vorwahlen aus England, den Niederlanden, Deutschland, der Schweiz und sogar aus Norwegen. Manche waren durchgestrichen, andere unterstrichen, manche waren mit einem grünen Stift markiert. Auf der folgenden Seite versammelten sich ausschließlich französische Rufnummern. Catherine überlegte. Alle seine Kontakte zu überprüfen würde lange dauern. Es musste eine Logik geben. Sicherlich wären die französischen Telefonnummern vorrangig zu untersuchen.
Und dann? Auf der letzten Seite E-Mail-Adressen, das Übliche zunächst. Blanc schien Kunde bei AlphaBay zu sein. Von Auctionata hatte Catherine bisher noch nie etwas gehört. Kein Wunder, für Antiquitäten fehlten ihr die Begeisterung und das dazu erforderliche Kleingeld. Seine Zugangsdaten für die Bank hatte er vermerkt, einige Male durchgestrichen, die jeweils aktuellen darunter geschrieben. Auch die Nummer seiner Kreditkarte nebst Geheimnummer reihte sich in die Gesellschaft anderer Passwörter ein. Carrefour, Leclerc wechselten sich ab mit Feinkostgeschäften aus Montpellier: Caviste

Marivin konkurrierte mit Le Comptoir De Mathilde. Die Nummer der Kuratorin Filomena Lambert aus Marseillan schien erst jüngst hinzugefügt worden zu sein, die Ziffern und Buchstaben waren weniger verblasst als andere Einträge. Catherine dachte nach. Wen sollte sie zuerst anrufen, um sich nicht zu verzetteln?

Bevor sie sich entschieden hatte, kam einer der jungen Kollegen in ihr Büro. Sein langes Gesicht sprach Bände. „Ihr habt keine brauchbaren Ergebnisse", mutmaßte Catherine, bevor der Brigardier den Mund aufmachen konnte. Er nickte und zog die Schultern hoch. „Leider", war alles, was er zunächst sagte. Catherine ermunterte ihn, mehr zu verraten. „Wie wir schon vermutet haben, ging nur die Hälfte aller Tierärzte und Tierkliniken ans Telefon. Und die Antwort? Keiner vermisst Natrium-Pentobarbital, nirgendwo fehlt etwas!" „Keine verdächtigen Reaktionen?" Nicht sonderlich enthusiastisch schüttelte der Brigardier den Kopf. „Non, bien sûr que non!"[9] „War nicht anders zu erwarten", sagte Catherine. „Kann ich gehen?", fragte der Brigardier. „Natürlich", entließ ihn Catherine.

Nationale und internationale Telefonnummern, Internet-Kontakte, Bankverbindungen. Vor Catherines Augen tanzten Daten und Nummern. Sie musste strukturiert und effektiv vorgehen. Und dazu brauchte sie Ruhe. In Zeiten unterirdischer Hektik mit pausenlosen Email-Eingängen, Anfragen aus dem Innenministerium und drängender Presseanfragen hielten sich zündende Ideen ihrem Gehirn fern. General Matthieu, ihr Vorgesetzter aus Montpellier, war ihnen keine große Hilfe. Ihn interessierten die Probleme seiner Gendarmen nicht mehr sonderlich, seine Pensionsansprüche waren gesichert und mehr zählte für ihn im Augenblick nicht. „Ich brauche Ruhe! Ich muss nachdenken!" Catherine wusste, wo sie das am besten konnte.

---

[9] Nein, natürlich nicht!

4

An dem endlos langen Sandstrand zwischen Marseillan-Plage und Sète ließ Catherine ihren Füßen freien Lauf. Sie hielt ihre schicken Büroschuhe in der Hand und genoss es, den Unterschied zwischen warmen, kalten und nassen Regionen des Sandes unter ihren Füßen zu spüren. Meditativ dachte sie an gar nichts. Nichts zwingen! Loslassen! Wenn man sich einmal verrannt hatte, ging es nicht vorwärts und nicht rückwärts. Rückwärts? Oder Räckwürts? En avant et en arrière? Auf Französisch hörte sich das beileibe nicht so lustig an wie auf Deutsch. Catherine erinnerte sich gerne an ihr Austauschjahr in Erlangen. Sie liebte Wortspiele. Vielleicht hätte sie doch Französisch studieren sollen? Marc fand Wortspiele ebenso spannend wie sie. Marc. Sie dachte an den schelmischen Augenausdruck, den er manchmal hatte, an die vorwitzigen Härchen, die sich manchmal aus dem Hemd mogelten. Und an seine Hände … Ausdrucksstarke und doch nicht grobe Hände. Sie schalt sich eine Tagträumerin.

Der Mord! Der Professor! Sein Notizbuch! Ihre Füße stolperten über angespülte Äste, ertasteten zerbrochene Muscheln, wichen Glassplittern aus. An der Uni, die Frau, neben deren Telefonnummer der Professor einen Totenkopf gezeichnet hat, die müssten sie befragen. Catherine überlegte kurz. Doktor Fabron. Ein sanfter Wind wehte ihr um die Nase. Rudimentär tauchte ein Name aus Blancs Notizbuch in ihrem Gedächtnis auf. Rhinocéros. Hinter dem Namen unverständliches Zeug. Das passte nicht ins Bild. Irgendwo hatte sie den Namen Zoovigil gelesen, aber in welchem Zusammenhang? Und noch etwas mit Virol. Stand das hinter Rhinocéros? Ab und zu riss der wolkenverhangene Himmel auf und ein Sonnenstrahl mogelte sich durch. Natrium-Pentobarbital. Wenn Blanc damit getötet worden war, wenn dieses Mittel von Tierkliniken oder Tierärzten benutzt wurde, sollten sie dann vielleicht die Namen der Tierkliniken mit den Telefonnummern von Blanc vergleichen? Könnte es dort eine Verbindung geben? Andererseits, Professor Blanc hatte kein Haustier, warum sollte es dann einen Zusammenhang geben! Ihr schwirrte der Kopf. Die Fragen notieren! Handy dabei? Es gibt eine Notizfunktion. Das Handy lag im Auto. Dran denken! Gleich aufschreiben und speichern. Filomena Lambert. Der Name, der sich unordentlich zwischen die Passwörter geschummelt hatte. Catherine lächelte den ständigen Anglern zu, die geduldig darauf warteten, dass ein Fisch anbeißen würde, irgendwann. Sie ging zurück zum Parkplatz, stieg in ihr Auto, zog ihr Mobiltelefone aus der Handtasche und notierte im Speicher ‚Tierkliniken – Nummern vergleichen. Natrium-Pentobarbital. Zoovigil. Rhinocéros‘. Hatte der Professor die Zugangsdaten für das Darknet notiert? Catherine hatte nichts dergleichen entdeckt. ‚Die Frau mit dem Totenkopf.‘ Speichern! Nach Hause fahren! Oder sollte sie noch einmal zurück ins Büro?

5

Joseph Leroux hatte sich in der Zwischenzeit im Internet schlau gemacht und die Telefon-Nummer einer bekannten Sterbehilfe-Organisation in der Schweiz herausgesucht. Er musste nicht lange warten. Schon beim ersten Versuch erreichte er Frau Jägerli, die sich als Sekretärin des Vereins DIGNITAS vorstellte. Zum Glück sprach sie ausgezeichnet Französisch, so dass Leroux ohne Umstände und in knappen Worten sein Anliegen schildern konnte. Frau Jägerli bestand darauf, ihn zunächst über den Sinn und Zweck ihres Vereins aufzuklären. „Wir sind keine Sterbehilfeorganisation“, erklärte sie ihm. „Wir beraten Menschen, damit sie selbst bestimmen können, was sie möchten. Wir wollen nicht nur menschenwürdig leben, sondern auch menschenwürdig sterben.“ Das war neu für Joseph Leroux, der sich noch nie mit diesem Thema beschäftigt hatte. „Von unseren Mitgliedern machen nur 14% Gebrauch von dem Rezept, das ein Arzt ihnen im Not-

fall ausstellt. Es geht also um die Freiheit, sich für einen Freitod zu entscheiden, wenn das Leiden unerträglich wird."
„Gut, das habe ich begriffen", erklärte Joseph Leroux. Er fühlte sich in seine Schulzeit zurückversetzt, wenn ihm die Lehrerin alles noch einmal erklären musste. „Trotzdem möchte ich von Ihnen Folgendes wissen. Ich habe auf Ihrer Seite im Internet gelesen, dass Sie Natrium-Pentobarbital verwenden. Wie gelangt das zu dem Sterbewilligen?" Geduldig klärte Frau Jägerli ihn auf. „Ein Arzt studiert zuerst gründlich die Krankenunterlagen. Anschließend führt er ein persönliches Gespräch mit dem Menschen. Wenn er danach immer noch davon überzeugt ist, dass die Freitodbegleitung für das Dignitas-Mitglied angemessen ist, wird er das gewünschte Rezept ausstellen." „Das Mittel wird nur an eingetragene Mitglieder verabreicht?", unterbrach Joseph Leroux.
„So ist es", bestätigte Frau Jägerli. „Ein Mitglied muss unserem Verein immer zuerst ein formelles Gesuch einreichen. Dieses muss aus dem Lebenslauf, dem Ersuchsschreiben und dem Arztbericht bestehen." Joseph notierte das Gehörte handschriftlich auf einem separaten Blatt. „Aber wie kommt nun das NaP zu dem Menschen, der eine Freitodbegleitung wünscht? Muss ich mir das so vorstellen, dass ich zum Arzt gehe, ein Rezept bekomme und dieses Mittel in der Apotheke bekomme?" „Oh nein", beteuerte Frau Jägerli. „Wenn es so weit ist, holen wir das NaP ab. Sollte der Patient sich plötzlich doch gegen den Freitod entscheiden, bringen wir das Medikament umgehend an den Bezugsort zurück." „Aha. Also wird es nicht in Ihrem Tresor für den nächsten Kandidaten aufbewahrt?" Frau Jägerli schnappte nach Luft und erwiderte. „Capitaine Leroux! Wir haben keine ‚Kandidaten', sondern Mitglieder oder Patienten. Jede Dosis NaP ist personalisiert, das heißt, der Name und das Geburtsdatum des Patienten sind nummeriert und registriert. Die Gesundheitsbehörden überwachen das sehr gründlich. Das NaP kann dementsprechend

nur für den einen Patienten, für den das Medikament verschrieben wurde, eingesetzt werden." „Entschuldigen Sie bitte, ich wollte keinen Ihrer Patienten beleidigen. Aber jetzt weiß ich, dass von Ihrer Seite das Betäubungsmittel nicht in unbefugte Hände geraten sein kann. Haben Sie außerordentlichen Dank für Ihre Mithilfe. Bonne journée." Einigermaßen versöhnt wünschte auch Frau Jägerli ihm einen guten Tag.

6

Joseph Leroux war beruhigt. Er strich den Namen Dignitas durch. Catherine hatte sich zum Nachdenken am Strand abgemeldet. Leroux schaute auf seine Uhr, es war bereits kurz vor fünf. Wo war der Tag geblieben? Wie immer hing ein breiter Packpapierstreifen an der Wand hinter ihm. Er drehte sich auf seinem Bürostuhl um und ließ das Gesamtbild, bestehend aus vielen einzelnen Zetteln und Fotos, auf sich wirken. Die fortschrittsgläubigen Kollegen aus den anderen Büros machten sich über ihn und Catherine lustig. „Der tritt seinen Dienst demnächst im Tarzan-Kostüm an", tuschelten sie. „Ja, und Catherine besorgt ihm eine Liane, damit er sich von der Decke aus in ihre Arme stürzen und sie retten kann", grinste ein Brigadier mit ausgeprägtem Bizeps. Joseph war bisher nicht bereit, ein interaktives Whiteboard zu benutzen. Seine Kollegen verließen sich uneingeschränkt auf die moderne Technik. Ihr Fortschrittsglaube nahm nicht einmal Schaden, als die externe Festplatte eines Gendarmen herunterfiel und er nur noch Teile seiner gespeicherten Daten wiederfand. Auch die vielen Stunden, die sie mit der Suche nach Dateien verplemperten, störte im Endeffekt keinen. Manchmal fanden sie Protokolle, Berichte von Vernehmungen oder die Liste mit Verdächtigen im System einfach nicht wieder, weil sie vergessen hatten, das Ablagesystem sachgerecht zu nutzen.
Joseph Leroux erfreute sich an optisch Greifbarem. Morgen früh würde er … morgen? Am Samstagmorgen würde er nie-

manden wo auch immer antreffen. Also würde er erst am
Montag in die Universität fahren, um dort verschiedene Leute
zu befragen.

7

„Da bist du endlich!", begrüßte ihn Hélène erschöpft. „Tut
mir leid, ich bin heute nicht zum Kochen gekommen. Leonie
hat mich den ganzen Tag beschäftigt. Kannst Du im Tabou
anrufen und zwei Portionen Muscheln mit Pommes frites
zum Abholen bestellen?" „Natürlich, das mache ich gerne",
sagte Joseph und strich Hélène sanft über die Wange. „Und
jetzt? Schläft sie?" „Ja, wahrscheinlich wieder nur für eine halbe Stunde. Ich komme wirklich zu nichts. Nur noch Windeln
wechseln, Stillen, in den Schlaf singen, im Kinderwagen her-
umfahren. Nicht einmal die Midi Libre habe ich zu Ende lesen können." Hélène war den Tränen nahe. Joseph beeilte
sich, die Bestellung im Tabou aufzugeben. Danach nahm er
Hélène in den Arm und wiegte sie stumm. Leise flüsterte er in
ihr verhaltenes Schluchzen: „Es wird. Warte nur, bald sind die
Koliken vorbei und Leonie bereitet dir pausenlos Freude. Und
in einer halben Stunde kann ich unser Abendessen abholen."
„Du alter Schlawiner", flüsterte Hélène zurück und lächelte.
Bei dem Wort klickte es in Josephs Kopf. „Ich wollte dir doch
das Foto von einem Gemälde zeigen", sagte er wie elektrisiert
zu Hélène. „Augenblick, ich hole mein Handy." Er sprang auf
und holte sein Telefon aus der Jackentasche. „Hier ist es.
Schau es dir bitte an. Kannst du etwas damit anfangen?"
„Olala!" Hélène pfiff leise durch die Zähne. „Es sieht der berühmten Wachtel-Madonna von Pisanello zum Verwechseln
ähnlich. Sie wurde vor ungefähr zwei Jahren in Verona aus
dem Castelvecchio gestohlen. Ich dachte, sie sei inzwischen in
Moldawien wieder aufgetaucht." Hélène überlegte. „Vielleicht
ist es ja nur eine Kopie", fügte sie hinzu. „Ich verstehe zwar
nichts von Kunst", gab Joseph zu. „Aber ich hatte den Ein-

druck, dass es sich nicht um einen Druck handelt." „Wenn ich weiter darüber nachdenke, kann ich mir kaum vorstellen, dass solch ein berühmtes Gemälde bei einem normalen Kunstprofessor im Haus hängt. Es ist bestimmt eine Million Euro wert. Vielleicht habe ich gleich ein paar Minuten Zeit, wenn du unser Essen holst, um im Internet zu recherchieren. Bestimmt hängt es wieder an seinem alten Platz im Castelvecchio." Und so schien es in der Tat zu sein.

Als Joseph mit ihrem Abendessen vom Tabou zurückkam, legte Hélène aufgeregt los. „Im November 2015 sind im Museum von Verona siebzehn Bilder weltberühmter Künstler gestohlen worden. Sie sind so wertvoll, dass man nicht abschätzen kann, wie viel Geld sie einbringen würden. Anderthalb Jahre später sind sie in einem Versteck in Moldau wieder aufgetaucht." Stolz präsentierte Hélène das Ergebnis ihrer Recherche. Joseph pfiff durch die Zähne. „Olala, da werde ich mich am Montag gleich noch einmal mit den Experten in Marseille unterhalten", murmelte Joseph. „Entweder hängt bei dem Professor eine Fälschung oder im Museum von Verona."

Er stellte die mitgebrachten Portionen Muscheln und knusperigen Pommes frites auf den Tisch. Nachdem sie die ersten Bissen gekostet hatten, fragte er Hélène „Hast du rein zufällig schon einmal etwas von Zoovigil gehört?" Hélène runzelte die Stirn. „Ist das nicht so ein Aufputschmittel, das Studenten gerne vor Prüfungen nehmen?" „Das könnte passen. Es lag in großen Mengen bei dem Professor in der Nachtkonsole. Entweder er hat damit sein Gehalt aufgebessert oder er hat es als Partydroge unter die Leute gebracht. Seine Haushälterin Ursulina hat von wilden Partys gesprochen, die bis zum Morgen dauerten." „Wie kommt man denn an solche Mengen von verschreibungspflichtigen Medikamenten?" „Möglicherweise über das Darknet. Auf seinem Laptop gab es einen Icon für AlphaBay. Catherine hat mir gesagt, dass das darauf hinweist, dass der Professor sich im Untergrund bewegt hat. Ach, haben wir zufällig eine Lupe im Haus?" „Willst du dich als Detektiv betätigen?" lachte Hélène. „Nein, aber ich könnte vielleicht auf der Packung einen Anhaltspunkt finden, wo das Zeug produziert wurde." „Weißt du, was ich glaube?", dachte Hélène laut. „Wenn die Dinger gefälscht sein sollten, dann haben die auch das Herkunftsland gefälscht. Und die Lupe findest du in der Küchenschublade", ergänzte sie. Joseph zog die Schublade des Tisches aus. „Brauchen wir das alles?" zweifelte er, als ihm Briefumschläge, Postkarten, Heftklammern, eine Lesebrille, Gebührentabellen und ein Opernglas begegneten. „Irgendwann werde ich das brauchen, so wie du jetzt die Lupe brauchen kannst", antwortete Hélène eingeschnappt. „Du hast Recht, wie so oft", seufzte Joseph und hielt die Lupe dicht auf die Packung, die er im Hause Blanc eingesteckt hatte. „Mmmh! Made in Switzerland. Also, darüber komme ich auch nicht weiter", sagte Leroux ein wenig enttäuscht.

1

Leroux fuhr mit Catherine zum Sekretariat der Paul-Valery-Universität, um noch einmal Sofie Fontaine, die Sekretärin des Professors Blancs, zu verhören. Pünktlich um acht Uhr klingelten sie am zentralen Eingang, der das Gelände hermetisch von der Außenwelt abriegelte. Vier Verbotsschilder wiesen darauf hin, dass unter anderem Hunden der Zutritt verwehrt werde und Besuchern der Eintritt zwischen 22 Uhr abends und 7 Uhr morgens nicht gestattet sei. Als sie die Sicherheitskontrolle passiert hatten, steuerten sie direkt auf das Sekretariat zu.

„War Professor Blanc einmal verheiratet?", fragte Joseph. „Ja, das war er und er ist seit Ewigkeiten geschieden. Seine Frau ist mit einem jüngeren Mann aus der Kunstszene durchgebrannt. Ich glaube, sie sind ausgewandert, nach Amerika oder Australien, ich weiß es nicht genau. Er hat nie von ihr gesprochen", antwortete Sofie Fontaine „Kinder?" Madame Fontaine schüttelte den Kopf. „Hatte Professor Blanc hier an der Universität Feinde?", fragte Joseph.
Sofie Fontaine wollte gerade etwas sagen, als ein grauhaariger, hagerer Mann um die Fünfzig seinen Kopf durch die Tür steckte. Er musterte die Anwesenden mit einem scharfen Blick, dann zog er sich ruckartig wieder zurück und verschwand so plötzlich, wie er gekommen war. Er hatte weder gegrüßt noch gesagt, was er wollte. „Der zum Beispiel!" Sofie wies mit einer knappen Seitwärtsbewegung des Kopfes in Richtung Tür. „Wie heißt der Herr?", fragte Leroux. „Das ist Monsieur Tavernier. Er gehört dem Fachbereich der Philosophischen Kunst an und hält sich für den einzigen Menschen, der den Durchblick hat. Professor Blanc hat ihn während ei-

ner Versammlung einmal Monsieur Ordure[10] genannt. Das hat er leider mitbekommen. Seitdem waren die beiden wie Hund und Katze." „Wo finden wir ihn?" „Auf dem gleichen Gang, drei Zimmer weiter links." „Dann sollten wir die Gelegenheit beim Schopfe fassen." Sie entschuldigten sich, verließen den Raum und gingen zügig zu dem angegebenen Raum. Sie klopften an die Tür.

„Wer stört?" dröhnte es unwillig von drinnen. „Die Gendarmerie! Joseph Leroux, Capitaine und Lieutenant Rozier. Wir haben eine Frage an Sie." Die Tür öffnete sich einen Spalt. Mit zusammengekniffenen Augen taxierte Monsieur Tavernier die beiden Gendarmen von oben bis unten. „Und die Frage wäre?" „Wir möchten von Ihnen wissen, wie Sie mit Professor Blanc ausgekommen sind?" Monsieur Tavernier zögerte eine Sekunde, dann legte er los. „Wissen ist Macht. Das hat schon Aristoteles begriffen. Wissen hat etwas mit Erkennen zu tun. Etwas wissen, etwas erkennen, aber auch einfach nur etwas kennen. Der griechische Infinitiv von Wissen hat eine ähnliche Mehrdeutigkeit wie das englische Wort to know."

„Einen Augenblick, Monsieur Tavernier", wollte Joseph Leroux sagen. „Unterbrechen Sie mich nicht", funkelte Tavernier ihn an. „Auch das englische Wort to know kann bedeuten, dass man mit etwas vertraut ist, es kennt und in diesem Sinne um es weiß. Es kann aber auch bedeuten, dass man etwas über ein bloßes Vertrautsein mit diesem hinaus kennt und um seine Beschaffenheit weiß." Joseph blieb hartnäckig. „Was hat das mit Ihrem Kollegen zu tun?" Tavernier pumpte sich auf. „Blanc hält sich für den Größten. Den größten Künstler weit und breit. Aber er weiß nichts, gar nichts. Er hat keine Ahnung, er blufft, mehr nicht. Ihm fehlt jede Substanz."

Joseph kapitulierte. Nach einem ratlosen Blickwechsel mit Catherine wandten sie sich zum Gehen. Joseph hatte bereits

---

[10] Kotzbrocken.

die Türklinke in der Hand, als Tavernier ihnen hinterher rief: „Genaueres Kennen von etwas bzw. Wissen um etwas ist dem Kollegen Blanc fremd."

Den letzten halben Satz bekamen sie nicht mehr mit. „In welchem Film waren wir gerade?" „Zorro vielleicht?" „Da tust du dem Zorro aber unrecht!" Catherine verdrehte die Augen. Zurück im Sekretariat fragte Leroux: „Gibt es Zeiten, in denen wir normal mit Professor Tavernier reden können?" Seine Miene verriet mehr, als er mit Worten sagte. Sofie Fontaine zuckte die Achseln. „Manchmal", sagte sie und schaute vielsagend zum Fenster hinaus. „Welche Funktion hat Monsieur Tavernier?", wollte Catherine wissen. „Er lehrt Philosophische Kunst, sagte ich das nicht?" „Nicht, dass er lehrt. Hat er schon immer so geschwollen daher geredet?" Sofie Fontaine verschluckte sich fast. „Ich kenne ihn nicht anders." Nach einer Pause schien sie sich zu erinnern „Doch! Einmal, auf einem Wanderausflug, da hatte er versehentlich ein paar Gläser Cognac zu viel getrunken, da redete er völlig normal." „Aha", konstatierte Leroux. „Gab es zwischen dem Professor und ihm auch einmal körperliche Auseinandersetzungen, Ohrfeigen oder haben sie sich geschlagen?" Sofie Fontaine brach in schallendes Gelächter aus. „Nein. Die beiden haben sich immer nur verbal beharkt." „Hunde, die bellen, beißen nicht?", fragte Catherine. Joseph wurde noch einmal amtlich. „Sie meinen also, ein Impulsdurchbruch war bei ihm nicht zu befürchten?" Madame Fontaine sah sie fragend an. „Seine Wut ging nicht soweit, dass er dem Professor körperlich zu Leibe gerückt wäre?"

Wieder wurde ihr Gespräch unterbrochen. Eine zierliche junge Frau klopfte schüchtern an die Tür und trat ein. Als sie registrierte, dass Sofie Besuch hatte, schaute sie schuldbewusst drein und stammelte: „Oh, ich wollte nur …" Sofie Fontaine sagte höflich: „Das macht doch nichts", und schüttelte den Kopf. „Entschuldigung", hauchte die junge Frau. Auf Zehenspitzen huschte sie zur Tür hinaus. Catherine Rozier begann: „Madame Fontaine", als Joseph sie unterbrach. „Einen Augenblick Catherine. Aber ich würde gerne zuerst wissen, wie wir Monsieur Tavernier einschätzen müssen. Wenn er so schlecht auf den Professor zu sprechen war, sollten wir ihn trotzdem nach seinem Alibi für Samstag spätnachmittags fragen." „Ja? Das heißt noch einmal in die Höhle des Löwen?" fragte Catherine leise und kannte die Antwort bereits. Joseph grinste entschuldigend. „Okay, ich gehe", sagte sie. „Aber dann habe ich beim nächsten Mal etwas gut bei dir." Sie wagte es, klopfte an die Tür von Tavernier und ließ sich nicht abschrecken. „Professor Tavernier. Wo waren Sie am späten Nachmittag und Abend des 18. November? Das war der Samstag!" Monsieur Tavernier starrte Catherine an. „Ich habe mich mit John Locke und Kant auseinander gesetzt." Catherine hätte beinahe ihre Contenance verloren. „Noch einmal. Wo waren Sie am Nachmittag und Abend des 18. November?" „Das sagte ich doch bereits! Hier! Wie immer!" „Kann das jemand bezeugen?" „Selbstverständlich", sagte Monsieur Tavernier. „Kant, Aristoteles und John Locke, Heidegger war auch hier. Können Sie jetzt bitte gehen!"

Catherine ging. Auf dem Flur überlegte sie, ob sie Mitleid mit dem Professor haben sollte oder ob er sich einen Scherz mit ihnen erlaubte. „Völlig unmöglich, eine klare Aussage von Tavernier zu bekommen", erklärte sie Joseph. „Dann müssen wir das vorerst so stehen lassen."

„Ich habe dich eben unterbrochen. Was wolltest du Madame Fontaine fragen?" Catherine nickte und wandte sich an Sofie. „Sagt Ihnen zufällig der Name Rhinocéros etwas?" Neugierig sah die Sekretärin sei an. „Rhinocéros? Er hat Kunst gelehrt nicht Biologie. In welchem Zusammenhang soll das mit dem Professor stehen?" „Er hat den Begriff hier in seinem Büro nicht erwähnt?" „Nein, der Name sagt mir überhaupt nichts." Sie dachte angestrengt nach, doch dann schüttelte sie den

Kopf. „Ich bleibe dabei. Aber was hat es damit auf sich?" „Das können wir noch nicht beantworten. Wir haben aber noch eine andere Frage: Doktor Fabron, in welchem Verhältnis stand sie zu Professor Blanc?" Sichtlich verlegen wandte sich Sofie Fontaine auf ihrem Stuhl. Sie biss sich auf die Lippen und schaute demonstrativ zur Wand bevor sie antwortete. „Wissen Sie, Professor Blanc bekleidete auch das Amt des Vize-Präsidenten für internationale Beziehungen. Im nächsten Monat wollte er von dem Gremium gerne wiedergewählt werden. Im Haus kursiert seit ein paar Wochen das Gerücht, dass sich Doktor Fabron um das gleiche Amt bemüht. Sie wird auffallend häufig in Gesellschaft der anderen Vizepräsidenten gesehen." „Danke für die Information. Ist sie heute im Haus oder erreichen wir sie woanders?" „Lassen sie mich nachsehen." Sofie öffnete auf ihrem Computer ein neues Fenster und sagte nach wenigen Sekunden: „Sie haben Pech. Heute ist sie nicht im Haus, aber morgen. Ich kann Ihnen ihre Durchwahlnummer geben, dann können Sie direkt mit ihr einen Gesprächstermin vereinbaren." „Ich glaube, ich werde ihr lieber vorschlagen, dass sie sich bei uns in Mèze vorstellt. Wir können unser Büro nicht ständig vernachlässigen." „Einen Augenblick. Ich rufe sie auf ihrem Mobiltelefon an. Wenn ich sie erreiche, kann ich mit ihr klären, ob sie eventuell innerhalb der nächsten Stunde doch noch hier im Institut vorbeischauen kann. Im anderen Fall müsste ich sie fragen, ob ich ihre Mobilnummer an Sie weitergeben darf." „Gute Idee", lobte Joseph Leroux. „Ich ziehe mich so lange mit meiner Kollegin zurück."

Sie warteten auf dem Gang. Sofie öffnete schon nach wenigen Minuten die Tür. „Tut mir wirklich leid, ich kann Professor Fabron nicht erreichen. Ihre Mailbox ist eingeschaltet und ich habe ihr gesagt, sie möge mich dringend zurückrufen." „Gibt es noch jemanden, der uns etwas Erhellendes über Professor Blanc sagen könnte?", fragte Leroux. „Der Präsident der Universität, Professor Mercure. Der hat jede Vorstandssitzung geleitet. Warten Sie, ich höre nach, ob er gerade zu sprechen ist." Wenig später kam sie aus ihrem Büro und verkündete, dass Professor Mercure kurz Zeit für sie habe. „Und wo?" „Am Ende dieses Ganges, linke Seite", beschrieb ihnen Madame Fontaine den Weg.

2

Der Präsident der Universität schien erstaunlich jung zu sein. Er überragte Joseph Leroux und Catherine Rozier um Haupteslänge, sein raspelkurz geschnittenes Haar begann sich an der Stirn bereits zu lichten. Catherine vermutete, dass der schlaksige Professor wenig Interesse an einem tiefergreifenden Gespräch mit ihnen hatte.

„Professor Mercure. Wie haben Sie Professor Blanc eingeschätzt. Kennen Sie jemanden, der ihm Böses wollte?" „Auf gar keinen Fall", erwiderte der Präsident. „Professor Blanc war ein international angesehener Künstler, ein amüsanter Lehrer und ein bei allen beliebter Kollege. Ich kann mir beim besten Willen niemanden vorstellen, der ihm etwas hätte antun wollen. Ich glaube nicht, dass Sie hier auf dem Universitätsgelände einen Täter finden werden." „Er wollte sich demnächst als Vize-Präsident wiederwählen lassen. Gab es jemanden, der um seine Position konkurrierte?" Professor Mercure schaute die beiden Gendarmen erstaunt an. Er wollte schon vehement seinen Kopf schütteln, als ihm etwas einfiel. „Professor Fabron wollte seine Position für die nächste Wahlperiode gerne übernehmen, aber ihn deswegen umzubringen, ist nicht ihr Stil, nie im Leben!" „Und Tavernier?" Die Miene des Präsidenten verfinsterte sich für einen Augenblick, dann hatte er sein Gesicht aber sofort wieder unter Kontrolle. „Naja, Professor Tavernier hat ein ernst zu nehmendes Problem, aber er ist vollkommen harmlos. Haben Sie noch weitere Fragen? Dann stellen Sie die an Madame Fontaine, sie wird sie an mich weiterleiten. Ich habe jetzt leider einen Termin beim Bürgermeister. Sie entschuldigen mich!" „Einen Moment noch!", bat Joseph. „Ist Ihnen bekannt, dass Professor Blanc seine Studenten mit Aufputschmitteln versorgt hat?" „Das ist eine bösartige Unterstellung! Professor Blanc hatte so etwas nicht nötig. Aber nun muss ich Sie wirklich bitten, zu gehen!"

„Das war mal ein uneleganter Rausschmiss. Und so richtig hilfreich war der Präsident auch nicht", sagte Catherine zu Joseph, als sie sich auf dem Gang wiederfanden. „Nun, wir haben jetzt eine schöne Rückfahrt vor uns, auf der wir genug Zeit haben, uns wilde Spekulationen zum Mord an Professor Blanc auszudenken", scherzte Joseph. „Sollten wir uns nicht einen der berühmten Brunnen in Montpellier ansehen, zum Beispiel den vor dem Opernhaus?" „Ach, ich stehe nicht so sehr auf Brunnen. Sollen wir nicht lieber irgendwo eine Kleinigkeit essen statt uns die Füße auf dem Kopfsteinpflaster wund zu laufen?" „Gerne. In der Altstadt wimmelt es nur so von hübschen Restaurants. Wir finden bestimmt auch eins, das vegetarisches Essen anbietet", schlug Catherine vor. „Aber ich muss jetzt keinen Tofuhappen vertilgen, oder?", flappste Leroux. Statt einer Antwort knuffte Catherine ihn in die Seite.

Bald fanden sie ein hübsches, kleines Lokal, in dem appetitliche Kleinigkeiten serviert wurden. Joseph war sehr angetan von den Speisen und freute sich, dass er seinen überbackenen Ziegencamembert mit Johannisbeersauce unter freiem Himmel verspeisen konnte. Ein sanfter Novemberwind bewegte die Blätter der umstehenden Platanen, die sich immer noch an die Äste klammerten. Als sie bereits beim Kaffee waren, fiel ihm wieder etwas ein. „Catherine, ich darf nicht vergessen, unsere Experten nach dem Bild zu fragen." Catherine war mit ihren Gedanken noch bei dem Präsidenten. „Welches Bild?", fragte sie irritiert. „Die Madonna, die hinter dem Schreibtisch des Professors hing. Ich würde zu gerne wissen, ob es sich dabei um eine Fälschung oder um das Original handelt. Es stellt die berühmte Wachtelmadonna von Pisanello dar. " Catherine sah Joseph stirnrunzelnd an. „Ja, und?" „Falls es das Original wäre, Betonung auf wäre", unterstrich Joseph, „dann wäre der Professor auch noch irgendwie in einen Kunstraub verstrickt gewesen, mindestens aber in Hehlerei." „Ach, du meine Güte", seufzte Catherine und genoss den allerletzten Schluck ihres Kaffees. „Aber solche Gemälde sind meistens Millionen Euro wert", sagte sie. „War der Professor so gut betucht?" Leroux schüttelte den Kopf. „Glaube ich nicht, andererseits riskieren manche Kunstbesessene Kopf und Kragen, um in den Besitz eines Bildes zu kommen und schrecken nicht einmal vor bezahltem Raub zurück. Immerhin hat er das Bild nicht in einem Zollfreilager in der Schweiz oder in Singapur gebunkert wie das manche Kunstliebhaber machen." Catherine schaute ihn höchst erstaunt an. „Im Genfer Zollfreilager befinden sich angeblich Kunstschätze im Wert von mehr als hundert Milliarden Franken! Ist das nicht unfassbar?" „Ich darf nicht darüber nachdenken", gab Catherine zu.

3

„Ich glaube, so schnell sind wir mit dem Fall doch nicht fertig", gab Joseph Leroux zerknirscht zu, als sie später an der péage[11]-Station in Montpellier in der Schlange standen. „Hoffentlich fördern die IT-Kollegen bald etwas von den verschlüsselten Daten des Laptops zu Tage." „Das dürfte kompliziert sein. Vor allem dann, wenn der Professor die Aufputschmittel auf geheimen Wegen besorgt hat", sagte Catherine. „Aber ich denke, Experten können alle Spuren im Internet zurückverfolgen", wandte Joseph ein. Catherine lachte. „Oh nein, so einfach ist das heute nicht mehr. Mittlerweile gibt es das Darknet, da kannst du nichts mehr ‚einfach so' verfolgen. Wenn du Glück hast, macht einer der Benutzer oder Händler

---

[11] Zahlstelle für die Mautgebühren auf Autobahnen.

einen Fehler, wenn du Pech hast, sind die clever. Dann kann man keine Spuren zurückverfolgen und wir sind mit unserem Latein am Ende." In diesem Augenblick ertönte aus Josephs Jacke ‚It ain't got no swing‘. „Das habe ich schon lange nicht mehr gehört. Hast du es neuerdings immer stumm geschaltet?", stichelte Catherine. Joseph begnügte sich mit einem scheinbar bösen Seitenblick. Wortlos gab er ihr sein Mobiltelefon. „Am Apparat von Joseph Leroux", flötete Catherine provokativ. „Schön, dich zu hören. Wo seid ihr gerade?" Es war Marc Majory, der befreundete Staatsanwalt. „Wir kommen von einer äußerst ergiebigen Befragung in der Universität Montpellier zurück", antwortete Catherine süffisant. „Habt ihr euch wenigstens ein hübsches Mittagessen in der Stadt gegönnt?", fragte Marc neugierig. „Ja, das haben wir. Ein wenig Tofusalat, ein paar Nudeln und für Joseph einen überbackenen Camembert. Wir können uns nicht beklagen. Soll ich die Lautsprecherin spielen? Möchtest du Joseph etwas fragen?" „Ja, Frau Lautsprecherin. Wir haben uns schon seit Ewigkeiten nicht mehr gesehen und das schreit förmlich nach einem gemeinsamen Essen. Ich weiß, dass ihr momentan vollauf mit Leonie beschäftigt seid. Deshalb schlage ich vor, dass ich bei euch koche, während ihr die kleine Maus in den Schlaf wiegt." „Das hört sich sehr gut an. Catherine ist selbstverständlich ebenfalls eingeladen. Falls sie möchte." Catherine schielte Joseph von der Seite an. „Das überlege ich noch", sagte sie mit einem spitzbübischen Lächeln in den Augenwinkeln. „Samstag?", fragte Marc. Joseph nickte und Catherine gab ein hörbares „Einverstanden" von sich. „Übrigens, ich bin Mittwoch und Donnerstag auf einem Lehrgang bei Interpol in London. Es geht um das sogenannte Darknet. Ich bin es leid, wie ein Blödmann da zu stehen, während die Cyberkriminellen mit uns Blinde Kuh spielen." „Wow! Das trifft sich hervorragend", mischte sich Catherine in die Diskussion ein. „Wir arbeiten gerade an einem Fall, wo das eine wichtige

Rolle spielen könnte. Dann spitze die Ohren, damit du uns am Samstag beibringen kannst, wie wir geheime Codes knacken können." „Ob ich nach dem Lehrgang dazu in der Lage bin, kann ich nicht versprechen. Aber ein Kollege von der IT-Abteilung fliegt ebenfalls mit. Der wird mehr von der Materie begreifen als ich. Spannend wird es allemal. Also, Samstag 19.00 Uhr. Und ich lasse mir einen vegetarischen Gang einfallen, versprochen." „Das ehrt dich." Catherine fühlte sich geschmeichelt. „Noch etwas für dich, Catherine", fügte Marc hinzu. Seine Stimme bekam einen vergnüglichen Tonfall. „Ich habe zufällig herausgefunden, dass dieser Aktionskünstler auf La Lumière seine Idee vom Sharka Water schamlos von einem italienischen Architekten geklaut hat. Nicht einmal den Namen hat er sonderlich geschickt verfremdet. Ich schicke dir den Link, dann kannst du dir bei Gelegenheit den Bericht über das spannende Projekt durchlesen." „Ja, das wird noch eine Weile warten müssen. Aber nett, dass du an mich denkst. Vielleicht kannst du uns am Samstag schon einmal etwas darüber erzählen. Bis dann."

4

Bei Sète verließen sie die Autobahn. „Was ich nicht verstehe", sagte Joseph laut. „Wenn der Professor solche Mengen an Aufputschmitteln gelagert hatte, wird er sie doch an irgendwen weiterverkauft haben. An seine Studenten? Das ist doch Missbrauch von Abhängigen. Was hatte er davon?" „Vielleicht war er doch ein verkappter Menschenfreund!", warf Catherine ein. „Bist du noch nie in die Situation gekommen, dich ein wenig zu puschen, damit du besser und länger arbeiten kannst?", antwortete Catherine mit einer Gegenfrage. Joseph überlegte. „Doch", gab er gedehnt zu. „Manchmal, wenn ich glaube, ich sei kurz vor der Lösung eines Falles und wenn ich dann einfach nicht mehr denken kann, habe ich schon mit dem Gedanken gespielt, dass es nicht schlecht sei, wenn ich ein

Mittel zur Hand hätte. Aber ich glaube, ich hätte viel zu viel Angst davor, von dem Zeug abhängig zu werden." „Nun, ich kann mir vorstellen, dass Studierende sich in Prüfungssituationen gerne dopen. Wenn du dir vorstellst, dass die Absolventen heutzutage manchmal zwei oder noch mehr Prüfungen an einem einzigen Tag bewältigen müssen, das finde ich heftig. Und der Druck, ein gutes Examen hinzulegen, wird immer größer. Also, wenn dann so ein kleiner Helfer winkt, ist die Versuchung sicher groß." „What a drag it is, getting old", summte Joseph sofort. „Ist das bei uns in Frankreich tatsächlich noch erlaubt? Hélène hat mir einmal gesagt, dass in anderen Ländern maximal eine Klausur pro Tag geschrieben werden darf." „Das kann sein. Aber selbst wenn du nur eine Prüfung versiebst, sieht es für die Studierenden schlecht aus. Du kannst sie zwar im nächsten oder im darauffolgenden Semester wiederholen, aber wer kann sich das finanziell schon leisten? Schließlich werden an manchen Universitäten für jede Nachprüfung gesonderte Zulassungsgebühren erhoben." „Ja, aber die Studierenden könnten sich für solche Situationen doch ein Rezept beim Arzt holen", wandte Joseph ein. „Soweit ich weiß, bekommst du nicht so einfach ein Rezept. Außerdem sind die Pillen nicht billig. Ich vermute, dass Blanc die Aufputschmittel irgendwo schwarz bezogen und dann günstig weiter verkauft hat." „Wenn das alles so stimmt, wäre es noch besser, wenn die IT-Techniker schnell brauchbare Ergebnisse finden", äußerte Joseph und sang weiter von Mothers little helper.

„Hast du in der letzten Woche etwas von den Pelzers gehört?", fragte Catherine. Joseph schüttelte den Kopf. „Nein, habe ich nicht. Ich meine, so vertraut sind wir nun auch wieder nicht miteinander. Vielleicht sind sie ja in Amerika", warf Joseph ein. „Wie kommst du jetzt auf diese Idee?" Catherine sah ihren Chef konsterniert an. „Ach nur so! Ich glaube, Beatrice wollte schon lange nach New York." „Und wenn nicht? Vielleicht treffen wir sie mal in der Sun-Beach-Bar am Hafen auf einen Aperitif.“ „Oder beim Einkaufen im Supermarkt.“ „Höre auf, mich auf den Arm zu nehmen“, schalt Catherine. Danach betrachtete sie gedankenverloren die malerischen Austernbänke, die in Achterreihen vor Sète angeordnet waren.

5

Im Büro ging Catherine zusammen mit Joseph die Namen durch, die sie sich gesondert aus dem Notizbuch aufgeschrieben hatte. „Hier, schau! Neben Professor Fabron ist ein Totenkopf gemalt. Das ist bestimmt kein Zufall. Wenn er nur vor sich hin gekritzelt hätte, hätte …“ „Ich weiß! Warum hast du Filomena Lambert unterstrichen?“ „Mmmh. Der Eintrag scheint mir frisch zu sein, erst vor kurzem hinzugefügt. Möglicherweise hatte er zuletzt Kontakt mit ihr.“ „Wir sollten sein Handy auslesen lassen“, warf Joseph ein. „Wieso das denn? Wir haben doch gar kein Handy bei ihm gefunden. Das wird der Mörder mitgenommen oder entsorgt haben.“ „Ach, ich bin doch echt nicht auf Draht!“, rief Joseph aus und schlug sich mit der flachen Hand vor die Stirn. „Dass ich es immer noch nicht auf dem Plan habe, sofort nach einem Handy zu forschen! Okay, ruf du diese Frau an. Ich frage bei der IT-Abteilung nach, ob sie schon etwas wissen.“

„Haben wir heute Glück oder haben wir heute kein Glück?“ Catherines Frage war mehr eine Feststellung. Die Mobilnummer von Filomena Lambert gab es nicht oder nicht mehr. Hatte sie Telefon vielleicht nur abgeschaltet? Catherine suchte im Internet nach einem Adresseintrag von Filomena Lambert. Auch der existierte nicht. Das ganze Netz gab keine Informationen über eine Frau mit diesem Namen preis. Kuratorin aus Marseillan? Sie wählte die Nummer der Mairie in Marseillan. „Eine Kuratorin? Für was sollten wir eine Kuratorin haben? Professor Blanc? Sie meinen den Toten? Von dem haben wir vorher noch nie gehört! Nein, wir wissen nichts von einem Happening oder einer Performance. Außerdem haben wir eigene Künstler. Ja, es tut mir leid, dass ich Ihnen nicht weiterhelfen kann."

„So ein Mist", schimpfte Catherine, zerknüllte die Notiz mit der Telefonnummer der fiktiven Filomena Lambert und pfefferte ihn treffsicher in den Papierkorb. Joseph legte gerade den Hörer auf und schaute sie interessiert an. „Diese Filomena ist ein Geist, ihr Mobiltelefon ist entweder abgeschaltet oder es liegt im Ètang de Thau." „Bleib am Ball. Wenn es sich wirklich um ein Prepaid-Telefon handeln sollte, könnte mehr dahinter stecken. Immerhin haben die Kollegen von der IT-Abteilung eine heiße Spur im Darknet gefunden. In dem Online-Forum ‚torlinkbgs6aobns.onion' hat sich ein gewisser Matoskah massiv bei Rhinocéros über wirkungsloses Bonvirol beschwert. Das Zeug habe auf ganzer Linie versagt. Er habe minderwertige Pillen gekauft und wolle sein Geld zurück. Rhinocéros hat daraufhin zurückgeschossen und Matoskah auf das Übelste beschimpft. Rhinocéros betitelte ihn als Warmduscher, Pissnelke und Nöhlboje. Daraufhin drohte Matoskah, wenn er nicht umgehend neue, einwandfreie Ware bekomme, werde er Rhinocéros hochgehen lassen." Catherine musste grinsen. „Ganz schön frech von ihm, den Händler so zu bedrohen, aber Rhinocéros hat ihn ‚aufs Horn' genommen. Es ist ziemlich einleuchtend, dass unser Professor hinter Matoskah steckt." „Das sehe ich auch so", stimmte Joseph zu. „Aber bisher konnten unsere Leute keinen Lieferanten identifizieren." „Ich nehme an, sie müssen jetzt verdeckt ermitteln", mutmaßte Catherine. „Davon gehe ich aus", äußerte Joseph. „Das heißt, das kann dauern." „Vielleicht auch nicht", erwiderte Joseph. „Wenn sie eine Probebestellung aufgeben und Rhinocéros liefert sofort?" „Trotzdem, die Kollegen müssen ja herausbekommen, von wo er liefert. Wenn er clever ist, verschickt er seine Ware immer von anderen Postämtern, so dass wir ihn nicht so schnell zu fassen bekommen. Aber selbst wenn er das nicht macht, müssen sie ihn observieren, bevor sie ihn in die Finger bekommen." „Gut, bis dahin werde ich mir schon einmal ein paar Videos anschauen. Damit ich mir persönlich ein Bild von unserem Professor Blanc machen kann." „Sollen wir das nicht besser zu zweit machen? Vier Augen sehen mehr", schlug Joseph vor. „Ach, lass mich schon einmal eine Vorauswahl treffen. Wer weiß, ob die Filme etwas taugen. Manchmal hast du bei Amateurfilmen minutenlang verwackelte Bilder oder sie stehen auf dem Kopf. Ich opfere mich gern und bitte um eine Anwartschaft auf den Märtyrerorden." „Haha", lachte Joseph, „den bekommen zuerst Eltern, die schadlos die Dreimonatskoliken ihres Kleinkindes überstanden haben." Catherine zeigte ihm eine lange Nase." „Ich mache für heute Feierabend. Hast du geprüft, ob der alte DVD-Player noch funktioniert? Wann haben wir den zum letzten Mal benutzt? Ich kann mich gar nicht mehr daran erinnern!" „Keine Sorge", gab Catherine zurück. „Ich habe heute Morgen schon einen Techniker gebeten, sich darum zu kümmern." „Ja, dann bis morgen! Und viel Vergnügen bei deinem Unterhaltungsprogramm." „Wer weiß, vielleicht ist es ja ganz amüsant", sagte Catherine nachdenklich.

Sie nahm das Video mit der Aufschrift *Awenasa Pamuya* und ging damit in den kleinen Raum, der für Videoaufzeichnungen von Überwachungskameras und das Abspielen von DVDs konzipiert war. Sie legte das Video ein und setzte sich gespannt auf einen einigermaßen bequemen Stuhl.

13. September 2014

„*Angewandtes, ethisches Design, bewusst kreiert*", *krähte Raymond Xavier Blanc laut und selbstverliebt,* „*ist die Droge der Zukunft. Ich sage nur eins, die Hormone werden ausgeglichen, die Gehirnströme in die richtigen Bahnen gelenkt. Alles dank meines genialen Einfalls.*" *Blanc trug einen bodenlangen, schwarzen Kaftan, um den Hals hatte er eine schwere, goldene Kette mit einem großen, runden Bergkristall gehängt. Barfuß war er plötzlich aus dem Nichts aufgetaucht.*

Catherine hätte am liebsten sofort den Stopp-Knopf gedrückt. Sie konnte solch ein hochgestochenes Bramarbasieren kaum ertragen. Prahlhänse, egal, welcher Gesellschaftsschicht oder welchem Geschlecht sie angehörten, weckten in ihr Mordgelüste.

„*Das Schmerzempfinden wird verändert und die Blutzufuhr verbessert*", *dozierte Xavier.* „*Aimée, willst du wirklich hier bleiben?*", *flehte eine junge Frau ihre Freundin an.* „*Sei doch kein Spielverderber*", *rief Aimée gut gelaunt.* „*Die Party hat noch gar nicht richtig angefangen.*" *Die mit Aimée Angesprochene griff zwei Gläser mit einem prickelnden Getränk von dem Tablett, das ein hübsches junges Mädchen durch die Menge balancierte.* „*Trink, das entspannt.*" *Die Freundin prostete der dunkelhaarigen jungen Frau zu.* „*Nun mach doch nicht eine solche Leichenbittermiene. Hier sind coole Leute. Hast du das Schnuckelchen in der Ecke gesehen.*" *Die blonde Aimée schnalzte leise mit der Zunge.* „*Ach, der ist nicht mein Fall*", *flüsterte die Dunkelhaarige.* „*Und jetzt kommt das Beste*", *trötete Xavier laut. Alle Blicke richteten sich – soweit erkennbar – auf ihn.* „*Hiermit enthülle*

ich Awenasa Pamuya. Wer darin badet, befreit sich von allen An-
haftungen.“

Catherine konnte nichts erkennen. Offensichtlich wurde die Kamera höher gehalten. Alles, was sie erkennen konnte, waren Köpfe, hochrote, weinselige Gesichter. Über den Partygästen schwebte eine Nebelwolke. Aimée unterhielt sich mit einem jungen Wuselkopf. Er hatte seine Ohren mit riesengroßen Holzsteckern bestückt, so dass ihm die Läppchen fast bis auf die Schulter hingen. Catherine schüttelte sich bei dem Anblick.

„Darf ich dir Patric vorstellen? Ist er nicht süß?“, flötete Aimée in das Ohr der Dunkelhaarigen.
Catherine hatte den Eindruck, dass die junge Dame genau wusste, dass jedes ihrer Worte von der Kamera festgehalten wurde.
Sie drückte ihrer Begleiterin ein weiteres Glas Schaumwein in die Hand. „Danke. Nicht so schnell“, wehrte sich diese, doch die Freundin kicherte nur. „Komm! Wir wollen uns das Ding aus der Nähe ansehen, wie hieß es noch gleich?“ „Awenasa Pamuya“, trötete Patric stolz. „Ich bin im Seminar von Professor Blanc und er hat uns an der Namensfindung teilhaben lassen.“ „Ach, dann kannst du uns bestimmt sagen, was das heißt. Hört sich irgendwie indianisch an oder türkisch“, lachte Aimée aufgekratzt. „Hast du eine Ahnung, wie sich türkisch anhört?“, fragte der Wuselkopf provokativ. Das Glas rutschte aus Aimées Hand und fiel klirrend auf den Boden. „Oh nein, wie peinlich“, kreischte sie. „Du bist ja völlig überdreht“, zischte die Dunkelhaarige wütend. „Komm’ mal wieder auf den Teppich!“ Von irgendwoher besorgte sie ein Kehrblech und einen Handbesen, fegte die Scherben auf und brachte sie weg. Als sie zurückkam, tuschelte Aimée intensiv mit Patric, beide lachten, als die Freundin näher kam. „Entspann’ dich endlich“, sagte Aimée beschwörend. Sie nahm

ihre Freundin in den Arm. Daraufhin schien diese in Tränen auszubrechen. „Du hast ja Recht", sagte die Dunkelhaarige und leerte ein weiteres Glas Champagner. Dann schoben sich alle drei näher an den Mittelpunkt des Happenings heran.

Mitten auf der von zwölf Strahlern erleuchteten Terrasse stand ein riesiges Kupferbassin. Mehrere nackte Frauen planschten darin herum, alberten oder quietschten gekünstelt. „Super!" „Abgefahren!" „Geil!" Eine versuchte, schriller als die andere zu klingen. Nebelige Dämpfe umhüllten ihre Leiber.

„Du hast uns noch nicht gesagt, was dieser Name bedeutet." Aimée schmollte und schmachtete gleichzeitig den jungen Mann an ihrer Seite an. Der plusterte sich auf und verkündete: „Awenasa ist das indianische Wort für ‚Mein Zuhause' und ‚Pamuya' heißt Wassermond." „Das ergibt ja überhaupt keinen Sinn", stellte die Dunkelhaarige ernüchtert fest. „Soll es auch gar nicht", konterte Patric. „Was ergibt keinen Sinn?" Aus dem Nebel tauchte die Krähe neben ihnen auf. Raymond Xavier Blanc, Professor der Schönen Künste an der Universität Montpellier, legte seinen Arm um die beiden jungen Frauen, dem Wuselkopf zwinkerte er verschwörerisch zu. „Wen hast du hier mitgebracht, die beiden Schönheiten sind mir bisher noch nicht begegnet."

6

Wer immer das Video mit dem Pamuya Awenasa gedreht hatte, hatte sein Augenmerk vor allem auf die beiden jungen Frauen gerichtet. Der Professor kam nur als Klammer vor. Warum hatte er es dann in seinem Schreibtisch aufbewahrt? Es war höchstwahrscheinlich von jemandem gedreht worden, der sich in seinem Gefolge befand. Catherine schaute sich die Hülle der DVD noch einmal genauer an. Sehr klein versteckte sich rechts unter dem Titel ein Aufkleber. ‚Von Karl mit besten Grüßen', stand dort in sehr fein ziselierten Buchstaben. Karl? Hieß nicht so der eine Erasmus-Student, der in dem

Notizbuch des Professors erwähnt war? Catherine gähnte. Gleich beim ersten Film empfand sie eine ausgesprochene Abneigung gegen den Professor mit seinem Gehabe. Eine weitere DVD mit ihm würde sie sich heute nicht mehr antun. Also ging auch sie nach Hause.

Dienstag, 28. November

1

Mitten in der Nacht wachte Catherine auf. Der Vollmond leuchtete ihr direkt ins Bett. Catherine hatte bewusst auf Vorhänge im Schlafzimmer verzichtet. Nachbarn, die ihr hätten ins Zimmer schauen können, gab es nicht. Manchmal schob sie ein zartes Rollo herunter, aber gestern war sie zu müde gewesen, um daran zu denken. Das bereute sie jetzt. Sie stand auf, ging zur Toilette, kam wieder zurück, legte sich hin und probierte, wieder einzuschlafen. Sie drehte sich nach links, nach rechts, auf den Rücken, zählte durcheinander bis hundert. Diese Methode hatte ein Hypnotiseur im Fernsehen für Menschen mit Einschlafschwierigkeiten empfohlen. Einfach unlogisch Zahlen zwischen eins und hundert aufsagen, so lange, bis der überwache Verstand kapitulieren und abschalten würde. Funktionierte heute auch nicht. Wer war Filomena Lambert? Es musste einen Zusammenhang geben! Catherine hatte am Nachmittag noch mindestens fünfmal probiert, Filomena Lambert auf ihrem Mobiltelefon zu erreichen. Die Leitung blieb tot, es meldete sich niemand. Hatte sie Blanc nach Marseillan in den schäbigen Park gelotst? Oder war es der Mann mit den Pillen? Wenn es nicht noch eine andere Frau war! Wer war Doktor Fabron? Sie hatte sich nicht bei ihnen gemeldet. Würde eine Professorin morden? Nur um Vizepräsidentin zu werden? Hatte Joseph herausgefunden, ob irgendetwas mit dem Gemälde in Blancs Arbeitszimmer faul war? Sie stand auf, notierte ihre Fragen auf einem weißen Blatt, ging wieder ins Bett. Ihr fielen gerade die Augen zu, Wattewölkchen schwebten am Himmel, da tanzte Marc Majory vor ihrem Fenster und sang ‚I've got you under my skin.‘ Darüber musste Catherine laut lachen mit dem Erfolg, dass sie vollends wach wurde. Sie stand auf, kochte sich einen grünen Tee, süßte ihn mit Ahornsirup und trat auf ihren winzigen Balkon, der auf den Place de L'Ancienne hinausging. Sie liebte die kühle Nachtluft, frei von Abgasen und frisch wie das Meer. Sie ließ die Luft bis in ihre Lungen strömen und war glücklich über diesen Augenblick. Noch vor wenigen Jahren war ihr gar nicht bewusst gewesen, dass sie atmete.

Ob Hélène und Joseph auch gerade wach waren, Leonie wickelten oder sie wieder in den Schlaf sangen? Joseph hatte sie gestern auf dem Rückweg von Montpellier gefragt, ob sie die Patentante von Leonie werden wolle. Wenn sie daran dachte, schossen ihr sofort Tränen in die Augen. Leonie berührte etwas in ihr, das sie lange nicht gekannt hatte. Sie würde sich bald nach jemandem umsehen, bei dem sie sich professionelle Hilfe holen konnte. Eine Körpertherapeutin vielleicht? Eine Psychotherapie hatte sie vor vielen Jahren abgebrochen. Bei den Gesprächen hatte sie irgendwann bemerkt, dass ihr Verstand alles sofort zerlegte. An den Kern ihrer eigentlichen Probleme war sie nicht herangekommen. Vor ein paar Wochen hatte sie mit ihrer Jugendfreundin Simone telefoniert. Obwohl Simone schon vor Jahren nach Brüssel gezogen war, hatten sie sich regelmäßig Mails geschrieben oder in ihrer Heimat getroffen. Simone hatte ihr von einer kinesiologischen Balance vorgeschwärmt; nach mehreren Sitzungen hatte sie ihre Flugangst im Griff. Nachdenklich ging Catherine wieder zurück in die Küche. Jetzt konnte sie genauso gut richtig aufstehen, sich waschen und dann noch früher als Joseph in dem Büro der Gendarmerie erscheinen.

2

Joseph war wirklich total überrascht. „Hey, bist du aus dem Bett gefallen?", begrüßte er sie. „Ich habe seit fünf Uhr kein Auge mehr zugetan. Der Vollmond ist stärker als jeder Wecker", antwortete Catherine. „Außerdem geht mir der Professor nicht aus dem Kopf. Wer steckt hinter dem Decknamen Rhinocéros? Ich habe das Gefühl, dass wir uns im Kreis dre-

hen. Und hast du schon etwas über diese Madonna erfahren?"
„Die Anfrage wegen der Madonna läuft. Ansonsten vermute ich, dass der Name Rhinocéros auf Potenzmittel schließen lässt. Ich habe gestern Abend zu Hause auch noch recherchiert. Im letzten Jahr haben Ermittler von Interpol bei einer länderüberschreitenden Aktion vermehrt Postsendungen kontrolliert. Dabei sind ihnen über achttausend gefälschte Potenzpillen in die Hände gefallen, Wert ca. vierzigtausend Euro. Sie kamen alle von demselben Absender aus Köln. Nur fanden sie unter diesem Namen dort niemanden. Die Deutsche Post half bei der Spurensuche, so dass sie den Mann schließlich doch gefunden haben." „Ja, aber ...", setzte Catherine an. „Ich weiß! Wir wissen weder, wer unser Rhinocéros ist, noch ob er in Frankreich, Honolulu oder hier um die Ecke wohnt. Und wir wissen auch nicht, ob er wirklich etwas mit dem Mord an Professor Blanc zu tun hat. Wenn unsere Fachleute die E-Mail-Adresse herausgefunden haben, schauen wir uns an, was wir uns dort für neckische Weihnachtsgeschenke bestellen können." „Weihnachtsgeschenke?", echote Catherine und schlug sich vor die Stirn. „In vier Wochen ist Weihnachten. Du meine Güte. Ich habe noch keine Idee, was ich meiner Mutter schenken soll." „Zum Glück dauert es noch etwas", tröstete Joseph sie.

Claude von der IT-Abteilung brachte sie auf andere Gedanken. Er steckte den Kopf zur Tür herein und hielt ihnen einen größeren Zettel hin. „Ich habe euch die Mailadresse aufgeschrieben. Wahrscheinlich werdet ihr das kaum entziffern können. 44efc678drkurli113.onion." „Wie, die endet auf Zwiebel? Nicht auf .fr oder .com?" „Das ist richtig! Um in das Darknet zu gelangen, braucht man einen besonderen Internetbrowser. In unserem Falle ist das Tor, das ist die Abkürzung von The Onion Router. Es würde zu lange dauern, euch noch mehr Feinheiten zu erklären. Jedenfalls habe ich unser Rhinocéros gefunden. Und alles, was man bei dem bestellen

90

kann, habe ich euch auf dieses Blatt geschrieben." Neugierig nahmen Joseph und Catherine das Papier in die Hand, hockten sich nebeneinander an Josephs geräumigen Schreibtisch und studierten die Liste. Diazepam, Midazolam, Flunitrazepam, Sildenafil, Zoovigil, Bonvirol, Temesta, Ritalin, Inderal, Rivotril. „Ich würde gar nichts von dem Zeug bestellen können, weil ich noch nicht einmal die Namen kenne, geschweige denn, wofür es eingesetzt wird", gestand Leroux. „Schau! Zoovigil gehört auch zum Angebot. Claude, kannst du uns etwas von dem Zeug bestellen?" „Sicher, wie viel hättet ihr gerne? Und vor allem, an welche Adresse? Ich kann die Pillen ja schlecht zur Gendarmerie schicken lassen. Und es wäre auch nicht ratsam, deine Privatadresse anzugeben." „Wir wissen nicht, wo der Absender hockt – es könnte durchaus sein, dass er hier in Mèze wohnt – also kann ich auch nicht unter meinem Namen bestellen." Joseph und Catherine überlegten angestrengt, wie sie das Problem lösen könnten. „Und wenn ich das unter meinem Namen postlagernd bestelle?", schlug Claude vor. „Wir von der IT treten nicht öffentlich in Erscheinung." „Bravo! Guter Einfall. Postlagernd zur Hauptpost Mèze. Und mache ein bisschen Druck, damit Rhinocéros sich beeilt." „Wird gemacht, Chef", grinste Claude. Nach zehn Minuten kam er fröhlich zurück. „Erledigt! Habe unter meinem Namen eine Testlieferung von 10 Stück Zoovigil bestellt. Habe geschrieben, dass es dringend sei, weil meine Freundin am Wochenende komme." Claude grinste anzüglich und fuhr fort: „Bei Gefallen würde ich mir regelmäßig liefern lassen. Ich kenne übrigens den Beamten am Schalter persönlich. Den werde ich vorher schon impfen, damit er weiß, dass ich eine Sendung erwarte. Ach übrigens, wer bezahlt die Pillen eigentlich?" „Das geht aufs Haus. Sind außergewöhnliche Belastungen." Alle drei grinsten. „Wie lange wird es dauern?", fragte Catherine. „Wenn Rhino heute noch vor fünf Uhr zur Post geht …" „Morgen schon darauf zu warten, wäre vermessen. Ich schätze übermorgen", meinte Claude. „Gut, wir müssen mit dem Fluss des Wassers gehen und abwarten, was passiert. Danke für Ihre Hilfe, Claude." „Gerne."

3

Als Claude gegangen war, fiel Joseph plötzlich siedend heiß etwas ein. „Wir haben total vergessen, Brigardier Rifaud an unseren Ermittlungen teilhaben zu lassen", sagte er. „Stimmt, jetzt, wo du das sagst. Aber von ihm haben wir auch nichts Neues erfahren." Schuldbewusst wählte er die Nummer der Gendarmerie Marseillan. Er hatte Glück und erreichte Brigardier Rifaud sofort. Leroux gab ihm einen Überblick über den Stand der Ermittlungen. Rifaud hörte aufmerksam zu. „Was halten Sie davon, wenn ich einen Aufruf an die Bevölkerung von Marseillan starte? Wissen Sie, Capitaine Leroux, im November wird der kleine Park bereits um 17.30 Uhr geschlossen. Es wäre doch denkbar, dass jemand gesehen hat, welche Personen den Park vor dem Mord betreten und später verlassen haben. Vielleicht bekommen wir auf diesem Weg neue Informationen." „Das ist richtig, Monsieur Rifaud. Schicken Sie den Aufruf auch an die Dienststellen von Marseillan-Plage, Sète, Frontignan und Mèze. Sie sollten auch Agde nicht vergessen. Wir wissen inzwischen, dass jemand dem Mann ziemlich hastig eine tödliche Injektion verpasst hat. Pech für uns ist, dass der Tote so abseitig an der Mauer gelegen hat, sonst hätte ihn jemand früher entdecken können. Aber möglicherweise melden sich Zeugen. Informieren Sie uns, wenn sie etwas Neues erfahren?" „Das mache ich selbstverständlich, Capitaine."

Nachdem er das Telefonat beendet hatte, betrachtete Joseph Leroux noch einmal die Fotos, die den Tatort und die Umgebung zeigten. Ein schnurgerader, grauer Weg teilte den Park am städtischen Eingang von Marseillan in zwei Bereiche.

Links standen einige unspektakuläre Büsche, dahinter wuchsen in einer Reihe alte Olivenbäume. Die sich anschließende, schmutziggraue Mauer verwehrte den Bewohnern der Nachbarhäuser jegliche Sicht auf diesen relativ dunklen Teil des Parks. Hier hatte der Tote gelegen. Das dreigeschossige, kastenförmige Mietshaus, das direkt neben dem Park stand, wies zu dieser Seite weder Balkone noch Fenster auf. Da der Park zu dieser Jahreszeit schon zeitig geschlossen wurde, konnte er nicht einmal als ein idealer Zufluchtsort für Liebespaare dienen. Ob sich heutzutage überhaupt noch junge Menschen im Park trafen oder gingen sie nur in die Diskothek. Gab es in Mèze eine Diskothek? Er hatte keine Ahnung! Catherine riss ihn aus seinen Gedanken. „Mon Capitaine. Bitte, schau dir mit mir noch einmal gemeinsam diese DVD an. Du hast schon gesagt, dass vier Augen mehr sehen als zwei. Es handelt sich um eine pompöse Party mit Kunstanteilen", spottete Catherine. „Ich möchte, dass du mir deine Meinung dazu sagst. Ich habe sie schon eingelegt." „Um Gottes Willen, hoffentlich eine Kopie!" „Aber natürlich, Chef!" Beide grinsten, weil sie sich an den Rüffel der IT-Abteilung erinnerten. „Ich gehe doch nicht das Risiko ein, meine Festplatte zu ruinieren, nur weil auf der DVD ein Virus sein könnte." Aufmerksam ließen sie das Spektakel an sich vorbei gleiten. „Das stammt aber nicht von Professor Blanc", mutmaßte Joseph, als der Film nach fünfzehn Minuten zu Ende war. „Der Meinung bin ich auch, aber wie kommst du darauf?" „Ich schätze, der Film ist von einem Freund der jungen Dame gemacht worden." „Welcher jungen Dame? Es gibt mindestens zwei Hauptfiguren", erläuterte ihm Catherine. „Also, ich denke, von dieser blonden, aufgetakelten. So, wie die sich gegeben hat, kann ich mir vorstellen, dass sie einen Bekannten darum gebeten hat. Warum, kann ich dir auch nicht sagen, ist so ein Bauchgefühl. Gehe noch einmal zurück, ganz am Anfang fiel ihr Name." Sie klickten die Rückwärtstaste an. „Da, stopp!"

Sie lauschten. Der Ton war ziemlich knatterig. Doch sie hörten, wie die dunkelhaarige Frau sagte: „Aimée, willst du wirklich hier bleiben?" „Wunderbar", rief Joseph. Haben wir auch den Namen der anderen jungen Frau gehört?" Aber so oft sie sich auch die entsprechenden Sequenzen anschauten, die dunkelhaarige Frau blieb namenlos. „Jedenfalls müssten wir herausfinden, ob Aimée eine Studentin ist, wie ihre Freundin heißt und wo wir Patric zuordnen müssen." „Hast du etwas dagegen, wenn ich mir noch zwei oder drei DVDs mit nach Hause nehme? Wenn das Fernsehprogramm wieder so grottenschlecht ist wie in den letzten Tagen, habe ich wenigstens eine Alternative und kann meinen künstlerischen Horizont erweitern." „Du willst doch nur den Märtyrerorden kassieren", neckte Joseph sie. „Märtyrerorden?", echote es im Flur. Marc Majory erschien in der Tür. „Entschuldigung, wenn ich hier so hereinplatze. Ich war gerade in Pomerols und habe meine Weinvorräte aufgefüllt. Und da dachte ich … Warum guckt ihr denn so abweisend. Habe ich etwas Falsches gesagt?" „Wir gucken doch gar nicht!", widersprach Catherine und setzte ein todernstes Gesicht auf. Als sie Marcs konsternierte Miene sah, brach sie in schallendes Gelächter aus. „Ich war gerade im Begriff, nach Hause zu gehen und mir ein paar Videos aus dem Fundus von Professor Blanc anzuschauen. Wenn du nicht weißt, was du heute Abend machen sollst, kannst du sie ja mit mir zusammen anschauen." Marc dachte, er habe sich verhört. War das eine milde Gabe der Prinzessin? „Von mir aus gerne. Wir sind ja die Kunstexperten, zumindest können wir schon Konzept- von Aktionskunst unterscheiden. Was hast du denn im Angebot?" „Oh, so Aufregendes wie ein Happening im August 2011, eine Exhibition in Berlin, ein Excitement in Wien aus Dezember 2011, ein Vortrag in Odessa 2016. Reicht das?" Während Catherine die Möglichkeiten aufzählte, rollte sie theatralisch mit den Augen und ahmte eine Frau mit Starallüren nach. „Hört sich vielverspre-

chend an. Hast du wenigstens Chips zu Hause?" „Acrylamid-
happen? Never! Aber wenn du bereit bist, dich mit Nüssen,
Rosinen und Rotwein zu vergiften, kannst du mitkommen."
„Ich werde es überleben", erwiderte Marc lachend.

4

Sie saßen gesittet nebeneinander auf der Couch in Catherines
winziger Zweizimmerwohnung. Der Laptop auf dem Tisch
vor ihnen war aufgeklappt, das DVD-Laufwerk orgelte noch.
Catherine hatte neben einem Schälchen mit den angedrohten
Rosinen und Nüssen auch ein Holzbrett mit verschiedenen
Käsen und Weintrauben bereitgestellt. „Sind die zum Verkos-
ten?", fragte Marc und zeigte auf die niedlichen Gläser mit
kleinem Kelch und grünem Fuß. „Das sind die im Elsass übli-
chen Weingläser. Außerdem musst du noch mit dem Auto
fahren, also ist das genau die richtige Größe für dich. Rot
oder weiß?", wollte sie wissen. „Gut, dass du ein Auge auf
mich hast", meinte Marc nicht ganz ernst. „Rot bitte. Ich bin
gespannt, ob wir mehr als einen Film schaffen", gab Marc zurück. Er hielt ihr sein Glas entgegen und Catherine goss ihm
und sich selbst einen samtigen Aussières Rouge ein. „Jetzt
kann es losgehen!", sagte sie und stieß mit ihm an. Sie hatten
sich auf die DVD aus Berlin geeinigt.
Gebannt schauten sie auf den Bildschirm und auf Professor
Blanc, der sich dem Filmer näherte. Sein weißer, bodenlanger
Kaftan flatterte im Wind, dazu trug er eine dunkelrote Samt-
kappe. Seine Füße zierten dunkelrote Lederpantoffeln. Marc
prustete los. „Macht der einen auf Papst?" Catherine grinste.
Ihr gefiel Marcs Humor. „Die überdimensionale Sonnenbrille
ist doch albern. Schau dir den grauen Himmel über Berlin
an." Verständnislos schüttelte sie den Kopf. Die nächste Einstellung zeigte Professor Blanc, wie er auf ein Podest in einem
größeren Saal zuschritt. Ein silberner Ring ihm Ohr, sein
Gehstock mit einem silbernen Totenkopf verziert, sein Gang

eine einzige Pose. Er stieg drei kleine Stufen herauf. Wie ein König drehte er sich lächelnd zu seinem Auditorium und hob die linke Hand. Die Kamera schwenkte auf das tosende Publikum. „Meine Güte, der wird ja wie ein Popstar begrüßt. Und dabei hatte ich zuvor noch nie von ihm gehört." „Da kannst du sehen, wie ungebildet wir sind." Als Blanc davon sprach, dass es ein kreativer Prozess sei, einen Kohlrabi zu schälen, rückte Catherine aufgekratzt näher an Marc. Blanc schaute derweil hypnotisierend seine Zuhörer an. „Dies sagte einst der legendäre Joseph Beuys. Wenn ich nun vor euren Augen eine Zeitung nehme, sie in Stücke reiße, die einzelnen Fetzen in Kleister tauche und die Masse später zu einem elipseförmigen Etwas forme, ist das Kunst?", fragte er, schaute in verblüffte Gesichter und redete weiter. Über Minimalismus und Spiralen aus Basalt und Erde und über Erdfurchen in Nevada. „Du, Catherine. Können wir nicht einfach den Ton abschalten und uns auf seine Körpersprache konzentrieren?" Catherine nickte. „Jetzt weiß ich, warum wir so ungebildet sind. Weil wir uns solch einen Mist nicht anhören wollen." Also studierten sie Blancs Körperhaltung. Er reckte das Kinn nach vorne, er blies seinen Brustkorb auf, die Gesten seiner Hand umschlangen die Welt, sein Rücken durchgestreckt und sein Stand sicher auf der Erde. Wenn man die Worte nicht hörte, die seinen Mund verließen, hätte man ihn für einen charismatischen Mann halten können. „Können wir das Ganze nicht abkürzen?", wollte Marc wissen. „Du sprichst mir aus der Seele. Aber wenn wir mit doppelter Geschwindigkeit weitergehen, erfordert das hundertprozentige Konzentration?", sagte Catherine. „Ach, das ist bestimmt lustig. Lass es uns einmal versuchen. Wenn es nicht klappt, können wir uns immer noch umentscheiden. Außerdem, es ist noch nicht einmal sieben Uhr", entgegnete Marc. Es sah wirklich zum Umfallen komisch aus, wie Blanc im Zeichentrickformat agierte. „Sollen wir uns noch einen anschauen?", fragte Marc gähnend.

96

„Ach komm, jetzt sind wir in Übung. Vielleicht verhält er sich in Wien anders", schlug Catherine vor. Das war reines Wunschdenken. Blanc trat genauso auf, er war nur anders gekleidet. Er hatte sich in einen eleganten Nadelstreifen-Anzug gewandet. An seiner linken Hand prangte ein prächtiger, dunkelgrüner Turmalin, aber die fluoreszierenden Turnschuhe sprengten das Bild. Diesmal stellte er in Schloss Schönbrunn verbeulte Cornflakes-Schachteln übereinander. Er baute sie zu einer Art Mauer auf, stieß sie um, begann erneut damit, sie wieder übereinander zu stapeln, trat scheinbar versehentlich mit dem Fuß dagegen, so dass das Gebilde in sich zusammen brach, dann fing er wieder von vorne an. „Vorlauf?", fragte Marc. „Vorlauf!", antwortete Catherine. Nachdem auch das Video aus Wien nicht wirklich Erhellendes gezeigt hatte, einigten sie sich darauf, sich noch Odessa anzuschauen. „Die Akte Odessa", frotzelte Marc. „Wer weiß", sagte Catherine. In Odessa kamen mehrere Männer und Frauen zu Wort, viele Reden, ein drei Meter hohes, bewegtes Kunstobjekt wurde eingeweiht. „Leg noch einmal den Rückwärtsgang ein", sagte Catherine plötzlich. Marc drückte die Taste und sie schauten angestrengt auf den Bildschirm. „Da!" Catherine deutete auf den Professor. Ein dunkelhaariger Mann mit Kapuzenjacke überreichte Blanc einen Gegenstand, der in Packpapier gewickelt war. Im Gegenzug drückte Blanc dem Mann einen dicken Briefumschlag in die Hand. Für einen Augenblick schaute der Dunkelhaarige direkt in die Kamera. „Ob das etwas Wichtiges ist?" Marc wiegte den Kopf. „Könnte sein. Jedenfalls würde ich es gesondert in einer Aktennotiz festhalten."

„Ein ganz schön eitler Geck war, der Professor Blanc. Immerhin haben wir eventuell diesen Mann, dem er offensichtlich Geld zugesteckt hat", sagte Marc. „Jedenfalls war es lustiger als ein normaler Fernsehabend", stellte Catherine fest. „Und einen normalen Fernsehabend hättest du gewiss nicht mit mir verbracht“, scherzte Marc. „Das stimmt“, sagte Catherine müde. Sie erhob sich und räumte die leeren Gläser weg. „Soll ich gehen?“, fragte Marc. „Ich habe in der letzten Nacht kaum geschlafen“, gähnte Catherine. „Entschuldigung, wenn ich so unhöflich bin.“ „Gut, dann fahre ich jetzt ins einsame Juvignac. Ich muss ja auch morgen früh aufstehen.“ Marc erhob sich und ging zur Tür. Catherine begleitete ihn und hauchte ihm einen zarten Kuss auf die Wange. Er zog sie sanft an sich und erwiderte ihren Kuss. Sekunden blieben sie so stehen. Ihr feines Parfüm streichelte seine Nase. Catherine löste sich von ihm. „Du musst jetzt gehen“, sagte sie und schob ihn sanft von sich fort. „Bonne nuit“, flüsterte Marc noch im Treppenhaus. Statt ihm zu antworten, winkte Catherine ihm nach.

Mittwoch, 29. November

1

Joseph hatte seine Dienstjacke noch nicht einmal aufgehängt, als das Telefon bereits bimmelte. Er hastete zu seinem Schreibtisch und nahm den Hörer ab.

„Doktor Valerie Fabron! Sie wollten mich unbedingt sprechen?" Eine einschmeichelnde Stimme meldete sich am Telefon. „Capitaine Joseph Leroux, Gendarmerie Mèze. Frau Doktor Fabron, wir untersuchen den Mord an Professor Blanc und wir müssen Sie fragen, wie Sie zu ihrem Kollegen standen?" Die Frau am anderen Ende der Leitung lachte hell. „Oh! Raymond Xavier Blanc war ein außergewöhnlicher Mann. Es tut mir so leid, dass er mitten aus dem Leben gerissen wurde. Das hat er nicht verdient." Joseph Leroux glaubte ihr kein Wort. Er sah Doktor Fabron vor sich. Bestimmt strich sie sich jetzt eine künstlich aufgehellte Haarsträhne aus dem Gesicht. „Haben Sie sich gut mit ihm verstanden?" „Ich verstehe mich mit allen Kollegen gut. Nein, ich hatte keine Probleme mit Blanc, wenn Sie das meinen." „Haben Sie nicht mit ihm um seinen Posten als Vize-Präsident konkurriert?" „Ach das", wiegelte Fabron ab. „Es war ein fairer Wettkampf, der nun ein jähes Ende gefunden hat." „Das heißt, jetzt haben Sie freie Bahn, um sich wählen zu lassen?", setzte Leroux nach. „Ach, wissen Sie, ich hatte schon vor seinem Ableben gute Chancen, das Amt zu übernehmen, Professor Blanc war sich nur noch nicht darüber im Klaren." „Ich denke, die Wahlen sind geheim?" „Sind sie auch", bestätigte Doktor Fabron. „Trotzdem weiß man um die eine oder andere Sympathie." Leroux ahnte, dass ihm Doktor Fabron mit jeder weiteren Frage ausweichen würde. „Warum rufen Sie uns eigentlich erst heute an? Wir haben bereits am Montag versucht, Sie zu erreichen." „Ja, ich weiß. Aber leider hat mich am Wochenende eine eitrige Kieferentzündung lahmgelegt.

Ich konnte erst am Montag zu meiner Zahnärztin und gestern habe ich mit kurzen Unterbrechungen den ganzen Tag geschlafen. War es das? Meine Sprechstunde fängt gleich an." „Doktor Fabron, wo waren Sie am Samstag, den 18. November?" Valerie Fabron lachte hysterisch. „Sie glauben doch nicht im Ernst, dass ich Raymond Blanc umgebracht habe!" Sie raschelte hörbar in einem Notizbuch. „Am 18. November sagten Sie? Da war ich auf einer Vernissage." „Geht es ein bisschen genauer?" Langsam war Leroux genervt. „Aber sicher", flötete Doktor Fabron sichtlich gut gelaunt. Der Tod ihres Kollegen schien sie nicht besonders zu beeindrucken. „Ich war auf La Lumière, das liegt zwischen Mèze und Montagnac. Dort hat so ein Möchtegernkünstler, der von sich selbst eine ziemlich hohe Meinung hat, eine Installation gezeigt. Wenn Sie mich fragen, hat er sich die Idee irgendwo geborgt." „Und wo waren Sie, bevor die Vernissage anfing?" „Wie, wo war ich? Bei mir zu Hause natürlich!" „Kann das jemand bezeugen?" „Meine Hündin Odette natürlich oder glauben Sie, ich habe einen Diener im Besenschrank versteckt?" „Frau Doktor Fabron, sagen Sie mir bitte noch, wo Sie wohnen?" „Ich wohne in Nîmes, das heißt, es sind ungefähr hundert Kilometer bis zu La Lumière, und die fahre ich gerne. Bevor Sie fragen, ich habe mir dort für die Nacht ein Hotelzimmer genommen." „Da haben Sie einen sehr weiten Weg für einen Möchtegernkünstler in Kauf genommen, alle Achtung. Wann sind Sie in Nîmes aufgebrochen?" „Also verdächtigen Sie mich doch! Ich bin gerne pünktlich und habe mich deswegen schon um 18.00 Uhr ins Auto gesetzt." „Das war es fürs Erste, aber es kann sein, dass wir noch einmal auf Sie zukommen müssen." „Wenn Sie meinen! Trotzdem einen schönen Tag."

„Die war am Ende aber ganz schön pampig", stellte Joseph fest und schaute Catherine an. „Moment. Mir fällt etwas ein. Du warst doch mit Marc auf dieser Vernissage. Doktor Fabron behauptet, sie sei auch dort gewesen. Haben wir ein Bild von ihr?" „Das haben wir gleich." Catherine gab die Internetadresse der Universität Montpellier ein. Aber bevor sie Doktor Fabron auf dem Bildschirm hatte, dauerte es ein Weilchen. Die Internetleitung war heute nicht die schnellste und dann musste sie sich durch allerlei Menüs klicken, bevor sie triumphierend sagen konnte: „Hier ist sie! Voila!" Joseph hatte sich hinter ihren Stuhl gestellt, um einen Blick auf ihr Foto zu werfen. „Gesträhnte Haare, habe ich mir gedacht", murmelte Joseph. „Und? Hast du sie bei den Pelzers gesehen?" Catherine schüttelte den Kopf. „Leider nein. Ich glaube, ich habe mein Hauptaugenmerk auf den Akteur gerichtet. Ja, ein paar Überkandidelte sind mir natürlich aufgefallen, aber Doktor Fabron war nicht darunter. Wir mussten das Spektakel ja vorzeitig verlassen, du erinnerst dich." „Stimmt!" Joseph knetete mit Daumen und Zeigefinger sein Kinn. „Aber Beatrice Pelzer müsste sich an sie erinnern. Jedenfalls wird sie sie eingeladen haben." „Hatten wir nicht noch vor ein paar Tagen davon gesprochen, dass wir wieder einmal mit Beatrice sprechen müssten?" „Ja, am Montag!" „So schnell kann es gehen!"

2

„Haben Eugen Fournier und seine Leute eigentlich DVDs mit delikatem Inhalt gefunden oder nicht? Du hattest ihn doch extra mit der Suche beauftragt", fragte Catherine nachdenklich. „Soweit ich weiß, haben sie nichts gefunden. Kommt mir trotzdem komisch vor, wozu sollte die Kamera über dem Bett sonst da sein? Das müssen wir unbedingt noch klären. Vielleicht hat uns Ursulina etwas verheimlicht und sie kennt doch ein geheimes Versteck." Catherine überlegte. „Vielleicht sollte ich sie noch einmal alleine fragen, so von Frau zu Frau." „Das kannst du versuchen. Wir könnten uns teilen. Du fühlst Ursulina auf den Zahn und ich frage Beatrice über Doktor Fabron aus", schlug Joseph vor. „Ja, und wenn ich das absolute Glück habe und Ursulina rückt sofort die fragwürdigen DVDs heraus, treffe ich dich auf La Lumière, dann haben wir alle Fliegen mit einer Klappe geschlagen", frohlockte Catherine. Aber dann fiel ihr siedend heiß etwas ein. „Geht gar nicht! Ich habe um halb fünf einen Termin." „Heißt der Termin zufälligerweise MM?", fragte Joseph augenzwinkernd. „Erstens ist Marc in London und lässt sich über die Geheimnisse des Darknets aufklären und zweitens möchte ich über meinen Termin nicht reden." Catherines Gesicht verschloss sich plötzlich. „Ach Catherine", seufzte Joseph. „Selbstverständlich musst du mir nichts über dein Privatleben erzählen. Ist schon in Ordnung." Catherine ärgerte sich über sich selbst, so übertrieben hatte sie nicht reagieren wollen. „Vielleicht erzähle ich dir später davon", lenkte sie ein.

3

Sie machten sich getrennt auf den Weg. Ursulina blieb relativ gelassen, als sie erneut über ihren ehemaligen Chef befragt wurde. „Ursulina, Sie sind katholisch, nicht wahr?" Überrascht nickte Ursulina, faltete automatisch die Hände vor ihrem Bauch. „Aber was hat das mit dem Professor zu tun?", fragte sie mit ihrem tiefen Bass. „Wozu ist die Kamera über dem Bett von Professor Blanc angebracht? Wissen Sie das?" Ursulina tat so, als habe sie die Frage überhört. „Hat Ihr Chef seine Bettgeschichten gefilmt?", bohrte Catherine gnadenlos weiter. Ursulina suchte in ihrer blütenweißen Küchenschürze nach ihren Zigaretten. Sie zergelte eine aus der Packung, zündete sie an und zog heftig den Rauch ein. Sie blickte zu Boden, nahm den nächsten Zug, dann nickte sie stumm. „Wissen Sie, wo er die Filme aufbewahrt hat?" Statt einer Antwort gab Ursulina Catherine ein Zeichen, ihr zu folgen. Mit festen Schritten ging sie voraus ins Schlafzimmer, steuerte auf das Bett zu und öffnete einen schmalen Deckel am Kopfteil. Diesen Deckel hatten sie übersehen. „Hier hatte er sie versteckt!" Ursulinas Mund und Augen waren zu abweisenden Schlitzen zusammen gezogen. Catherine wurde hellhörig. „Hatte?" Jetzt richtete sich Ursulina zu ihrer vollen Größe auf. „Ich habe sie entsorgt!" „Sie haben sich die Filme angeschaut und dann was?" Catherine ballte ihre Fäuste in der Tasche. Das konnte nicht wahr sein. „So einen Schweinkram braucht keiner. Die armen Frauen! Alles hat er gefilmt. Ich würde mich in Grund und Boden schämen, wenn das einem Fremden in die Finger fallen würde." Ursulina schaute sie trotzig an. Ich habe sie ins Meer geworfen. Wollen Sie mich jetzt verhaften?" „Das hätten Beweismittel sein können!", schleuderte Catherine ihr entgegen. „Na und! Davon wird er auch nicht wieder lebendig", verteidigte sich Ursulina. „Wie lange können wir Sie hier noch erreichen? Ich meine, falls wir Sie erneut befragen müssen?" „Professor Blanc hat mich bis zum Ende des Monats bezahlt, also bin ich auch noch bis übermorgen hier. Danach können Sie mich auf dem Handy erreichen. Ich schreibe Ihnen gleich meine Nummer auf." „Das ist in Ordnung", sagte Catherine. Nachdem sie sich von Ursulina verabschiedet hatte, blieb sie ein paar Minuten in ihrem knallroten Mini sitzen, um sich zu beruhigen. Wie sollte sie Joseph vermitteln, dass Ursulina Beweismittel vernichtet hatte? Dann fuhr sie zu ihrem Termin.

4

Wenn Joseph in die etwas holperige, baumbestandene Straße mit den vielen Schlaglöchern einbog, überkam ihn jedes Mal ein Gefühl, als ob er nach Hause kommen würde. Er erinnerte sich daran, wie gerne er zu seinen Großeltern aufs Land gefahren war. Sie hatten damals auf einem riesigen Bauernhof im Limousin gelebt. Der nächste Nachbar wohnte kilometerweit weg und der Hof war mit einer hohen Buchsbaumhecke an der einen und Hainbuchen an den anderen beiden Seiten umgeben. Zwischen dem großen Wohnhaus und mehreren

Scheunen befand sich ein gepflasterter Hof. Eins der ziegelbedachten Gebäude hatte es Joseph damals besonders angetan, denn darin standen neben- und hintereinander ein großer und ein kleiner Trecker, Eggen, Pflügen und sogar ein alter Holzleiterwagen. Eine breite Werkzeugbank aus dicken Eichenbalken nahm die komplette Stirnseite ein. Joseph wusste noch genau, wo der wurmstichige Schrank mit seinen kleinen Holzschublädchen stand, in denen Schrauben, Nägel und Winkeleisen in fast jeder Größe auf ihren Einsatz warteten. Als er kleiner gewesen war, hatte ihn sein Großvater manchmal auf die Werkbank gesetzt und er hatte zusehen dürfen, wenn er rostige Fuchsschwänze säuberte oder auf dem Amboss verbogene Eisenstangen wieder gerade hämmerte. Nur gerochen hatte es auf dem Bauernhof nicht so angenehm, wie in der Gegend rund um La Lumière. Dem Geruch von bäuerlichen Kuhställen konnte er auch heute noch nichts Schönes abgewinnen.

Jetzt bog er in die von Oleanderbüschen bestandene lange Einfahrt ein. Ihre tiefrosa und weißen Blüten hatten die Büsche bereits eingebüßt. Der Lavendel war akkurat zurückgeschnitten und die Wiesen links und rechts frisch gemäht. Das anmutig verrostete Tor war leicht geöffnet. Er fuhr links daran vorbei bis zur Rezeption. Beatrice würde ihn bereits erwarten. Oder Bernard. Oder beide. Auf Mariella musste Joseph nicht warten, sie rannte bereits auf ihn zu.

Kaum stieg er aus dem Auto, sprang sie an ihm hoch, als hätte sie ihn tausend Jahre nicht gesehen. Joseph kraulte ihren Kopf und steckte ihr eine Knabberstange zu. Er freute sich, dass die Pinien sogar im November noch einen zarten Duft verströmten. „Lange nicht gesehen", begrüßte ihn Beatrice. Sie gaben sich drei Küsschen auf die linke und die rechte Wange. „Mon Capitaine!" Bernard gesellte sich lachend zu ihnen und gab Joseph die Hand. „Haben Sie Sehnsucht nach uns oder treibt Sie wieder ein Kriminalfall in unsere Idylle?" Er hielt eine di-

104

cke Mappe mit Plänen unter den Arm geklemmt und war wie immer auf dem Sprung. „Tut mir leid", entschuldigte er sich und hob bedauernd die Schultern. „Ich bin in zehn Minuten mit einem Lieferanten verabredet und schon fast zu spät dran. Sie müssen wieder einmal mit meiner Frau vorlieb nehmen." Beatrice verdrehte heimlich die Augen. „Viel Erfolg", wünschte Joseph und wandte sich dann an Beatrice. „Sie kennen mich", grinste Joseph. „Ich habe schon noch ein paar Fragen an Sie. Es geht um eine Frau." „Eine Frau! Aha", raunte Beatrice und lächelte schelmisch. Dann wurde sie aber wieder ernst. „Um wen geht es also?" „Sagt Ihnen der Name Doktor Valerie Fabron etwas?" „Oh ja! Das ist die kunstbegeisterte Professorin der Universität von Montpellier. Sie war neulich noch hier auf unserer Vernissage. Wo waren Sie eigentlich? Wir hatten Ihnen doch extra eine Einladung geschickt!" „Tut mir leid, unsere Tochter Leonie hat momentan extreme Schwierigkeiten mit Koliken. Es wäre für Sie und Ihre Kunstliebhaber bestimmt keine große Freude gewesen, ein schreiendes Baby in Ihrer Mitte zu haben. Ach, habe ich mich eigentlich schon für den entzückenden Strampler bedankt?" „Jetzt haben Sie es getan! Und jetzt fällt es mir wieder ein; Sie haben sich von ihrer Kollegin und dem Staatsanwalt vertreten lassen." „Richtig, Catherine Rozier und Marc Majory waren hier. Beatrice, wissen Sie noch, wann Doktor Fabron an dem Abend gekommen ist? Wenigstens ungefähr?" Beatrice musste nicht lange überlegen. „Bei den ersten Gästen war sie nicht. Als die Brackmanns kamen, war sie auch noch nicht da." Sie machte eine Pause. „Professor Morgenstern und seine Gattin berichteten von den Wildschweinen, die jede Nacht ihren Garten verwüsten, dann erschien der Bürgermeister von Montagnac, Philippe Dubonnet. Kurze Zeit später muss sie eingetroffen sein. Ich erinnere mich noch, wie sie angeregt mit Monsieur Dubonnet plauderte." „Dem entnehme ich, dass sie jedenfalls nicht pünktlich um 19.30 Uhr hier war." „Das stimmt. Ich glaube auch nicht, dass sie sich auf dem Gelände verlaufen hat, denn zu der letzten Vernissage im August war sie ebenfalls hier." „Und sie hatte sich für die Nacht ein Hotelzimmer gemietet?" „Das ist richtig." Beatrice konnte sich ein verschwörerisches Grinsen nicht verkneifen. „Sie meinen …?" Beatrice hüstelte diskret. „Philippe Dubonnet kann sehr einfühlsam sein, wenn er will." „Kennen Sie Madame Fabron schon länger?" „Kennen ist übertrieben. Wir haben sie ein paar Male in Arles und Nîmes auf Ausstellungseröffnung und im Museum getroffen. Viel weiß ich von ihr nicht. Sie scheint meistens gut aufgelegt zu sein, kennt unglaublich viele Größen aus der Kunstszene und ist immer bestens informiert." Beatrice schien zu überlegen. „Ich glaube, dass sie eher an oberflächlichen Beziehungen interessiert ist." „Würden Sie ihr Machtgelüste zutrauen?" Joseph war sich im Klaren darüber, dass er mit dieser Frage mit der Tür ins Haus fiel. „Auf jeden Fall", rief Beatrice ohne eine Sekunde zu überlegen. Sie war selbst erstaunt über ihre Reaktion und hielt sich erschrocken die Hand vor den Mund. Joseph schmunzelte. „Ja, ich verstehe. Sie müssen sich Ihren Gästen gegenüber immer loyal verhalten. Aber was macht Sie so sicher?" Automatisch sprach Beatrice etwas leiser.

„Ich habe zufälligerweise eine Freundin in Nîmes. Sie leitet seit fünf Jahren das kleine Museum Beaux-Arts. Als sie sich für die Stelle der Museumsleitung interessierte, war auch Doktor Fabron unter den Bewerberinnen. Die Art, wie sie sich durchzuboxen versuchte, war nicht ohne. Ich glaube, sie schreckte nicht einmal davor zurück, sich an den damaligen Vorsitzenden der Vorschlagskommission heran zu machen. Meine Freundin war fast so weit, ihre Bewerbung zurückzuziehen, als Doktor Fabron ihrerseits plötzlich ankündigte, dass sie eine Professur in Montpellier antreten werde." „Danke für Ihre Offenheit, Beatrice. Ich denke, das Dienstliche meines Besuches ist hiermit erledigt. Wie sieht es aus? Hat Ihr Mann wieder neue Ideen für spannende Umbauten?" Beatrice lachte. „Aber sicher! Diesmal hat er sich in den Kopf gesetzt, unsere Halle für ein japanisches Training herzurichten. Wenn ich mich richtig erinnere, nennt sich das Tabata oder HIT-Training." Sie sah ihm an, dass Joseph nichts darunter vorstellen konnte. „Immer wieder neue Begriffe, ich weiß. HIT hat nichts mit Schlager oder Pop-Songs zu tun, die Abkürzung steht für High Intensity Training." „Muss man das wissen?", fragte Joseph ironisch. „Ach was. Ich glaube, es handelt sich um bekannte Übungen in einem neuen Gewand. Und wie immer geht es auch dabei darum, Gewicht zu verlieren. Bernard war neulich auf einer Fitness-Messe und seitdem schwört er darauf." „Und Sie? Jetzt, wo keine Saison ist, haben Sie doch bestimmt mehr Zeit oder?" „Nicht wirklich", bekannte Beatrice. „Die Akquise für das nächste Jahr steht an, die Buchhaltung wartet schon ewig auf mich und der Besuch beim Zahnarzt ist längst überfällig. Irgendetwas ist immer los. Aber neulich habe ich doch etwas sehr Schönes erlebt." Joseph wartete darauf, dass sie ihm berichtete, was es war. „Wir waren in einem süßen, kleinen Keller in Béziers. Dort habe ich eine japanische Koto-Performerin erlebt." „Ein Koto was?" Beatrice lachte. „Ja, bis zu dem Tag hatte ich auch noch nie davon gehört. Es ist kein Tier und auch keine Süßspeise." Beatrice lachte wieder. „Eine Koto ist ein langes, hohles Saiteninstrument. Es wird aus Paulownienholz angefertigt und hat normalerweise 13 Saiten. Paulownien ist ein Blauglockenbaumgewächs. Das habe ich später im Internet nachgeschaut. Unglaublich, welche Töne sie dem Instrument entlocken konnte. Während des Spiels spannte sie die Saiten mit beweglichen Stegen. Die sahen ein bisschen aus wie moderne Holzfiguren aus der Krippe. Und an der rechten Hand hatte sie auf dem Daumen, dem Zeige- und dem Mittelfinger drei krallenähnliche Plektren aufgesteckt. Toll. Zwischendurch sang sie noch dazu. Ich war tief beeindruckt. Und sogar mein Bernard konnte sich auf die Musik und ihre meditative Wirkung einlassen." Und mit einem hintergründigen Lächeln fügte sie hinzu: „Bestimmt hat ihn auch das liebreizendes Wesen der Künstlerin bezaubert." Joseph seufzte bedauernd. „Bevor ich so etwas wieder mit Hélène erleben kann, wird es wohl noch eine Weile dauern." „Es gibt Babysitter", warf Beatrice ein. „Danke für den Rat. Aber jetzt muss ich wieder los. Alles Gute und bis bald!" „A bientôt und einen schönen Tag!"

5

Catherine fuhr mit einem mulmigen Gefühl zu ihrem Termin. Sie hatte im Internet nach einer Therapeutin in der Nähe gesucht und Joline Flaubert in Pézenas gefunden. Ihr Bild und das Profil auf ihrer Webseite gefielen ihr auf Anhieb. Die Stimme am Telefon klang angenehm und warmherzig. Aber es war etwas anderes, dem Menschen Flaubert direkt gegenüber zu sitzen. Joline Flaubert strahlte Kompetenz und Klarheit aus. Sie erklärte vorab, dass sie kinesiologisch arbeite und bat Catherine dann, von sich zu erzählen. Catherine redete nicht lange um den heißen Brei herum. Sie fühle sich total verunsichert, seit sie sich in einen Mann verliebt habe. Bisher habe sie solche intensiven Gefühle nur für Frauen empfunden. „Können Sie beschreiben, was daran für sie so ungewöhnlich ist?", fragte Joline behutsam. Catherine dachte nach, aber es fiel ihr schwer, ihre Gefühle auszudrücken. „Es ist … es … es fühlt sich fremd an und ich weiß nicht, ob es richtig ist." „Lassen Sie sich Zeit. Wenn Sie sich ganz auf sich selbst konzentrieren, nach innen hören, wie fühlt sich das an?" Catherine versuchte es, aber ihre Gedanken kreisten um die Frage, wie sie ihren Freunden vermitteln sollte, dass sie sich plötzlich in einen Mann verliebt hatte. Ihre Mutter würde jubeln und natürlich sofort sagen, dass nur der richtige Mann auftauchen müsse und schon habe sich ihre sexuelle Vorliebe der richtigen Seite zugewandt. Aber das war es nicht.

Sie schweifte mit ihren Gedanken ab, kämpfte mit den Vorurteilen ihrer Mutter und begann, hitzig mit ihr zu diskutieren. „Hör doch endlich auf, immer daran zu denken, was die Nachbarn wohl sagen", schrie sie ihre Mutter innerlich an. Joline Flaubert holte sie aus ihrem Gedankenkarussell heraus. „Manchmal ist es so, dass uns ein besonders starker oder ein ganz besonders romantischer Charakter fasziniert. Und dabei spielt das Geschlecht dieses Menschen keine Rolle. Es gibt Frauen und Männer, die gleichermaßen anziehend auf uns wirken können. Wann eine sexuelle Komponente dazu kommt, wer weiß das schon?" Joline Flaubert schlug ihr vor, es sich auf einer Liege bequem zu machen. „Lassen Sie ihre Gedanken kommen und gehen, so als seien es Wolken. Sagen Sie sich: ‚Das sind meine Gedanken'." Catherine fasste Vertrauen zu der ruhigen Art von Joline Flaubert und ging auf diesen Vorschlag ein. Nach einer Weile bat Joline sie, sich ihre Gefühle für diesen Mann anzuschauen, ohne diese als gut oder schlecht zu bewerten. Die kühle Catherine brach in Tränen aus. „Ich habe Angst", flüsterte sie. „Vielleicht kann ich gar keine Beziehung mit einem Mann leben und dann habe ich alles kaputt gemacht." „Wäre das mit einer Frau das gleiche?", fragte Joline. „Natürlich", sagte Catherine. „Aber mit Marc habe ich beruflich zu tun, und das wäre ausgesprochen unangenehm." „Könnten Sie mit ihm offen darüber reden?" „Ich weiß es nicht", sagte Catherine leise. Joline wartete geduldig und wiederholte: „Lassen Sie es zu, egal, welche Gedanken und Gefühle auftauchen. Registrieren Sie einfach das, was ist." Catherine fühlte, dass sich eine tiefe Ruhe in ihr ausbreitete, wie ein See, der über seine Ufer trat und immer weiter wurde. Plötzlich wurde ihr klar, was sie machen würde. „Natürlich! Ich werde ins kalte Wasser springen. Ich werde ihm sagen, wie es ist. Und dann werden wir ja sehen, was passiert."

Sie machten einen weiteren Termin aus. Aufgewühlt und zugleich befreit fuhr Catherine nach Hause. Sie ahnte, dass es vielleicht nur ein Anfang war. Aber sie war gespannt auf die nächste Zeit. Sie drehte das Radio auf und sang laut mit: „All I want for Christmas is You …“.

Donnerstag, 30. November

1

„Guten Morgen! Ob wir heute schon Post bekommen?" Joseph Leroux kam total aufgekratzt ins Büro. „Nanu, Catherine! Du siehst heute so frisch aus", rief er erstaunt. „Warst du schon im Meer schwimmen?" „Im November? Auch, wenn ich allerlei Marotten habe, mich bei 16 Grad ins Wasser zu werfen, gehört nicht dazu. Aber danke für das Kompliment. Mir geht es gut! Abgesehen davon, dass Ursulina alle Sex-Filme ins Meer geworfen hat." „Oh, dann werden die Muscheln vielleicht schon vorgekocht", scherzte Joseph. „Witzbold!", konterte Catherine. „Das ist echt ärgerlich, da muss ich dir Recht geben. Was können wir tun?" „Vielleicht hat er welche in der Uni aufbewahrt. Wir sollten sein Büro in Montpellier von ein paar Kollegen untersuchen lassen", schlug Catherine vor. „Ja, das werde ich als erstes veranlassen." Joseph schlug das interne Telefonverzeichnis auf, fand das Register von Montpellier, rief dort an und bat die Kollegen darum, unverzüglich das Büro von Professor Blanc zu durchsuchen. „Wir brauchen aber die Genehmigung des Staatsanwaltes", gab der zuständige Kollege in Montpellier zu bedenken. „Da ist Gefahr in Verzug", erwiderte Leroux. „Die Erotik-Filme, die er zu Hause aufbewahrte, hat seine Haushälterin ins Wasser geworfen. Ich nehme das auf meine Kappe und besorge notfalls nachträglich eine Genehmigung." Solch eine Entschlusskraft war man in der Gendarmerie von Montpellier nicht gewohnt und Joseph musste dem Kollegen wirklich gut zureden, bis der einwilligte, die Durchsuchung vorzunehmen.

„Das war harte Arbeit", stöhnte Joseph. „Was hast du bei Beatrice Pelzer erreicht?", fragte Catherine. „Erstens ist Doktor Fabron nicht pünktlich zur Vernissage erschienen, wie sie uns weismachen wollte. Fragt sich, wo sie vorher war. Sie hat also für die Tatzeit nicht wirklich ein Alibi. Zweitens hat mir Beatrice ein bisschen unfreiwillig bestätigt, dass Doktor Fabron ein ausgesprochenes Faible für Machtspielchen hat. Falls es denn Spiele bleiben. Nein, das hat sie nicht gesagt." „Soll ich jetzt Claude von der IT-Abteilung anrufen?", fragte Catherine. „Nicht nötig", tönte es von der Tür. Claude, heute mit einer topmodischen Hose mit knalleng geschnittenen Beinen, hielt triumphierend ein unauffälliges, braunes Päckchen in die Höhe. Statt eines Lobes kassierte Claude verhalten spöttische Blicke. „Was ist denn mit euch los? Warum guckt ihr mich so an? Habe ich Flecken auf dem Hemd oder was?" „Tut mir echt leid, Claude, aber du siehst ein bisschen aus wie ein Rotkehlchen auf Urlaub", kicherte Catherine. „Wie bitte? Ich habe überhaupt nichts Rotes an." „Deine Hose! Die kann ein pubertierender Teenager mit Kranichbeinen und fehlender Hüfte anziehen. Aber du nicht. Bitte, tausche die um." „Seit wann bist du so brutal?", wunderte sich Joseph. „Aber Claude, es stimmt. Solche Hosen stehen uns Männern im gesetzten Alter einfach nicht, vor allem, wenn wir keine ausgesprochenen Hungerhaken sind." „Dann wollt ihr also gar nicht wissen, wer der Absender dieser Sendung ist und nur über mich herziehen? Ihr seid fies!" Wütend drehte sich Claude um und wollte zur Tür hinaus stürmen. „Claude, du bist doch sonst hart im Nehmen. Ich hatte nicht wirklich vor, dich zu kränken. Und selbstverständlich bin ich total neugierig darauf, ob wir durch das Päckchen dem Absender auf die Spur kommen." Claude schaute noch ziemlich beleidigt aus der Wäsche, aber da er gerne gelobt werden wollte, rückte er doch mit dem Päckchen heraus. „Na gut. Ausnahmsweise." Gemeinsam studierten sie den Absender des Päckchens. ‚Rhinocéros, Nulle Part[12], France' war alles, was sie entziffern konnten. „Na, das ist vielleicht ein Scherzkeks. Kann man denn wenigstens dem Poststempel entnehmen, wo das Päckchen aufgegeben wurde?" Leroux hatte nichts anderes erwar-

---

[12] Nirgends.

112

tet, aber er gab die Hoffnung noch nicht auf. „Der Poststempel ist so blass, dafür brauchen wir eine Lupe." „Die haben wir", verkündete Catherine und holte eine aus ihrer Schublade. „Alle Achtung. Du bist gut ausgerüstet", lobte Joseph. Erst dann fiel ihm wieder ein, dass er selbst neulich ebenfalls eine mitgebracht und im Schreibtisch deponiert hatte. „Hach! Der Stempel ist aus Béziers. Wir müssen noch eine Bestellung aufgeben und gleichzeitig einen Beobachtungsposten im Postamt aufstellen. Ich werde nach der Mittagspause meinen alten Freund Auguste Muller anrufen, der wird mir bestimmt zur Seite stehen." Joseph zückte sein uraltes Notizbuch, das er für alle Fälle noch im Schreibtisch aufbewahrt hatte. „Wie gut, dass ich den noch nicht weggeworfen habe", freute er sich. „Manchmal ist es doch gut, wichtige Dinge aufzuheben." Catherine sah ihn erstaunt an. „Wir sollten die Postbeamten bitten, auf die Absenderangabe Rhinocéros zu achten und dem Posten gegebenenfalls ein diskretes Zeichen zu geben." „Das könnte um diese Zeit noch klappen. Der große Weihnachtsansturm kommt erst noch. Ich werde es einfach probieren und Auguste gut zureden", versprach Joseph.

„Ist Marc noch in London?" Fragend blickte Joseph zu Catherines Schreibtisch hinüber. „Er kommt am Freitag spätabends zurück. Er hat sich noch einen Tag Urlaub genommen, um nach dem Lehrgang noch in der Stadt zu flanieren." „Ich denke, er findet England grässlich. Hat er sich nicht einmal ziemlich ausfallend über das englische Essen geäußert?" Catherine zuckte mit den Schultern. „Das muss vor meiner Zeit gewesen sein. Aber wir können ihn am Samstagabend aufs Genaueste befragen." „Stimmt. Am besten, wir machen uns vorher einen Zettel, damit wir nichts vergessen", sagte Joseph. „Soll ich jetzt sofort nochmal eine Testbestellung aufgeben?", mischte sich Claude ein, aber dann kamen ihm Bedenken. „Eigentlich sieht das bescheuert aus. Wenn ich erneut bestelle, müsste ich konsequenterweise einen größeren Posten anfordern. Und so viel Geld darf ich bestimmt nicht ausgeben, nicht wahr?“ „Vielleicht gibt es einen Kollegen in der IT-Abteilung, der sich auch eine Probe zu einem anderen Postamt liefern lassen könnte?“, schlug Joseph vor. Claude dachte laut nach. „Meine Freundin wohnt in Agde. Die macht das bestimmt für uns. Ich rufe sie gleich an und sage euch Bescheid.“ Es dauerte nur ein paar Minuten, dann meldete Claude, dass seine Freundin mit im Boot sei. „Ich hoffe, ihr findet ein paar lobende Worte für mich, wenn ihr euch am Samstagabend vergnügt“, stichelte er durch die halb geöffnete Tür. „Hey Claude! Catherine wird die Patentante von meiner Tochter, gehört also quasi zur Familie, okay?“ Statt einer Antwort hob Claude nur den Daumen und verschwand. „So, das hätten wir nun eingestielt“, sagte Joseph zufrieden. „Nehmen wir in der Stadt einen Imbiss? Ich würde gerne eine Runde am Hafen drehen, mir frischen Wind um die Nase wehen lassen“, schlug Joseph vor. „Eine gute Idee.“ Catherine war einverstanden.

2

Sie parkten auf dem großzügig angelegten Platz direkt am Étang de Thau in Mèze. „Lass uns doch bitte kurz am Ufer entlang gehen“, bat Catherine. Es wehte heute eine angenehm frische Brise, die Sonne hatte nur noch wenig Kraft, aber immerhin lockte ein strahlend blauer Himmel zum Verweilen auf der Bank, die zwischen zwei Palmen stand. Wortlos setzten sich Joseph und Catherine für ein paar Minuten hin. Sie schauten gedankenverloren auf das grünlich blaue Wasser des Étang de Thau. Vom Hafen klang das beruhigende Geklapper der Stagen herüber.

Rechts in der Bucht drehten sich zwei untätige Baukräne behäbig im Wind. Mehrere Bauarbeiter brüllten sich Kommandos zu. Silbrig-weiße Möwen nutzten den Aufwind und ließen sich über den Étang treiben. „Ich glaube, wir müssen los“, sagte Catherine und erhob sich. „Ja, aber es tut unbeschreiblich gut, sich hier den Kopf durchpusten zu lassen. Hoffentlich finden die Kollegen etwas in dem Büro von Professor Blanc, das uns Aufschluss gibt. Hat sich bei den Veterinären etwas Neues ergeben?" „Nein, da muss ich heute Nachmittag nachfragen." Während sie langsam an der Promenade entlang schlenderten, sahen sie, wie eine Horde halbwüchsiger Jungen Fußball spielte und den Ball so hoch schoss, dass er fast in die Fenster der oberen Stockwerke flog. Leroux konnte sich nicht bremsen, als der Ball direkt vor seinen Füßen auftitschte, knallte er ihn mit einem Drop-Kick zu den Jungen zurück. Catherine und die Jungen pfiffen anerkennend durch die Zähne. Im Le Tabou wurden die beiden Gendarmen auf das herzlichste begrüßt. Sie bestellten einen kleinen Snack und jeweils ein kleines Glas Weißwein.

„Wusstest du schon, dass der Verkauf von rezeptpflichtigen Medikamenten im Darknet wesentlich mehr bringt als der Handel mit Drogen?", fragte Catherine, nachdem sie einen Bissen von ihrem Sandwich gekostet hatte. „Allein mit Ritalin erzielen Händler über 250 Prozent Gewinn." „Du hast dich schlau gemacht?", fragte Joseph. „Mmmh, ja!" Sie nahm einen winzigen Schluck von ihrem Weißwein. „Ausgerechnet Ritalin! Hélène hat mir vor einiger Zeit erzählt, dass Kinder sich untereinander das Zeug vor dem Schulhof verkaufen. Dabei gibt es ADHS eigentlich gar nicht. Die Kinder sind unterfordert. Vielleicht müsste man alle Kinder unter zwölf den ganzen Sommer über zu den Pfadfindern schicken." „Mir brauchst du das nicht zu erzählen", winkte Catherine ab. „Ich habe einen Cousin, der bekommt von seinen Eltern das Zeug täglich in den Hals geschüttet. Ich habe mich deswegen so mit meinem Onkel und meiner Tante gestritten, dass wir nicht mehr miteinander reden." Sie schwiegen eine Weile. „Mich interessiert, wie wir an die dicken Fische im Darknet herankommen", nahm Catherine den Faden ihres Gesprächs wieder auf. Joseph wirkte auf einmal unendlich müde. Das lag sicher auch an dem unterbrochenen Schlaf der letzten Nächte, aber nicht nur. Er gähnte verstohlen. „Wie wäre es mit einem kleinen Kaffee? Ich lade dich ein", versprach Catherine. „Eine blendende Idee. Ich glaube, so lange es Menschen gibt, die ständig unter Strom stehen und hundertfünfzig Prozent ihrer Leistung bringen wollen, so lange werden Drogen und Aufputschmittel einen reißenden Absatz finden. Und so lange werden Verkäufer auch Mittel und Wege finden, um das Zeug unter die Leute zu bringen." „Aber wir können doch nicht einfach den Dealern das Feld überlassen", empörte sich Catherine. „Auf gar keinen Fall", pflichtete Joseph ihr bei. „Wir müssten vermehrt junge Leute einstellen, die mit der Computertechnik aufgewachsen sind. Die surfen schon im Kindergarten im Internet und sagen wahrscheinlich eher ,Maus' als Mama und Papa."

Catherine musste lachen. „Trotzdem wäre es dringend notwendig, dass wir genug Leute hätten, die genauso gut geschult wären wie die Kriminellen. Weißt du, bei uns geben Ermittler bereits auf, wenn ein Gauner eine amerikanische Mailadresse hat, einen Zahlungsprovider in Panama in Anspruch nimmt, um dann einen Webshop in China zu eröffnen." Josephs Mund klappte auf und zu. „Kannst du das bitte noch einmal langsam wiederholen? Habe nichts verstanden. Ich weiß noch nicht einmal, was ein Provider ist." Joseph schmollte zum Schein. „Dann kläre ich dich hiermit auf", lachte Catherine. „Der Begriff stammt von dem lateinischen ,providere'. Das heißt so viel wie ,versorgen' oder ,bereitstellen'. Ein Provider stellt also Telekommunikationsdienstleistungen zur Verfügung." „Ich bin beeindruckt! Wo bleibt Maurice?" „Hier bin ich. Zwei Kaffee? Gerne."

„Übrigens, wir haben mit dem Pfarrer von Saint-Hilaire gesprochen. Am zehnten Dezember können wir Leonie taufen. Ich hoffe, du hast dann Zeit." „Ja, das ist wunderbar. Ich freue

mich schon." Sie zahlten und fuhren wieder zurück zu ihrer
Dienststelle.

3

Joseph suchte aus dem Notizbuch die Nummer seines Freundes Auguste Muller. Er wählte die Nummer und wartete darauf, dass Auguste sich meldete.

„Auguste? Hier ist Joseph. Wie geht es?" Sie tauschten ein paar Nettigkeiten und Allgemeinplätze aus. Auguste freute sich sehr darüber, dass Joseph eine kleine Tochter hatte. „Mein Sohn Stéphane tingelt mit seiner Freundin lieber in der Weltgeschichte herum", beschwerte sich Auguste. „Jetzt hocken sie in Thailand und verkaufen Kokosnüsse am Strand, anstatt mir endlich einen Enkel zu schenken", legte er nach. Dann stöhnte er noch über seinen Rheumatismus im linken Knie, über eine wetterfühlige Narbe im rechten Arm. Aber dann wurde ihm klar, dass Joseph deswegen bestimmt nicht angerufen hatte. „Nun rücke schon mit der Sprache heraus", sagte er. „Warum rufst du an?" „Auguste, ich brauche dringend deine Hilfe." Er erklärte, dass jeweils ein Beamter in nächster Zeit die Postämter von Béziers überwachen sollte. „Es geht möglicherweise um einen großen Coup", fügte Joseph hinzu. Auguste atmete hörbar aus. „Du weißt doch, wie es um unsere Personaldecke steht! Überall das gleiche! Wenn jemand in Rente geht, wird sein Posten nicht neu besetzt. Aber ich werde mir etwas einfallen lassen." „Vielleicht kannst du vorübergehend ein paar Hilfspolizisten einstellen?", schlug Joseph vor. Auguste brach in schallendes Gelächter aus. „Beliebst du heute zu scherzen?", fragte er, nachdem er sich wieder gefangen hatte. Aber Joseph gab nicht auf, noch nicht. „Auguste, du kennst doch so viele Menschen. Kannst du nicht erreichen, dass die Schalterbeamten verschärft auf einen Absender wie Rhinocéros achten? Ich meine, das ist ein Name, der so auffällig ist, der kann einem leicht ins Auge fallen. Und ob sie dann dem Posten einen Wink geben könnten?" Leroux wandte all seine Überredungskünste an. „Ich gebe mein Bestes", versprach Auguste. „Aber nur, weil du es bist." „Ich fühle mich nachhaltig geehrt", sagte Joseph und verabschiedete sich. „Uff!", entfuhr es ihm.

Zur gleichen Zeit telefonierte Catherine mit den Kollegen, die sich bei den Tierärzten und Tierkliniken nach dem Verschwinden von NaP erkundigen sollten. „Gar nichts? Habt ihr auch die restlichen Tierkliniken gefragt? Ach, so ein Mist. Trotzdem danke für eure Mühe." Enttäuscht legte Catherine den Telefonhörer beiseite. „Von irgendwoher muss der Täter das Zeug doch bekommen haben! Hattest du nicht ein längeres Gespräch mit dieser Schweizer Organisation für Sterbewillige? Haben die irgendetwas verlautbaren lassen, wie NaP auf den Markt gelangen könnte?" „Negativ. Aber sie waren so nett und haben mir noch eine Mail hinterher geschickt. Darin erklärten sie, dass es normalerweise unmöglich sei, das Mittel unter der Hand oder im Internet zu bekommen. Es hätten tatsächlich Menschen versucht, über geheime Kanäle an NaP zu gelangen. Dabei seien sie böse hereingefallen, entweder erhielten sie Puderzucker oder gar keine Lieferung. Wenn wir den Fall aufklären wollen, sollten wir unsere eingefahrenen Denkmuster loslassen. Der Kopf ist rund, damit wir im Kreis denken können." „Du verlangst viel", beschwerte sich Catherine. „Ich weiß. Das heißt ja nicht, dass ich weiß, wie es geht", lenkte Joseph ein. „Immerhin läuft die Postüberwachung in Béziers. Jedenfalls glaube ich fest daran, dass mein alter Freund Auguste Muller sein Bestes dafür tun wird." Den restlichen Arbeitstag verbrachten beide damit, liegengebliebene Akten zu bearbeiten und Anrufe von besorgten Bürgern zu beantworten. In Mèze war in den vergangenen Wochen vermehrt eingebrochen worden und der Diebstahl von Handys hatte deutlich zugenommen.

Samstag, 2. Dezember

Pünktlich um 18.30 Uhr klingelte Marc bei den Lerouxs. Er schleppte einen großen Korb mit sich, der mit einem rot-weiß karierten Tischtuch bedeckt war. In einer Hand hielt er eine Flasche Cremant. Joseph öffnete die Tür und legte gleich den Zeigefinger an den Mund. „Hallo", flüsterte Marc und schlüpfte vorsichtig in den Flur. Er streifte seine Schuhe ab und eilte mit seinen Schätzen direkt in die Küche. „Ich glaube, wir haben Glück", wisperte Joseph. „Leonie schläft. Hast du ein neues Eau de Cologne?" Marc schüttelte den Kopf. „Neu schon, aber die alte Marke. Ich musste meine übrig gebliebenen Pfunde unter die Leute bringen." Joseph grinste anzüglich und schaute Marc von der Seite an. „Davon merkt man aber wenig." „Ach", parierte Marc. „Habt ihr euren Spiegel verkauft?" Dann fuhr er fort. „Mein Flug hatte mehr als vierzig Minuten Verspätung, da konnte ich dem Duty-Free-Shop einfach nicht widerstehen." Er berichtete leise von dem wuseligen London, den Menschenmassen in der Untergrundbahn und dem imposanten Riesenrad an der Themse. Joseph staunte nicht schlecht über die Fülle von Töpfen und Tiegeln, die sein Freund auspackte. Hélène hatte bereits den Tisch gedeckt, eine dunkelrote Tischdecke unterstrich die Eleganz des weißen Porzellans. Joseph hatte sogar weiße Rosen besorgt, die in der Dämmerung besonders schön leuchteten. Vorsichtig öffnete sich die Schlafzimmertür und Hélène huschte heraus. Sie stellte das Babyphone auf das Regal an der Wand und begrüßte Marc. „Mmh! Wie du wieder duftest. Wie war es in London?" „Sehr aufschlussreich, sehr bewegend, sehr hektisch. Ich werde später berichten." „Wir bitten darum", echoten Joseph und Hélène wie aus einem Munde. „Hat es gerade geklopft?", fragte Hélène und schaute nach. „Ah, Catherine! Wie schön! Wo hast du die denn bekommen?", staunte Hélène, als ihr Catherine einen Strauß bunter

Ranunkeln überreichte. „Ich habe ein bisschen herum telefoniert“, gab sie zu und begann zu schnuppern. „Hier riecht es so gut. Hast du eine Aromalampe aufgestellt?“, erkundigte sich Catherine. „Nein, das ist Marc. Er hat sich auf dem Flughafen von Heathrow mit einem netten Eau de Cologne eingedeckt und beim Auftragen nicht gespart“, scherzte Joseph. Marc kniff ihn jetzt ordentlich fest in den Taillenspeck. „Aua“, schrie Joseph und sprang zur Seite. „Catherine! Wie geht es dir?“, rief Marc erfreut und gab ihr einen vorsichtigen Kuss. „Gut, wirklich gut. Das Parfüm riecht außergewöhnlich angenehm“, sagte Catherine und merkte, wie ihr Herz klopfte. „Du berichtest uns doch bestimmt aus London, nicht wahr?“ „Erst einmal essen wir. Setzt euch, ich serviere.“ „Jetzt fehlen nur noch die Kerzen. Joseph, kannst du die bitte anzünden?“, bat Hélène.

Marc überraschte alle. Als Vorspeise gab es Chicoréesalat mit Ziegenfrischkäse und Rosinen. „Das schmeckt fabelhaft“, schwärmte Hélène. „Frisch, fruchtig, knackig.“ Die cremige Suppe aus roten Linsen wärmte alle, so dass sie alsbald rosige Wangen bekamen. „Es gibt noch mehr Vegetarisches?“, staunte Catherine, als Marc mit einem frisch zubereiteten Steinpilzquinotto aus der Küche kam. „Ein Toast auf unseren vorzüglichen Koch“, rief Catherine und hob ihr Glas. Zum Nachtisch hatte Marc einen weihnachtlich angehauchten Vanille-Zimt-Joghurt mit Walnüssen zubereitet. „Ich kann es gar nicht fassen“, sagte Joseph. „Ein komplettes Essen, das ohne Fleisch auskommt. Darauf noch einen Toast!“ „Großartig“, bekannte Hélène. „Du kriegst einen Orden, ... den Orden ..., lass mich überlegen. Ich weiß! Du bekommst den ersten okzitanischen Ordre du Mérite les lentilles[13].“ Alle brachen in fröhliches Gelächter aus und Marc freute sich über das hohe Lob.

---

[13] Den großen Linsenorden.

„Nun musst du uns aber von London erzählen", forderte
Joseph. „Avec plaisir", hub Marc an. „Ich habe mir die wichtigsten Vorträge aufgenommen, damit ich sie mir später noch
einmal anhören kann. Es gab so viele Begriffe, soviel Neues,
da ist es schwierig, das in Kurzform zu berichten." „Du
kannst dir Zeit lassen. Wir sind alle gut gesättigt und hören
dir gerne zu", betonte Hélène. „Also, als Erstes glaube ich,
dass wir Spezialisten im Bereich Cyber-Crime brauchen. Es
scheint ein enormer, technischer Aufwand notwendig zu sein,
um Kriminelle aufzuspüren. Es gibt immer mehr Anonymi-
sierungsdienste im sogenannten Invisible Web, davon ist das
Darknet nur ein Teil. Von den Botschaften, die über das Darknet laufen, sind siebzig Prozent kaum zu knacken, obwohl es
den Amerikanern bereits gelungen ist, sich in das Darknet zu
hacken und eine Plattform namens Silk Road lahm zu legen."
„Das heißt, es gibt Möglichkeiten! Wir sollten uns beeilen,
damit der Vorsprung der Kriminellen nicht ins Unermessliche
wächst." Catherine hatte bis dahin aufmerksam zugehört.
Jetzt mischte sie sich ein. „Aber für viele Oppositionelle aus
diktatorischen Staaten bietet das Darknet die einzige Möglichkeit, sich kritisch zu äußern. Und ich habe einmal gehört,
dass in China selbst das kaum möglich ist, da kommen sys-
temkritische Menschen in das Darknet nur über Umwege!"
„Psst! Seid mal einen Augenblick still!" Joseph horchte. Aus
dem Babyphone ertönte Leonies Husten, aber sie wurde nicht
wach. Erleichtert atmete Joseph auf. „Gibt es denn überhaupt
eine Möglichkeit, zum Beispiel die Händler zu erwischen, die
Drogen oder illegale Medikamente verkaufen? Die müssen
doch irgendwie bei den Kunden landen", wandte Catherine
ein. „Richtig, genau dort wäre es möglich, die Täter zu
schnappen, aber nur, wenn wir verdeckt ermitteln", bestätigte
Marc. „Dann liegen wir mit unserem Ansatz ja genau richtig",
meldete sich Joseph zu Wort. Ihm rauchte schon der Kopf.
„Manchmal hilft auch der Kollege Zufall. Oder die Händler

sind so unvorsichtig, sich in normalen Foren zu bewegen. Einer der wichtigsten Erfolge im Fall von Silk Road beruht auf dem kreativen Googlen eines Steuerfahnders." „Mache es nicht so spannend. Wie passierte das?" Alle hingen an Marcs Lippen. „Der Betreiber einer Seite von Silk Road hatte in einem anderen, offiziellen Forum Werbung für seine Seite gemacht. In einem weiteren Beitrag hatte er sogar seine persönliche E-Mail-Adresse angegeben. Dadurch haben sie ihn letztendlich gepackt." „Spannend! Möchte jemand an dieser Stelle vielleicht einen Kaffee, einen Cognac oder einen Likör?" Hélène erhob sich und blickte fragend in die Runde. „Also Kaffee für alle." Nachdem sie zurückgekommen war, setzten sie das Gespräch fort.

„Was sind eigentlich Bitcoins?", fragte Joseph. „Das ist eine Kunstwährung. Auch das Wort ist ein Kunstwort. Es setzt sich zusammen aus Bit und Coins. Die Währung wird weder durch eine Regierung noch durch eine zentrale Organisation kontrolliert oder reguliert", antwortete Catherine „Du bist unser wandelndes Lexikon", flachste Joseph. „Wie komme ich denn an Bitcoins?", wollte Hélène wissen. „Bitcoins kauft man entweder mit normaler Währung an Bitcoin-Börsen oder man bietet Waren und Dienstleistungen an und akzeptiert sie als Zahlungsmittel." „Ja, aber was kostet denn so ein Bitcoin wohl?", wollte Hélène wissen. „Der letzte Preis, der mir bekannt ist, war 2279 Dollar. Zum Vergleich, eine Feinunze Gold kostete 1256 Dollar. Aber ich glaube, wir haben jetzt lange genug über dunkle Netze geredet. Lass uns über erfreulichere Dinge plaudern", schlug Marc vor.

„Wie war dein Termin?", neulich fragte Joseph und schaute Catherine interessiert an. Er fing sich aber sogleich einen warnenden Blick von ihr ein. „Entschuldigung", formte sein Mund wortlos. Laut schloss er eine andere Frage an. „Was macht ihr Weihnachten? Müsst ihr zu Eltern, Müttern, Kindern?" „Am ersten Weihnachtstag erwartet meine Mutter von mir, dass ich mittags zum Essen komme. Für den zweiten haben sich meine Kinder angekündigt", erwiderte Marc. „Warum? Sollten wir etwas gemeinsam machen? Heiligabend vielleicht?" „Das fände ich sehr schön. Am ersten Weihnachtstag fahre ich mit dem Zug zu meiner Mutter nach Villedieu-les-Poêlles und komme erst am Donnerstagabend zurück", stimmte Catherine zu.

„Marc, du hast uns noch gar nichts über das Essen in London erzählt. Hast du wieder nur von Fish and Chips gelebt?" Hélène konnte sich ein Lächeln nicht verkneifen. Marc lachte ebenfalls. „Ich hatte Glück. Eine Kollegin aus Eastbourne kannte ein nettes Lokal in der Nähe, wo wir indisch gegessen haben. Sie hatten gesalzene Preise, aber die Gerichte waren richtig lecker." „Sagt mal. Ist euch eigentlich aufgefallen, dass in letzter Zeit überhaupt keine netten Witze mehr kursieren?", fragte Joseph. „Stimmt", sagte Catherine. „Irgendwie scheint die Weltlage so ernst zu sein, dass keinem Mensch mehr etwas Lustiges einfällt." „Na, dann erzähle ich euch einen, den ich unterwegs aufgeschnappt habe. Ein alter Mann kommt zum Tierarzt und beklagt sich bitterlich. Er sei an einem Tag nacheinander als der Mann von Maria Lenoir, als Jérômes Vater, Cocos Onkel und Lolas Großvater vorgestellt worden." „Das ist doch ein alter Hut", unterbrach ihn Marc. „Entschuldige bitte, der ist nicht wirklich lustig!" „Aber ich kenne die Pointe nicht", empörte sich Catherine. „Marc hat Recht. Der Tierarzt wusste nämlich auch nicht, wie der Mann hieß. Er selbst und seine Helferinnen nannten ihn immer nur den Alten mit dem Chihuahua." „Naja", meinte Catherine. „Es gab schon Witzigeres." „Ich habe neulich im Radio etwas Nettes gehört!", fiel Hélène wieder ein. „Es wurde ein ausführliches Porträt von Sir Peter Ustinov gesendet. Er musste einmal einen Film irgendwo im arabischen Raum drehen und sollte so tun, als ob er arabisch spreche. Er griff auf die Kunstsprache Gromolo zurück. Man brabbelt wahllos Silben durch-

einander, stellt sich dabei aber einen exakten Gesprächsinhalt vor. Man tut so, als handele es sich um eine eigenständige Fremdsprache. Sir Ustinov unterhielt sich also in dieser Kunstsprache mit einem arabischen Kollegen, als plötzlich sämtliche Schauspieler aufstanden und kommentarlos gingen. Auch am nächsten Tag seien sie nicht wieder erschienen. Der Regisseur und die anderen Europäer hatten keinen Schimmer, was da vor sich gegangen war, bis ein Dolmetscher herausfand, dass Ustinov versehentlich das Wort Schildkrötenkot benutzt hatte. Die arabischen Kollegen hatten das auf sich bezogen und waren erbost darüber, dass man sie mit solch winzigem Unrat verglichen hatte." „Ja, bei Sprachen muss man höllisch aufpassen", grinste Catherine. „Paul Watzlawick hat das sehr anschaulich dargestellt. Kennt ihr die Geschichte mit der Diplomatin und dem Kimono, auf dem mit chinesischen Zeichen geschrieben stand, sie sei eine …?"
Jetzt fielen auch den anderen Geschichten vom eigenen Scheitern und von kleineren Unglücken ein, über die man erst im Nachhinein lachen kann. Selbstverständlich brachte Marc Catherine zu vorgerückter Stunde nach Hause. „Du wolltest mir von dem geklauten Kunstprojekt berichten", mahnte Catherine unterwegs an. „Genau! Ich bin zufällig bei Internet-Recherchen darauf gestoßen. Der Chef eines italienischen Architektur- und Designbüros kam bei einem Besuch in Äthiopien auf die Idee. Er wollte eine Wasser-Sammelstation konstruieren, die das Leben in abgelegenen Dorfgemeinschaften lebenswerter macht. Er hat also Türme aus Netzen entworfen, die Wasser aus der Luft ernten. Sie sammeln Regenwasser, fangen Nebeltropfen ein und ernten Tauwasser. Dafür hat er sogar einen Preis bekommen." „Und das Ding heißt?", wollte Catherine wissen. „Warka Water!", lachte Marc. „Ja, aber der Künstler auf La Lumière hatte doch so einen Pavillion ausgestellt", widersprach Catherine. „Tja, das ist so etwas Ähnliches. Auch das gibt es schon, und zwar in Rotterdam. Dort

nennt sich das Teil Rotterdamwatershed." „Ich glaube, wenn ich wieder ein bisschen Luft habe, schaue ich mir das im Internet genauer an", seufzte Catherine. Viel zu schnell standen sie vor ihrer Haustür. Ganz selbstverständlich schmiegte sich Catherine in Marcs Arme, die sie sanft umfingen. Seine Haut verströmte immer noch einen herb männlichen Duft. Sie war kurz davor, sich von ihrer Sehnsucht nach Ankommen fortreißen zu lassen. Sie erwiderte Marcs sanften Kuss und schmolz dahin, aber dann kehrte ungerufen ihre Wirklichkeit zurück. Hastig verabschiedete sie sich von ihm. Das offene Gespräch verschob sie auf später.

Montag, 4. Dezember

1

„Endlich ein Ergebnis", freute sich Joseph, als er am Montagmorgen sein Büro betrat und auf dem Schreibtisch einen dicken Brief fand. Die Kollegen aus Montpellier schickten ihm die Kopie einer DVD inklusive der Ablichtung der DVD-Hülle. Sie hätten dieses Objekt im Büro des Professor Blanc in einem Aktenordner mit der Aufschrift ‚Privat' gefunden. Auf dem beschrifteten Etikett der Hülle stand, dass es sich um den zweiten Teil der Awenasa-Party handele. Unten rechts in der Ecke stand, wer für dieses Werk verantwortlich war: Für Xavier von Karl. Karl? Das war doch dieser Erasmus-Student! Einer inneren Stimme folgend beschloss Joseph, diese DVD sofort anzuschauen, ohne auf Catherine zu warten.

Die dunkelhaarige junge Frau, die auch schon im ersten Teil zu sehen war, versuchte, sich dem behaarten Arm des Professors zu entwinden. Er schien das nicht ernst nehmen zu wollen. Die Kamera war direkt auf ihn gerichtet. „Cherie, du willst unser Happening doch nicht jetzt schon verlassen? Darf ich dich mit einem Häppchen Kaviar verwöhnen?" Aus nicht sichtbarer Quelle zauberte er ein Canapé hervor und hielt es der Frau vor den Mund. Sie biss die Hälfte des Häppchens ab, die zweite Hälfte aß er selbst. „Wusste ich doch, dass es dir schmeckt. Mehr?" Die junge Frau nickte und sogleich schob er ihr eines mit hauchdünn belegtem Lachs hinterher. Die Kamera schwenkte auf einen hübschen Kellner. Er stand hinter dem Professor und hielt auf einer silbernen Platte entrindetes Toastbrot mit garniertem Fisch, Schalentieren und dünnem Fleisch bereit. Ein Schwenk zurück auf Blanc, der sich wieder an die junge Dame richtete. „Wo kommst du her? Mit welch wundervollen Künsten gestaltest du dein Leben?" Der Filmproduzent vergaß nicht, Aimée und Patric hinterher zu leuchten, die hinter einem Holunderbusch verschwanden. Die Dunkelhaarige schien sich ohne die Freundin noch unsicherer zu fühlen. Joseph musste sich anstrengen, um zu verstehen, was sie sagte. „Ich studiere Fotografie bei Professor Simon. Ich bin gerade dabei, meine Abschlussarbeit fertig zu stellen." „Interessant! Darf ich fragen, welche Arbeiter du fotografiert hast?" „Wie? Was? Ist es so offensichtlich, dass ich Arbeiter fotografiere?" Die Frau wirkte erschüttert. Auch Joseph überlegte, woher Professor Blanc wissen konnte, dass sie Arbeiter fotografiert hatte. Ob er nur bluffte? „Nun", lachte Xavier. „Ich kenne Simon schon eine Weile. Und er kann sich nun einmal für nichts mehr begeistern als für die arbeitende Bevölkerung. Was glaubst du, habe ich mir in den letzten Jahren alles ansehen müssen? Na? Arbeiter bei Citroën, Arbeiter im Weinberg, Arbeiter beim Straßenbau …" „Ich …!" unterbrach ihn die junge Frau. „Ach Cherie", sagte Blanc amüsiert und zog sie noch ein wenig näher an sich heran. „Müllmänner", flüsterte sie. „Das wird ihm gefallen!" Xavier lachte laut und klopfte ihr auf die Schulter. „Darauf trinken wir einen", dröhnte er und drückte ihr einen Gin-Tonic in die Hand. Erst nippte sie nur an dem Glas, dann nahm sie einen kräftigen Hieb. „Das schmeckt wirklich gut", hauchte sie und für einen Moment wirkte sie glücklich. Ihre Schultern entspannten sich und die steile Sorgenfalte auf ihrer Stirn verschwand. Nachdem sie das Glas geleert hatte, schenkte der Professor ihr nach. Bevor er der Frau das Glas reichte, zog er ein unscheinbares Fläschchen aus den Falten seines Kaftans und ließ schnell ein paar Tropfen in ihr Getränk fallen. „So ein Drecksack", entfuhr es Joseph. Er ahnte, was nun folgen würde.

Nach ein paar Minuten verwandelte sich das schüchterne in ein fröhliches, lachendes Wesen. Sie schien zu schweben, auf einer Wolke zu tanzen, sie lachte und trank, bis sie schließlich in den Armen des Professors versank. Joseph spulte noch einmal zurück und sah genau hin. Sie schien ohnmächtig zu werden und wurde dann von ihm ins Innere des Hauses gebracht. „Was für ein Mistkerl!" Joseph war bedient und grübelte noch, als Catherine ihm einen guten Morgen wünschte.

2

„Ist dir eine Laus über die Leber gelaufen?", fragte Catherine. „Unser Professor entpuppt sich immer mehr als ausgesprochenes Ekel", erwiderte Joseph. Dann berichtete er knapp, was er soeben gesehen hatte.

„Männer!", entfuhr es Catherine. „Oh Pardon. Anwesende ausgeschlossen." „Schon gut", sagte Joseph. „Wir müssen morgen noch einmal nach Montpellier und uns Doktor Fabron persönlich vorknöpfen. Außerdem will ich etwas über diesen Karl wissen, er scheint beide DVDs aufgenommen zu haben. Ich könnte mir denken, dass Professor Blanc erpresst wurde." „Wie kommst du jetzt auf diese Idee?" Catherine zog die Stirn kraus. „In der letzten Einstellung des Films ist zu sehen, dass Blanc einer jungen Frau eine Substanz ins Glas schüttet, jede Wette, dass das KO-Tropfen waren. Wenige Minuten später ist sie nämlich wie ausgewechselt, fröhlich, hemmungslos, bevor sie dann willenlos in seine Arme sinkt und mit Blanc ins Haus verschwindet. Was sich dort abgespielt hat, können wir uns denken." „Und du meinst, weil Blanc die DVD in seinem Büro aufbewahrt hat, hat er sich vor einer Erpressung gefürchtet?" Catherine sah ihn zweifelnd an. „Warum sollte er diese eine DVD sonst gesondert in seinem Büro aufbewahren, wo er die anderen in seinem Schlafzimmer gehortet hat?" „Seltsam", kommentierte Catherine. „Seltsam finde ich das weniger, auf der DVD wird dokumentiert, dass die junge Frau ihm nicht freiwillig ins Haus und damit ins Bett gefolgt ist. Wenn das kein Grund für eine Erpressung ist …" Joseph vollendete den Satz nicht, sondern griff zum Telefonhörer.

„Ich rufe jetzt Sofie Fontaine an, sie muss uns weiter helfen.“ „Madame Fontaine. Ich brauche dringend Ihre Mithilfe. Bitte vereinbaren Sie einen Termin mit Doktor Fabron für morgen früh. Außerdem muss ich unbedingt einen Studenten finden, wahrscheinlich gehört er dem Austauschprogramm Erasmus an. ... Aus welchem Jahr? ... Moment ...“ Joseph kramte die DVD aus seiner Schreibtischschublade hervor. „2014. ... Ich habe den Namen in dem Notizbuch des Professors gefunden. Karl Schattenberg. ... Ja, es wäre eine große Entlastung, wenn Sie den bis morgen früh ausfindig machen könnten. Gibt es noch andere Studenten, die schon 2014 an der Uni im Fachbereich Kunst eingeschrieben waren? ... Ja, ich möchte, dass jemand bestimmte Personen auf einer DVD identifiziert. ... Ein Mädchen namens Aimée und einen jungen Mann mit dem Namen Patric. ... Nein, von denen habe ich keine Nachnamen. Aber es könnte wichtig sein. ... Ich hoffe, es gelingt Ihnen. ... Dürfen wir Sie um 9.00 Uhr aufsuchen? ... Gut, dann bis morgen früh!“ „Sie will es versuchen“, sagte er zu Catherine. „Das hört sich gut an, vielleicht kommen wir einen Schritt weiter.“

Zeitgleich hatte Catherine in Marseillan angerufen. Brigardier Rifaud lagen mehrere Zeugenaussagen vor, die sich leider zum größten Teil widersprachen. Einem Spaziergänger war ein Jogger mit dunklem Kapuzenpulli aufgefallen, der den Park in großer Hektik verlassen hatte. Er konnte sich leider nicht mehr an die Uhrzeit erinnern. Eine Frau, die dem Park gegenüber wohnte, beschrieb eine sportliche, ältere Dame. Sie sei sehr hastig aus dem Tor heraus geeilt und mit einem grünen Jeep weggefahren. Diese Zeugin, Madame Martin, behauptete, das müsse kurz vor siebzehn Uhr gewesen sein. Ihr Sohn komme samstags immer um halb sechs Uhr nach Hause, um seine schmutzige Wäsche von ihr waschen zu lassen. Kurz vor dem Eintreffen ihres Sohnes habe sie noch einen Mann mit dunkelblauem Pulli gesehen, der aus dem Park gekommen sei. Geschlendert sei er nicht, eher zügig nach rechts verschwunden. Dann gab es noch eine junge Frau, die etwas weiter entfernt in dem Restaurant ‚Le Jardin du Naris‘ auf ihren Freund gewartet hatte. Sie hatte von einer jüngeren Dame gesprochen. Diese sei in einem schwarzen Jeep viel zu schnell Richtung Innenstadt gefahren. Den Drempel kurz vor dem Restaurant habe sie total ignoriert und sei mit lautem Krachen darüber hinweg gebrettert. Es wurde ein drahtiger Mittvierziger gesichtet, ein älterer Herr und ein Jogger mit hellblauem Trainingsanzug. Brigardier Rifaud schickte noch während ihres Telefonates die Liste mit Namen, Adressen und Telefonnummern der Zeugen per Mail. Joseph ließ sie gleich dreimal ausdrucken.

Ich finde die Vertreter des Teufels ekelerregend.
A. Simone Haricot, die Gott ist

Sie träumte, dass sie auf einem weichen, schaukelnden Bett liege. Xa hatte sie mindestens eine Viertelstunde unter die Dusche gestellt, das leuchtete ihr ein, der Dreck musste weg, abgespült werden. Der Himmel über ihr war strahlend blau, blauer ging es nicht. Blauer, so ein komisches Wort, gab es das überhaupt? Vögel zwitscherten um sie herum, die Sonne brannte erbarmungslos auf sie nieder oder war es doch eine 600-Watt-Birne? Das Wasser trug sie, ohne dass sie sich anstrengen musste. Es war wirklich sehr heiß, wie gut, dass sie ihre Kleider abgelegt hatte. Beethoven aus der Ferne, sie hatte die Neunte schon immer geliebt, Freude schöner Götterfunken. Nur der klebrige Mund störte, die Zunge, die in ihre geheimen Ritzen drang, die Arme, die sie drehten und wendeten wie ein Brathähnchen auf dem Grill. „Gott sei Dank, sie hat keine Schwangerschaftsstreifen", sagte jemand durch die Watte. Sie öffnete sich, spürte kleine, flinke Tintenfische in ihrem Inneren wühlen, dann drang etwas Hartes, Warmes in ihre Vagina. Sie hörte sich von weither flüstern: „Bitte nicht! Bitte nicht!" Meckerndes Gelächter antwortete ihr. „Schrei nicht so laut. Der Gärtner ist streng gläubig." Dann mühte sich ein schleimiges Tier mit ihr ab, wollte in ihre Höhle eindringen, schaffte es mit Mühe, blieb eine Weile und polterte von ihr weg. Etwas Feuchtes, Warmes ließ er zurück. Endlich Ruhe, Schlafen, Abtauchen ins Paradies.
Zerwühlte, grünseidene Bettlaken rankten sich um ihren Körper, ihr Kopf versank in Kopfkissenfluten, neben ihr, auf einem fein gedrechselten Nachtschränkchen stand ein Glas Wasser. Und über ihr.... über ihr fand sie sich selbst in einem Kristallspiegel wieder, die Augen verquollen, wirr die Haare, bleich das Gesicht. Das Bett neben ihr war leer, wo war sie?

Dienstag, 5. Dezember

1

Es war schon fast hell, als Joseph und Catherine nach Montpellier aufbrachen. Catherine saß am Steuer, denn Joseph war ziemlich müde. „Leonie hat mich heute Morgen schon richtig angeschaut“, berichtete er begeistert. „Und sie hält meinen Daumen fest. Ich weiß“, fügte er hinzu. „Ich schwärme von meiner Tochter wie ein Teenager von einem Popstar.“ „Kann ich gut verstehen“, sagte Catherine. Dabei verstand sie überhaupt nicht. Der Gedanke, eigene Kinder zu haben, war ihr noch nie gekommen, wie auch. Früher hatte man ihr auf Hochzeiten oder Geburtstagen die kleineren Cousins und Cousinen zum Aufpassen angedreht. Sie war die Älteste in der Verwandtschaft gewesen und so hatte sie sich ungefragt in der Rolle der Gouvernante wiedergefunden. Gemocht hatte sie diese krakeelenden, egoistischen Kleinen nicht. Besonders, wenn sie sich gegenseitig an den Haaren rissen und mit Bauklötzen auf den Kopf schlugen, hatte sie sich nach ihrem Zimmer gesehnt, wo sie sich stundenlang in schlauen Büchern vergraben konnte. Leonie war etwas ganz anderes, ein entzückendes und hellwaches Baby, nicht vergleichbar mit den Schreihälsen von damals. Sie fuhren heute nicht über die Autobahn, sondern gönnten sich den Luxus, die Landstraße zu nehmen. „Schau mal drüben die Windräder von Aumelas. Ich möchte nicht wissen, wie viele Milane in diesem Jahr schon wieder ihr Leben gelassen haben“, seufzte Catherine resigniert. Nach einer halben Stunde Autofahrt tauchte die Sonne die Landschaft des Languedoc in goldenes Winterlicht. Dutzende von Lastwagen, die sich die Autobahngebühren sparen wollten, hinderten sie an einem zügigen Fortkommen. „Ich glaube, wir verspäten uns“, gab Catherine zu Bedenken. „Der Ausblick ist es allemal wert. Ich informiere Madame Fontaine.“ Joseph zückte sein Mobiltelefon und kündigte ihre

Verspätung an. „Madame Fontaine hörte sich erleichtert an. Vielleicht sucht sie noch fieberhaft nach den erfragten Namen und Daten", sagte Joseph. „Könnten wir auf dem Rückweg vielleicht in Villeneuvette vorbeifahren?", fragte Catherine und erklärte. „Dort wohnt eine alte Tante von mir und ich würde gerne kurz schauen, ob es ihr gut geht. Ich meine, das ist kein großer Umweg." „Warum nicht", meinte Joseph gleichmütig.

2

Um kurz vor neun Uhr parkten sie vor dem Eingang des Universitätsgebäudes. Nachdem der Pförtner sie durchgewinkt hatte, eilten sie in den zweiten Stock, wo Sofie Fontaine auf sie wartete. „Lieber erst die gute oder erst die schlechte Nachricht?", fragte sie. „Die gute!" „Die schlechte!", riefen Joseph und Catherine gleichzeitig. Sofie schmunzelte. „So schlecht auch wieder nicht, nur mit viel Arbeit verbunden. Also, fange ich mit der schlechteren an. Karl Schattenberg war in der Zeit von September 2013 bis Ende August 2014 bei uns eingeschrieben. Danach hat er sein Studium in Erlangen fortgesetzt. Ich habe mich mit dem dortigen Institut für Theater und Medienwissenschaft in Verbindung gesetzt. Er hat Mitte 2016 seinen Master in Theaterpädagogik gemacht. Ob er einen Job bekommen hat, konnten sie mir nicht sagen." „Aber seinen letzten Wohnort müssten sie uns nennen können", merkte Joseph an. „Den letzten schon. Sie haben mir sogar seine Telefonnummer gegeben, nachdem ich erläutert habe, warum wir die brauchen. Nur hat er sich leider unter dieser Nummer nicht gemeldet." „Immer das gleiche", stöhnte Catherine.

In diesem Moment klopfte Isi Nicolas an die Tür. „Oh Pardon", entschuldigte sie sich, als sie Capitaine Leroux und Lieutenant Rozier bemerkte. „Ich wollte nicht stören." „Warten Sie." Sofie Fontaine hob die Hand. „Hatten Sie nicht näheren Kontakt mit einem unserer Erasmusstudenten? Karl Schattenberg, um genau zu sein." „Näherer Kontakt klingt zu intensiv. Er hat bis Herbst 2014 bei uns ein Auslandsjahr absolviert. Rein zufällig hat er vor ein paar Tagen seine Nase durch die Tür gesteckt, weil er hier in der Gegend war. Warum?" „Es ist gut möglich, dass dieser Student ein wichtiger Zeuge sein könnte. Haben Sie vielleicht seine Mobiltelefonnummer?" Isi nickte. „Ja, die habe ich drüben im Büro auf einer Karteikarte notiert. Brauchen Sie die jetzt gleich?" „Unbedingt. Wir warten." Nach wenigen Minuten war Isi zurück und hielt einen Zettel in der Hand. „Ich habe sie. Soll ich ihn anrufen? Ich erinnere mich, er war an dem Donnerstag hier, als Professor Blanc nicht erschien. An dem Morgen sagte Karl, er wolle herumreisen. Am 6. müsse er wieder los. Er wollte runter bis Figures fahren." „Fragen Sie ihn, wo er sich befindet. Oder noch besser, wenn Sie ihn erwischen, lassen Sie mich mit ihm sprechen." „Gut, dann probiere ich jetzt, ihn an die Strippe zu bekommen." Sie wählte seine Nummer, erreichte aber nur die Mailbox. „Hallo, Isi hier. Karl, bitte melde dich dringend bei mir, es ist sehr, sehr wichtig." „Madame Nicolas, hatte Monsieur Schattenberg während seines Aufenthaltes hier sehr viel mit Professor Blanc zu tun?" Nachdenklich schaute Isi Nicolas drein. „Doch, ja! Er war jedes Mal im Büro, wenn Professor Blanc donnerstags auch an der Universität war." „Wissen Sie, ob Monsieur Schattenberg dem Professor einen oder auch zwei Filme gegeben hat?" Isi dachte nach. „Ich kann mich nicht an so etwas erinnern." „Dann habe ich noch eine heikle Frage. Halten Sie es für möglich, dass Schattenberg den Professor erpresst hat?" Isi machte große Augen. „Uff! Erpresst, sagen Sie? Weswegen sollte er das? Das muss ich erst einmal verdauen." Man konnte ihrem Gesicht ansehen, dass ihr Verstand auf Hochtouren arbeitete. Dann holte sie plötzlich tief Luft und gestand; „Der Professor war recht freizügig mit der Weitergabe gewisser, wie soll ich

134

sagen, also er hat den Studenten rezeptpflichtige Medikamente verkauft, damit sie sich in Stresssituationen besser konzentrieren konnten. So, jetzt ist es raus." „Danke für ihre Aussage", bedankte sich Leroux. „Wir haben so etwas stark vermutet. Bei ihm zu Hause haben wir eine größere Menge Zoovigil gefunden. War von diesem Medikament die Rede?" Isi nickte. „Haben Sie eine Ahnung, woher er das Zeug hatte?" „Das weiß ich leider nicht", gab sie zu. „Wenn Sie Karl Schattenberg kennen, dann könnten Sie eventuell zwei Frauen identifizieren, die er gefilmt hat", spekulierte Catherine. Isi hob die Schultern. „Ich kann es versuchen." „Dann schauen Sie sich bitte einen Filmausschnitt an. Vielleicht ruft in der Zwischenzeit dieser Erasmusstudent an." Joseph hatte den Namen des Zeugen schon wieder vergessen.

3

Isi ging zusammen mit Joseph und Catherine in ihr Büro und legte die DVD in ihren PCs ein. Sie schaute konzentriert auf den Monitor. „Das ist Aimée", sagte sie und zeigte auf die blonde Frau. „Hier haben wir Patric. Die beiden hielten sich seinerzeit oft im Gefolge von Professor Blanc auf. Aber die Dunkelhaarige? Irgendwie kommt sie mir nicht bekannt vor." Sie schüttelte den Kopf. „Ich kenne sie wirklich nicht. Vielleicht hat sie ihre Scheine bei einem anderen Professor gemacht." Joseph war froh, dass er im letzten Moment beide DVD in seine Aktentasche gepackt hatte. „Catherine, wenn es dir zu viel wird, kannst du ja wegschauen", sagte Joseph mit einem Seitenblick auf Catherine. „Warum sollte ich?", fragte diese überrascht. „Nun ja, ich glaube nicht, dass dir die nächste DVD gefallen wird", flüsterte Joseph ihr zu. „Ach, nun mach dir mal nicht ins Hemd. Ich habe bei der Gendarmerie schon ganz andere Sachen gesehen", beruhigte ihn Catherine. Alle drei schauten auf den Monitor, sahen sich die kurze Sequenz an. Isi zuckte mit den Achseln. „Raymond hat ständig irgendwelche Mädchen angebaggert. Aber dass er dabei mit KO-Tropfen nachgeholfen hat, ist mir neu. Und sehen Sie, das Mädchen hat gesagt, sie habe sich bei Professor Simon zur Prüfung angemeldet und Müllmänner fotografiert. Deswegen kenne ich sie nicht. Soll ich gleich nachhören, ob Professor Simon im Haus ist? Vielleicht kann er Ihnen weiterhelfen."

„Bitte, rufen Sie ihn an", bat Leroux.

Heute lief es besser. Sie mussten nur eine halbe Stunde auf Professor Simon warten. In der Zwischenzeit kochte ihnen Isi einen Grüntee und versorgte sie mit knusperigem Gebäck. „Der Tee schmeckt ja sehr modern", sagte Leroux und verzog die Miene. „Wieso das denn?" Catherine schaute ihn irritiert an. „Man kann auch einmal etwas Neues probieren." Er ging nicht weiter darauf ein und erkundigte sich bei Isi: „Sind Aimée und Patric noch an der Universität eingeschrieben?"

„Moment, ich schaue im Computer nach." Isi ging die letzten Listen durch. „Oh, wir haben fünf Aimées", rief sie aus. „Ich muss sie einzeln anschauen, einen Augenblick noch." Bald hatte sie die richtige gefunden. „Aimée Daladier. Sie hat ihr Studium 2016 beendet. Ich notiere Ihnen ihre Telefonnummer. Nun zu Patric. Das ist bestimmt schwieriger. Nein, ich gebe auch gleich das Sommersemester 2015 als Suchkriterium mit ein. Sehen Sie!", rief Isi aus. „Da haben wir gleich ein paar weniger Patrics." Eifrig schaute sie sich alle sieben gefundenen Männer mit diesem Namen an. „Hier! Patric Duras! Er hat seinen Abschluss ebenfalls 2016 gemacht. Seine Nummer schreibe ich Ihnen auch auf."

Sie zückte gerade ihren Kugelschreiber, als sich Karl Schattenberg meldete. Er schien hocherfreut zu sein, hatte er doch etwas ganz anderes erwartet. „Das ist es nicht, Karl. Die Gendarmerie sitzt in meinem Büro und möchte dich unbedingt sprechen. … Nein, keine Panik, du weißt ja gar nicht, dass Raymond tot ist. … Ja, an dem Tag, als du dich nach ihm erkundigt hast, bin ich informiert worden. … Nein, er ist um-

gebracht worden. … Wann kannst du hier sein? … Das wird
sie freuen. Bis gleich."

4

Isi hatte noch nicht ganz den Hörer beiseitegelegt und Joseph
und Catherine darüber informiert, dass Karl in einer guten
Stunde kommen könnte, da trat schon Professor Simon ein.
„Francois Simon", stellte er sich vor. „Womit kann ich dienen?" „Könnten Sie sich bitte einen Ausschnitt dieser DVD
anschauen und uns sagen, wie diese junge Frau heißt?" „Wenn
ich mich an sie erinnere." Francois Simon warf einen skep-
tischen Blick auf den Computer. Er trug einen beige-braunen
Cordanzug, musste Anfang sechzig sein und war noch immer
vom Sommer gebräunt. Kurze wellige Haare, von grauen
Strähnen durchzogen, bedeckten seinen schmalen Kopf. Ein
gepflegter Bart umkränzte seinen schmallippigen Mund. Die
Nägel an seinen langen, feingliedrigen Fingern waren ordentlich maniкürt. Leicht angewidert beobachtete er aus dunkel-
braun glänzenden Augen, wie sein verstorbener Kollege sich
an die junge Frau heranmachte. „Ja, ich erinnere mich an sie.
Eine recht zurückhaltende Studentin, sie war mir vorher nie
aufgefallen. Überraschend präsentierte sie mir kurz vor ihrem
Abschluss eine exzellente Fotoserie, die sich mit dem Thema
Müllarbeiter auseinandersetzte. Ich hätte ihr dafür mit
Sicherheit die beste Note gegeben." „Wieso hätte?", unterbrach ihn Catherine. „Weil sie zur Präsentation nicht mehr erschienen ist. Sie war plötzlich nicht mehr auffindbar, wie vom
Erdboden verschluckt. Schade!" „Bitte, verraten Sie uns jetzt,
wie die junge Frau heißt?" „Adelina Haricot. Ich weiß noch,
wie ich mich wunderte, dass sie sich so blass durchs Leben
schlich. Dabei war ihr Großvater in den dreißiger Jahren des
letzten Jahrhunderts als Radikaler gleich dreimal für kurze
Zeit Chef des französischen Parlaments." „Danke, Sie haben
uns sehr geholfen. Jetzt müssen wir sie nur noch finden." „Ja,

das ist Ihre Aufgabe, Capitaine, Lieutenant." Francois Simon
verabschiedete sich.

5

Nicht lange danach erschien Karl Schattenberg auf der Bild-
fläche. „Hey, was liegt an?", grüßte er salopp. „Haben Sie diese beiden Filme gemacht?" Joseph Leroux hielt ihm die Hül-
len entgegen. „Ja, warum?" Das linke Auge von Karl zuckte
nervös. Er steckte seine Hände in die Hosentaschen. „Warum
befanden die sich im Besitz des Professors?" „Ich habe ihm ein
Doppel von den Aufnahmen gemacht. Ich habe sie ihm sei-
nerzeit geschenkt." „Und ihn damit erpresst?" „Nein! Ich?
Wieso sollte ich?" Dann wandte er sich hilfesuchend an Isi.
„Habe ich das richtig übersetzt? Faire chanter[14]?" Isi nickte.
„Das stimmt." Joseph Leroux fixierte lange Karls Augen und
sagte gar nichts. Irgendwann wurde Karl nervös. „Professor
Blanc hat mir manchmal ein paar Pillen verkauft, das ist alles.
Nachdem ich ihm den Film gegeben habe, musste ich für den
Schwan von Sète nicht mehr den vollen Preis bezahlen."
Joseph Leroux stutzte. „Habe ich das richtig gehört? Der
Schwan von Sète?" „Das war unsere geheime Verabredung.
Wenn Leute in der Nähe waren, haben wir nicht von den Pil-
len gesprochen, sondern nur gefragt, ob der Schwan von Sète
vorbeigekommen sei." „Pillen? Welche Pillen und wofür?"
Joseph stellte sich ahnungslos. „Wenn einer dringend etwas
für die Psyche brauchte, für eine Präsentation oder ein musi-
kalisches Vorspiel, dann haben wir vom Professor Ritalin oder
Zoovigil bekommen." „In Sète gibt es doch gar keine Schwä-
ne!", rief Catherine dazwischen. „Nur Flamingos, Möwen und
ein paar versprengte Kormorane." „Und ein paar eingebildete
Gockel und albern gackernde Hühner!" Schattenberg lachte
über seinen eigenen Witz. Als er sah, dass er der einzige war,
der das lustig fand, fügte er hinzu: „Der Flamingo von Sète

----
[14] Erpressung.

138

klingt doch längst nicht so knackig wie der Schwan von Sète, oder?" Die beiden Gendarmen verzogen ausnahmsweise keine Miene. „Zurück zu unserer Frage. Sie haben also im Austausch Aufputschmittel bezogen und dafür Stillschweigen über seine sexuellen Praktiken bewahrt, richtig?", wollte Leroux wissen. Karl blickte auf den Boden. „Aber ich habe ihn deswegen doch nicht umgebracht", stieß er hervor. „Das hat auch keiner behauptet. Wissen Sie denn, was mit dem Mädchen passiert ist? Mit Adelina?" „An dem Abend?" Verunsichert schaute Karl auf Catherine. Etwas leiser fuhr er fort. „Raymond hat sie … ehm … er hat sich mit ihr im Schlafzimmer vergnügt." „Gibt es davon auch einen Film?", bohrte Joseph weiter. „Kann sein, aber das weiß ich nicht. Manchmal hat er gefilmt, aber ob auch einer von Adelina existiert, weiß ich wirklich nicht." „Ich glaube Ihnen nicht!", verdächtigte Catherine ihn auf einmal und sah Karl direkt an. Er knickte ein. „Raymond hat sich gerne später noch einmal daran berauscht. Das mit Adelina fand ich aber auch nicht so gut, schließlich war sie nicht so eine." „Was für eine?", hakte Catherine nach. „Na, so eine, die etwas bei ihm erreichen wollte." Sie schwiegen eine Weile. Dann fiel Joseph plötzlich noch etwas ein. „Hatten Sie eine Ahnung, woher Professor Blanc diese Pillen bezog?" Karl Schattenberg schüttelte den Kopf. „Ich nehme an, er hat sie über das Internet bezogen. Er hatte jedenfalls immer einen ausreichenden Vorrat." So war das also. Catherine sinnierte darüber, welche Wildwüchse die strengeren Prüfungsvorschriften in der Zwischenzeit hervorgebracht hatten.

„Wir brauchen für alle Fälle Ihre Fingerabdrücke und Ihre DNA. Reine Routine. Und eine Adresse, unter der wir Sie notfalls erreichen können." „Meinetwegen! Ich habe nichts zu verbergen." Catherine öffnete ihren Notfallkoffer, nahm eine Speichelprobe und die Fingerabdrücke von Schattenberg. „Wann fliegen Sie?" „Morgen. Um 14.50 von Montpellier

nach Paris, dort steige ich um in den Flieger nach Zürich.“
„Gut, falls wir Sie noch etwas Wichtiges fragen müssen, melden wir uns morgen früh. Gute Reise!“

6

Leroux sah offensiv auf seine Uhr. „Wo bleibt eigentlich Doktor Fabron? Sie wollte schon um zehn Uhr hier sein?“ Leroux konnte sich wahnsinnig über Menschen aufregen, die vereinbarte Termine nicht einhielten. „Pardon, ich weiß es nicht!“, entschuldigte sich Isi. „Ich rufe sie an.“ Nach einem kurzen Wortwechsel bat sie die beiden Gendarmen, Doktor Fabron in ihrem Büro aufzusuchen. „Ein Zimmer vor Madame Tavernier auf der linken Seite“, erklärte Isi Nicolas.
Valerie Fabron saß betont leger hinter ihrem Schreibtisch und bat Joseph und Catherine herein. Sie lächelte die beiden an und fragte, wie sie bei der Aufklärung des Mordes helfen könne. „Doktor Fabron. Sie haben uns angelogen!“ Valerie zog erstaunt die Augenbrauen hoch. „So?“, spottete sie. „Ich soll Sie angelogen haben?“ „Sie haben uns gegenüber ausgesagt, Sie seien um 18.00 Uhr von ihrer Wohnung in Nîmes losgefahren, um pünktlich zu der Vernissage zu erscheinen. Sie kamen erst, als die Party schon angefangen hatte. Wie können Sie uns das erklären?“ Valerie lächelte entwaffnend. „Ach, dann war ich also nicht pünktlich? Stimmt, die Veranstaltung hatte schon begonnen, als ich kam.“ „Ist das alles, was Sie dazu zu sagen haben? Kann es nicht sein, dass Sie vielleicht doch schon ein bisschen früher unterwegs waren, sagen wir so um 16.00 Uhr vielleicht?“ „Wollen Sie damit sagen, ich hätte einen Umweg über Marseillan gemacht und meinen Kollegen mal eben um die Ecke gebracht? Darauf läuft die Fragerei doch hinaus, korrekt?“ Valerie Fabron schlug lässig ihre langen Beine übereinander, warf den Kopf in den Nacken und wippte mit dem Stuhl. „Ich schlage Ihnen etwas vor. Nehmen Sie meine Fingerabdrücke, meine Speichelprobe und dann

vergleichen Sie die in Ruhe zu Hause mit denen, die Sie im Labor haben. Meine Zeit ist zu kostbar, um mich länger mit solchem Quatsch zu beschäftigen." „Ein hilfreicher Vorschlag", erwiderte Joseph ironisch und bedeutete Catherine, die benötigten Utensilien aus ihrer Aktentasche zu holen. Sie nahmen die Proben und verabschiedeten sich. „Wir danken Ihnen für das Gespräch, Doktor Fabron." Leroux wünschte ihr keinen schönen Tag, sondern zog Catherine mit sich auf den Gang. „Na, was meinst du?" Catherine schüttelte zweifelnd den Kopf. „Ich weiß nicht, sie kommt mir wirklich total schnippisch daher, aber morden? Wir werden sehen." „Ich glaube, für heute haben wir genug. Lass uns noch irgendwo einen kleinen Kaffee nehmen und dann heimfahren." Sie verabschiedeten sich von Isi Nicolas und Sofie Fontaine und dankten für deren Hilfe. Dann machten sie sich auf den Weg, um in Montpellier einen Imbiss zu nehmen und in Ruhe ihre Eindrücke zu beraten.

7

Sie fanden ein hübsches Bistrot in der Altstadt. Dort suchten sie sich einen kleinen Tisch in der Ecke aus und bestellten sich einen Croque monsieur und einen Kaffee. „Für mich bitte den Croque ohne Schinken", ergänzte Catherine ihre Bestellung. Schweigend schlürften sie das heiße Getränk und bissen in den warmen Toast. Wie immer schaute sich Catherine an, wer sonst noch in dem Bistro anwesend war. An einem sportlichen Mann, schätzungsweise Mitte dreißig, blieb ihr Blick hängen. Er saß auf einem Barhocker, vor ihm stand ein Glas Bier. Er spielte gelangweilt mit seinem Handy. Irgendetwas an ihm kam ihr bekannt vor. Joseph folgte ihrem Blick. „Kennst du den?", fragte er leise. „Vielleicht", flüsterte sie zurück. Über einer locker sitzenden Jeans trug er einen schwarzen Kapuzenpulli. Der Mann blickte über die Schulter und sah Catherine direkt an. „Wo habe ich den schon einmal gesehen?", überlegte sie fieberhaft, während sie dem Mann forschend ins Gesicht blickte. Den schien die Anwesenheit der beiden uniformierten Gendarmen nervös zu machen. Rasch trank er sein Glas aus, warf ein paar Münzen auf die Theke und verließ eilig das Bistrot. In diesem Augenblick wusste Catherine, woher sie den Mann kannte. „Den müssen wir uns schnappen! Ich sage dir gleich, warum!" Catherine und Joseph sprangen auf und setzten dem Mann nach. Als der merkte, dass er verfolgt wurde, begann er zu rennen. Catherine war schneller. Bereits nach wenigen Metern konnte sie ihn überwältigen, Joseph legte ihm Handschellen an. Dann klärte Catherine Leroux auf: „Das war der Mann auf dem Video von Odessa. Er hat dem Professor das Paket übergeben." „Was wollen Sie von mir? Ich habe nichts getan", lamentierte der Festgenommene. Sein Akzent ließ auf eine italienische Herkunft schließen. „Das werden wir auf der Wache klären", sagte Leroux. Zu dritt gingen sie zum Bistrot zurück, Leroux gab dem Chef Bescheid, zahlte und dann steuerten sie die nächste Polizeiwache an. Den Kollegen vor Ort schilderten sie die Sachlage und baten darum, einen Verhörraum nutzen zu dürfen.

Sie sahen sich die Ausweispapiere des Mannes an. „Warum sind Sie weggerannt, Monsieur Lombardi?" Der Festgenommene schwieg, starrte auf den Fußboden. „Was haben Sie Professor Blanc letztes Jahr in Odessa gegeben?" Filippo Lombardi sah Catherine überrascht an. „Ich kenne keinen Professor. Was ich ihm gegeben habe? Keine Ahnung." „Wollen Sie mich ver....?" Catherine verschluckte sich rechtzeitig. „Sie haben von Blanc einen Umschlag bekommen, ich nehme an, mit Bargeld. Also müssen Sie auch wissen, was Sie ihm dafür gegeben haben." Lombardi zuckte mit den Schultern und sagte nur: „Bo!" „Warum waren sie in der Ukraine?", hakte Leroux nach. „Mein Cousin hat mich mitgenommen", ant-

wortete Lombardi lapidar. „Hat er Ihnen das Paket gegeben?"
Lombardi schwieg. „Waren Sie in letzter Zeit in Marseillan?"
Ein kurzes Augenflackern, dann hatte er seine Mimik wieder
unter Kontrolle. „Catherine, kannst du die Kollegen bitten,
seine Fingerabdrücke und eine Speichelprobe zu nehmen? Danach sollen sie ihn in die Zelle stecken." Lombardi sprang auf,
warf den Stuhl um, auf dem er gesessen hatte. „Was ist das für
ein Land! Sie können mir gar nichts nachweisen. Ich will
einen Anwalt!" „Den bekommen Sie beizeiten. Wir ermitteln
in einem Mordfall." Den letzten Satz hatte Leroux bewusst
beiläufig fallen lassen. Catherine führte Lombardi ab. Währenddessen rief Leroux beim gerichtsmedizinischen Institut
Montpellier an. Er schilderte die Lage und überzeugte die
Mitarbeiter davon, sofort die Fingerabdrücke und die DNA
Lombardis mit denen vom Tatort zu vergleichen. Gleichzeitig
ließ sich Catherine von Marc telefonisch die vorläufige Inhaf-
tierung Lombardis genehmigen. „Verschieben wir den Besuch
in Villeneuvette?", fragte Leroux. „Ja, wir können das an einem anderen Tag erledigen", stimmte Catherine zu.

8

Nach Feierabend machte sich Catherine auf den Weg, um
einen neuen Termin bei Joline Flaubert wahrzunehmen. Sie
hatte selbst darauf bestanden, die nächste Sitzung zeitnah zu
legen, aber jetzt überkam sie doch ein mulmiges Gefühl. Was
würde diesmal passieren? Käme etwas Dunkles, Geheimnis-
volles von ihr ans Licht? Es ging ihr nicht anders als vielen anderen Menschen. Sie brauchten nur das Wort Psychologin hören, um sofort zu sagen: „Ich bin doch nicht bekloppt!" „Catherine, höre auf mit dem Gejammere", schalt sie sich. „Du
willst deine Situation verbessern, also stelle dich dem Tiger."
Auf den letzten Metern steuerte sie ihren Wagen zielsicher zu
dem Parkplatz von Madame Flaubert.

Schon als sie am Eingang der Praxis ihre Straßenschuhe mit kuscheligen Fellpantoffen vertauschte, den Geruch von frischem Früchtetee schnupperte, überwog ihre Neugier. Bevor es losging, zeigte Madame Flaubert ihr Übungen, um sich besser auf ihr inneres Befinden zu konzentrieren. Catherine spürte auf einmal die große Last, die sie mit sich herumschleppte. Es dauerte eine Weile, bis sie begriff, was es war. Tränen liefen über ihr Gesicht. „Es fühlt sich so unglaublich schwer an." „Wie sieht das Schwere aus? Hat es eine Form?", intervenierte Flaubert. Catherine erinnerte sich an die endlosen Gespräche mit ihrer Mutter. Ihre Mutter war unglaublich enttäuscht gewesen, als sie, Catherine, ihr endlich gestanden hatte, dass sie sich zu einer Frau hingezogen fühlte. Es folgte die Selbstzerfleischung ihrer Mutter bei der Frage, was sie falsch gemacht habe. Auf die Freunde, die sie fortan belächelten, hatte sie verzichtet. „Was befürchten Sie jetzt am meisten?" Catherine seufzte. „Wenn ich mich diesmal auf einen Mann einlasse … ich weiß ja nicht einmal … also … das ganze Coming-out plötzlich in die andere Richtung … soviel auf einmal." „Und wenn Sie erst einmal für sich selbst herausfinden, wie es Ihnen damit geht?", schlug Madame Flaubert vor. „Aufschieben, ja, aber irgendwann …" „Was passiert, wenn jemand Sie ablehnt?" Catherine holte tief Luft: „Ich verschwinde, bin nicht mehr da." „Gibt es jetzt gerade Menschen, die Sie ablehnen?" Catherine schüttelte den Kopf. Hier im Languedoc hatte sie bis auf Joseph, Hélène und Marc nur wenige Freunde. Doch! Pierre. Keiner von denen, Pierre erst recht nicht, würde sie schief anschauen. Als sie sich das klar machte, atmete sie auf. Und plötzlich wusste sie, was sie sich auf den Kühlschrank und den Spiegel im Badezimmer in Großbuchstaben schreiben würde: „Ich bin ich!" Sie sagte es laut und sah im Geist die Gesichter ihrer Freunde. Alle lächelten und gratulierten ihr. Leise vor sich hin pfeifend verließ sie die Praxis von Joline Flaubert.

Mittwoch, 6. Dezember

1

„Ja, bist du denn von allen guten Geistern verlassen?", schrie Thierry seine Schwester Christine an. Sie stand mit hängendem Kopf vor seiner Wohnungstür und wagte nicht, den Mund aufzumachen. Links und rechts neben ihr standen zwei durchtrainierte Gendarmen, die ihn kühl musterten. „Monsieur Thierry Robin?" „Wer will das wissen?" „Lieutenant Chautemps, Lieutenant Laval, Gendarmerie Béziers", stellten sie sich vor. „Ich bin ein unbescholtener Bürger. Warum führen Sie meine Schwester so vor? Hat sie wieder etwas bei Auchan mitgehen lassen?" Empört wollte Christine den Mund aufreißen, aber Thierry funkelte sie so zornig an, dass sie vor Schreck den Mund hielt. Kleine Schweißperlen standen auf Thierrys Stirn, die er sich fahrig mit einem Taschentuch abwischte. Die Gendarmen blieben unbeeindruckt und zeigten ihm ein braunes, unscheinbares Päckchen. „Gehört Ihnen das?" Bevor er es vehement abstreiten konnte, verriet das unkontrollierte Zucken seiner Mundwinkel, dass er mit ziemlicher Sicherheit das ‚Rhinocéros aus Nulle Part' war. „Kommen Sie bitte mit. Wir möchten uns gerne ausführlich mit Ihnen über den Absender unterhalten", sagte Lieutenant Chautemps. In Thierrys Augen flammte Panik auf und er versuchte, die Tür zuzuschlagen. Lieutenant Laval hatte das kommen sehen und seinen Fuß bereits in der Tür. Blitzschnell schnappte eine Handschelle zu und Thierry hing am Arm von Laval. Sein Anblick erinnerte an einen Stier, der gleich durch die Manege gezogen wird. „Mince alors![15] Kann ich mir wenigstens eine Jacke überziehen?", polterte er. „Selbstverständlich", sagte Lieutenant Laval. Er begleitete ihn ins Haus, wo sich Thierry eine schwarze Lederjacke über die Schultern warf. Nachdem er die Haustür abgeschlossen hatte, drehte er sich

---

[15] Verflixt noch mal!

zu seiner Schwester um und zischte: „Warte nur, bis ich zurück komme." Eine zur Faust geballte Hand vollendete den Satz. „Sie kommen am besten gleich mit", befahlen die beiden Gendarmen der Schwester von Thierry Robin.

2

„Wir haben sie! Was sollen wir jetzt mit ihnen machen? ... Nach Mèze bringen? ... Wird erledigt." Nachdem Lieutenant Chautemps und Lieutenant Laval mit Leroux gesprochen hatten, verfrachteten sie die beiden Verdächtigen in ein Dienstfahrzeug und fuhren unverzüglich zur Gendarmerie Nationale nach Mèze.

Joseph nahm sich zunächst Thierry Robin vor. Er vermutete, dass die Schwester nur Kurierdienste für ihren Bruder erledigte. „Wie sind Sie auf den Namen Rhinocéros gekommen. Haben Sie einmal in Afrika gelebt?", eröffnete Leroux das Verhör. Der Stolz in Thierrys Augen sprach Bände. „Wissen Sie nicht, was man sich über Rhinocérosse erzählt? Über ihr Horn?" „Ach das!", Leroux winkte gelangweilt ab. An solchen Schwachsinn glaubte er schon lange nicht mehr. Catherine, die an der anderen Seite der Wand stand, grinste spöttisch. „Sie geben also zu, dass Sie hinter dem Namen Rhinocéros stecken?" Zu spät bemerkte Thierry, dass er sich verraten hatte. Er änderte seine Taktik und trat die Flucht nach vorne an. „Ist es verboten, sich einen Spitznamen zuzulegen?" „Durchaus nicht", grinste Leroux. „Aber es ist verboten, in Massen mit rezeptpflichtigen Medikamenten auf dem Schwarzmarkt zu handeln. Was sagt Ihnen der Name Matoskah?" „Wissen Sie, Capitaine Leroux, bei den vielen Kunden kann ich mir keine Namen merken, schon gar keine Spitznamen. Wie hieß der noch gleich?" „Matoskah", wiederholte Leroux gedehnt. „Nee, kenne ich nicht", leugnete Thierry. „Der hat Ihnen aber vorgeworfen, sie hätten ihn verarscht. Wirkungslose Pillen verkauft! Und er hat Ihnen gedroht, Sie anzuzeigen. Dämmert

146

es jetzt?" „Ach der blöde Wichser! So ein aufgeblasener Frosch, tat sich wichtig, wollte sein Geld wieder haben und mir obendrein eine Scheißbewertung geben." Thierry verlor seine Kontrolle. „Putain!", brüllte er und schlug mit der Faust auf den Tisch. „Ich dachte, im Darknet kenne man sich nur unter dem Nickname?", bohrte Leroux nach. „Ja, irgendwie muss er doch an seine Klamotten kommen! Würde ich seinen Namen nicht kennen, könnte ich ihm die Pillen ja schlecht an Eichhörnchen & Co. schicken oder was glauben Sie?" „Ich glaube gar nichts. Aber meine nächste Frage an Sie lautet: wo waren Sie am Samstag, den 18. November zwischen 15.00 und 17.30 Uhr?" „Glauben Sie, ich führe ein Protokoll, wann ich mit wem chatte oder wann ich mir die Eier schaukele? Was soll diese Frage überhaupt?" „Sie können oder wollen uns also nicht sagen, was Sie zu dieser Zeit gemacht haben und wo Sie waren?" „Sie meinen das jetzt ernst, nicht wahr? Ist irgendjemand umgenietet worden oder hat einer die Bank von Mèze ausgeraubt, hä?" „Ich wiederhole mich ungern, Monsieur Robin, wo waren Sie?" Thierry kratzte sich ausgiebig am Kopf. „Achtzehnter November? Achtzehnter November! Samstag! Samstag? Samstags gehe ich nachmittags in die Wanne und gucke mir irgendeine Blödsendung im Fernsehen an. Am liebsten was mit Titten." Er machte eine entsprechend ausladende Geste. Joseph Leroux hörte darüber hinweg. „Sie waren allein, nehme ich an. Oder hat Ihre Schwester Ihnen das Badewasser eingelassen?" „Meine Schwester", prustete Thierry verächtlich. „Nee, meine Schwester hat ihre eigene Wohnung."

„Haben Sie Matoskah jemals persönlich getroffen?" „Matoskah? Häh? Ach, Sie meinen den Frosch? Haha. Kennen Sie den Witz mit dem Frosch, der immer vor sich hin trötet ‚Ich bin ein Schwan! Ich bin ein Schwan!'?" „Bleiben Sie bei der Sache, Monsieur Thierry", ermahnte ihn Leroux. „Meine Güte, man darf doch wohl mal einen Witz machen! Nee!

Hätte keinen Bock draufgehabt, einen Kunden persönlich zu treffen. Hat die Schweinebacke mich am Ende doch angezeigt?" „Professor Blanc ist tot. Er ist umgebracht worden." „Merde! Aber ich kenne ihn nicht persönlich. Ich wüsste nicht einmal, wie der aussieht." „Ach! Sie haben niemals sein Bild im Internet angeschaut, damit Sie wissen, wer Ihren Dreckskram bestellt?" „Ich muss doch sehr bitten! Ich verkaufe ordentliche Medikamente. Wie meine Kunden aussehen, interessiert mich nicht, Hauptsache, sie zahlen." „Naja, darüber sprechen wir später noch einmal. Jetzt brauche ich Ihre Fingerabdrücke und Ihre DNA." „Ich bin unschuldig!", wiederholte Thierry. Plötzlich fiel ihm etwas ein. „Jetzt weiß ich es wieder", rief er laut. „An dem besagten Samstag war ich ausnahmsweise mal nicht in der Badewanne." Die Erleichterung stand auf seinem Gesicht geschrieben. „Ich war nämlich mit zwei Freunden im Polygone verabredet. Das ist eine erstklassige Adresse zum Bowlen. Und wir waren für mindestens drei Stunden dort, sagen wir von circa drei bis sechs Uhr nachmittags. Die beiden werden Ihnen das bestätigen können. Pierre Robert und Franc Guerin. Die Telefonnummern sind auf meinem Mobiltelefon, das haben Sie ja schon beschlagnahmt." „Das prüfen wir gleich. Trotzdem kriegen wir Sie wegen des Medikamentenhandels dran. Sie bleiben vorläufig unser Gast." Zwei Kollegen führten Thierry unter Protest in eine Zelle.

Aus seiner Schwester Christine konnten sie nichts Erhellendes herausbekommen. Sie hatte auf Anweisung gehandelt. Sie tat alles, was ihr großer Bruder ihr sagte. Sie schrieb Bewertungen, wenn er es von ihr verlangte, ihre Handschrift befand sich auf den Adressaufklebern der Päckchen, sie brachte die bestellten Sachen zur Post. Eigentlich hatte Thierry sie genauestens instruiert, jedes Mal ein anderes Postamt in Beziers zu nehmen. Anfangs hatte sie das auch so gemacht, aber nach einiger Zeit dachte sie, es sei purer Blödsinn und war immer zu demselben Postamt gegangen. Mittlerweile kannte sie alle Schalterbeamten und grüßte sie mit Namen. Dass zusätzliche Kameras installiert worden waren und sich Gendarmen in Zivil im Postamt aufhielten, hatte sie nicht mitbekommen. Joseph Leroux ließ sie laufen.

3
14. September 2014

Sie wusste nicht mehr, wie sie in das Studentenwohnheim gekommen war. Hatte jemand sie heimlich hereingelassen? Normalerweise kam man nach 22 Uhr gar nicht mehr auf das Gelände. Ob jemand den Pförtner bestochen hatte? Aber am späten Abend hatte sie zitternd die Tür aufgeschlossen. Ihr war es total gleichgültig gewesen, ob ihre Mitbewohnerinnen etwas von ihrer Heimkehr bemerkten. Sie war in ihr Zimmer geschlichen und hatte sich eingeschlossen. Fünf Minuten später war sie herausgehuscht und unter die Dusche gesprungen. Sie hatte sich die Haut geschrubbt, bis sie rot war, sich eingeseift, bis ihre Haut gebrannt hatte. „Adelina? Geht es dir gut?" Jocelyn! Sie hatte ihre Stimme erkannt. Jocelyn hatte an die Badezimmertür geklopft. „Alles in Ordnung", hatte sie gerufen, sich mit einem großen Handtuch abgerubbelt und ihren safrangelben Seidenkaftan übergeworfen. Sie hatte gelauscht, bis sich die Schritte entfernt hatten, dann die Tür entriegelt und war in ihr Zimmer zurück geschlichen. Sie hatte sich ins Bett verkrochen, die Decke über ihren Kopf gezogen und war im Nebel verschwunden. Als Jocelyn nach einiger Zeit noch einmal leise an ihre Tür klopfte, hatte sie sich schlafend gestellt. Sie hatte Schlamm auf ihrer Haut gespürt, Krusten von Dreck, einen Kübel Jauche, den man über ihr ausgekippt hatte. Wie hätte sie ihrer Mutter erklären sollen, dass sie nicht mehr in die Universität gehen konnte? Dass sie ihre Präsentation auf gar keinen Fall durchführen würde. Die Wahrheit wäre eine Kata-

4

„Thierry war es nicht!", stöhnte Leroux. „Der Richter hat wegen seines illegalen Handels mit Medikamenten die Untersuchungshaft angeordnet, aber als Mörder scheidet er aus. Die beiden angegeben Zeugen sowie eine Angestellte des Bowling-Centers haben übereinstimmend ausgesagt, dass er am 18. November zu der fraglichen Zeit dort war." „Also weitersuchen!", verkündete Catherine. „Welche Spuren bleiben noch übrig?", fragte sie.

Bevor Joseph antworten konnte, surrte das Telefon. „Augenblick", bedeutete Joseph und meldete sich.

„Ah, Monsieur Dubonnet. Was verschafft mir die Ehre? … Verstehe! … Selbstverständlich! … Einen Augenblick bitte." Joseph gab Catherine ein Zeichen, dass er allein sein müsse. Sie verstand und ging in den Flur, um sich ein Wasser zu holen. „So. Sie können offen mit mir reden! … Doktor Fabron? … Ja, das verstehe ich. … Ehrenwort, von mir erfährt keiner etwas. Wobei, wenn der Staatsanwalt darauf besteht, muss ich ihm reinen Wein einschenken … Ich weiß, Montagnac ist ein Dorf. … Kein Problem, danke, dass Sie mich informiert haben. … Eine schöne Zeit bis Weihnachten wünsche ich Ihnen auch. Bis bald!"

Daher wehte also der Wind. Damit konnten sie auch Doktor Fabron von der Liste der Verdächtigen streichen. Schade.

150

Joseph hatte im Geiste schon die Schlagzeilen in der Midi Libre vor sich gesehen: Konkurrenz bis aufs Messer. Tödliche Ellbogen. Mörderische Begegnungen. Aber das war es alles nicht. Welche Motive, welche Spuren hatten sie bisher? Catherine steckte den Kopf zur Tür hinein, hob fragend die Augenbrauen. „Du kannst wiederkommen. Eine delikate Angelegenheit. Jedenfalls fällt Doktor Fabron als Verdächtige flach. Ich habe Monsieur Dubonnet versprochen, es keinem zu sagen, deshalb gilt die Schweigepflicht auch für dich. Die beiden haben sich bereits vor der Vernissage getroffen und in dem von Doktor Fabron angemieteten Hotelzimmer auf La Lumière ein Schäferstündchen verbracht. Beatrice Pelzer hat offensichtlich nichts davon gewusst, das hätte sie mir gesagt. Wahrscheinlich war jemand anderes an der Rezeption und hat ihnen den Zimmerschlüssel ausgehändigt. Nun ja, was bei einer Untersuchung nicht alles zu Tage tritt. Hat sich eigentlich über den Kollegen Rifaud noch etwas Neues ergeben?" Catherine schüttelte den Kopf. „Bisher nicht!" Leroux war frustriert, weil sie bis auf Lombardi so wenige Anhaltspunkte hatten. „Vielleicht kommen wir über die Studentinnen weiter. Catherine, versuche bitte, Aimée Daladier zu erreichen." „Ja, ich hätte sie als nächste angerufen", sagte Catherine.

5

„Daladier", meldete sich eine unbekümmerte Stimme. „Catherine Rozier, Lieutenant der Gendarmerie Mèze. Kann ich Sie einen Augenblick sprechen?" „Sicher! Um was geht es?" „Wann haben Sie Professor Blanc zuletzt gesehen?" „Ah, Xavier! Das ist mindestens ein Jahr her. Ich habe mein Examen bei ihm gemacht. Warum fragen Sie das?" „Professor Blanc ist ermordet worden." Aimée blieb einen Moment stumm. „Das ist ja grässlich. Wann ist das denn passiert?" „Vor zwei Wochen. Am Samstag, dem 18. November, zwischen sechzehn und siebzehn Uhr, um genau zu sein. Wo waren Sie zu der

Zeit?" „Verdächtigen Sie mich?", rief Aimée erstaunt aus. „Sie erwischen mich jetzt gerade in Bordeaux und da war ich auch jeden Tag im November. Ich habe zum Glück einen Aushilfsjob im Museum für zeitgenössische Kunst bekommen. Ich durfte eine Ausstellung begleiten und habe in den letzten Wochen fast vierundzwanzig Stunden am Tag gearbeitet. Das ist natürlich übertrieben, aber es kam mir so vor." „Ich muss das fragen, aber gibt es dafür Zeugen?" Aimée lachte unwillkürlich. „Ich schätze, ungefähr fünf bis fünfundzwanzig. Die könnten sie alle befragen." „Gut, dazu später. Aber haben Sie eine Idee, wo und wie wir Adelina Haricot finden?" „Oh!" Aimée schien zu stutzen. „Adelina war immer recht eigenbrötlerisch. In den ersten beiden Semestern haben wir mehrmals in verschiedenen Gruppen gemeinsam etwas erarbeitet. Später hat sich Adelina immer weiter abgesondert und auf Fotografie bei Professor Simon spezialisiert. Nur einmal konnte ich sie noch überreden, auf ein Happening bei Professor Blanc mitzukommen, sonst blieb sie am liebsten allein und tüftelte vor sich hin. Und dann war sie plötzlich von heute auf morgen verschwunden. Ich glaube, sie hat nicht einmal mehr ihre Abschlusspräsentation gemacht." „Wo hat sie denn während ihres Studiums gewohnt?" „Oh, sie wohnte, wie einige andere auch, auf dem Campus. Ihre Zimmernachbarin war Jocelyn Marchand." „Das ist schon einmal ein Anhaltspunkt. Hatte sie Eltern, zu denen sie zurückgegangen ist oder ist sie umgezogen und hat Ihnen eine neue Adresse hinterlassen?" „Ich habe keine Ahnung, wo sie geblieben ist. Soweit ich weiß, hat ihre Mutter sie allein großgezogen. Von einem Vater ist mir nichts bekannt. Es tut mir leid, dass ich nicht mehr für Sie tun kann..." Sie schien zu überlegen. „Ich könnte schauen, ob ich in meinen alten Adressbüchern die Telefonnummer ihrer Mutter entdecke, die hatte ich mir damals für Notfälle notiert. Aber versprechen kann ich nichts. Ich schicke Ihnen eine SMS, wenn mir die Nummer in die Hände fällt." Catherine gab ihr ihre Mobilnummer durch, dankte und wollte gerade auflegen, da fiel ihr noch etwas ein. „Sie waren doch mit Patric Duras befreundet, ist das richtig?" „Ja, das war ich", bestätigte Aimèe. „Eine fürchterliche Geschichte." „Warum?", hakte Catherine nach. „Er ist vor zwei Jahren bei einem Fallschirmabsprung tödlich verunglückt." „Oh, das tut mir sehr leid", sagte Catherine. „Ich hoffe, Sie sind darüber hinweg." „Ja, es geht schon."

Catherine berichtete Leroux kurz, was Aimée ihr gesagt hatte. „Ja, langsam kommen wir voran. Mach du bitte an dieser Stelle weiter. Ich fahre jetzt nach Montpellier", sagte Leroux. „Vielleicht ist Lombardi nach dieser Nacht gewillt, uns mehr zu verraten. Ich bin gespannt, was er dazu sagt, dass eine der DNA-Spuren an der Leiche mit seinen übereinstimmt. Ich habe soeben eine entsprechende Mail bekommen." „Hoffentlich hast du Erfolg, dann wüssten wir endlich, wer der Täter ist", rief sie Joseph hinterher, der zur Tür hinauseilte. Catherine hatte schon den Telefonhörer für das nächste Gespräch in der Hand.

Sie rief die Universitätsverwaltung an und fragte nach der Telefonnummer von Jocelyn Marchand. Die hilfsbereite Sekretärin fand sie relativ schnell in der Datenbank und gab sie an Catherine weiter. Sie erreichte Jocelyn beim Joggen, jedenfalls nahm Catherine das an, als eine ziemlich atemlose Frau sich mit „Hallo" meldete. Sie hatte richtig getippt. „Einen Augenblick, ich renne bis zu der Bank, dann kann ich in Ruhe mit Ihnen reden", japste Jocelyn. „Okay, jetzt sitze ich." „Ich bin Lieutenant Rozier von der Gendarmerie National in Mèze. Wir untersuchen einen Mord und versuchen, eine Zeugin zu finden. Sie wohnten doch auf dem Campus neben Adelina Haricot. Können Sie uns vielleicht sagen, wohin sie verschwunden ist?" „Einen Mord? Und die arme Adelina hatte etwas damit zu tun?", fragte Jocelyn entsetzt. „Das steht überhaupt noch nicht fest. Wir versuchen nur, alle Details herauszufinden. Wir vermuten, dass es einen Zusammenhang zwischen Adelina und Professor Blanc geben könnte. Es wäre daher sehr hilfreich, wenn Sie mir sagen könnten, was Ihnen zu Adelina einfällt." „Adelina war echt seltsam, sie hatte kaum Kontakt mit jemandem, hat meistens allein gearbeitet." Jocelyn machte eine Pause, bevor sie sich entschied, noch mehr von Adelina preiszugeben. „Nach einer Wochenendparty war sie noch verstörter als vorher. Ich habe vermutet, dass sie schwanger war, gesagt hat sie es mir allerdings nicht." „Sind Sie sich sicher?", fragte Catherine. „Naja, wenn jemand dauernd zur Toilette rennt und anschließend grün im Gesicht zurückkommt …" Catherine murmelte zustimmend. „Eines Tages kam ich ins Studentenheim zurück und sie war weg, hat sich nicht einmal bei mir verabschiedet, nur einen Zettel hinterlassen, auf dem sie mir alles Gute wünschte. Komisch." „Gibt es sonst noch irgendeine Person aus dieser Zeit, die uns etwas über Adelina sagen könnte?", fragte Catherine. „Mmh. Vielleicht. Sie hat einmal von einer Cousine in Grabels gesprochen, zu der sie aber auch keine sehr enge Beziehung hatte. Die muss in diesem Kaff in der Nähe von Montpellier wohnen. Aber ehrlich, wie die Cousine heißt, habe ich wieder vergessen. Tut mir sehr leid, wenn ich Ihnen nicht weiterhelfen kann." „Trotzdem danke, wir brauchen jede Einzelheit."

Warum ist mir so entsetzlich schlecht? Ich ahne es, verdränge den Gedanken und schleppe mich zu dem kleinen Bistrot, bei dem ich stundenweise arbeitete. „Du bist zu blass", sagte meine Chefin. „Isst du genug? Trinkst du regelmäßig?" Meiner Mutter bin ich erfolgreich aus dem Weg gegangen, ich habe ihr nichts von meiner Flucht nach Grabels verraten. Meine neue Telefonnummer habe ich für mich behalten. Rahel hält dicht, sie hat mir hoch und heilig versprochen, keiner Menschenseele zu sagen, dass sie mir Unterschlupf gewährt. Manchmal träume ich nachts von Raymond. In meinen Träumen tätschelt er meinen Bauch, nimmt mich zärtlich in den Arm und verspricht, immer für mich und unser Kind da zu sein. Plötzlich verwandelt er sich in einen abscheulichen Teufel, droht mir mit der behaarten Faust und brüllte mich an, ich solle ihn in Ruhe lassen. Vor meinen Augen schnappt er sich eine vollbusige Blondine, reißt ihr lüstern die Kleider vom Leib und wälzt sich mit ihr auf seinem Bett mit der seidenen Bettwäsche und den Spiegeln an der Decke. Warum tut er mir das an? Ich liebe ihn mit jeder Faser meines Herzens! Er blickt mich hasserfüllt aus blutunterlaufenen Augen an. Ich falle ins Bodenlose, ein schwarzer Schlund verschluckt mich. Ich sehe Engel, sie schweben auf mich zu und nehmen mich mit.

6

Nachdem Catherine das Telefongespräch beendet hatte, grübelte sie, an welchem losen Ende sie weiterforschen könnte. Sie rief noch einmal die Univerwaltung an. Diesmal hörte sie genau zu, um sich den Namen der Sekretärin zu merken. „Madame Clement, Adelina Haricot muss sich wegen des Zimmers bei Ihnen abgemeldet haben. Hat sie da eine Adresse angegeben, wo sie zukünftig zu erreichen sei?" „Entschuldigen Sie bitte, Lieutenant Rozier, aber Adelina Haricot hat sich nicht abgemeldet. Sie ist einfach verschwunden und hat Madame Marchand die Formalitäten überlassen. Die hat uns informiert und auch für eine Nachmieterin gesorgt, sodass wir keinen Ärger deswegen hatten." „Und Sie haben wirklich keine Telefonnummer für Notfälle von Madame Haricot?" „Unglaublich, nicht wahr? Wir haben nichts dergleichen. Und so etwas passiert sogar in Zeiten modernster Datentechnik. Ich hoffe, Sie finden noch eine andere Informationsquelle." „Ja, ich denke, das schaffen wir schon. Sie haben doch sicher ein Foto von Adelina Haricot in Ihren Akten, nicht wahr?" „Selbstverständlich! Soll ich Ihnen das schicken?" „Bitte, das wäre sehr hilfreich." Catherine gab ‚Grabels' in die Suchmaschine ihres Computers ein und wartete auf das Foto von Adelina. Sie entdeckte die kleine Gemeinde Grabels mit etwas mehr als siebentausend Einwohnern nördlich von Montpellier. Es sollte eigentlich nicht schwer sein, Adelina zu finden, falls sie sich tatsächlich dorthin zurückgezogen haben sollte. Schon bald erschien eine Mail mit dem Bild von Adelina auf ihrem Computer. Scheu und verschlossen blickte Adelina ihr entgegen. Auf diesem Foto schien sie noch sehr jung zu sein. Dunkle Locken umrahmten ihr blasses Gesicht, ihr Mund war klein. Sie wirkte wirklich nicht sehr kontaktfreudig.

Catherine rief die Zweigstelle der Gendarmerie in Grabels an und vereinbarte mit dem Diensthabenden, ihm das Foto weiterzuleiten. „Ich warte, vielleicht können Sie mir gleich sagen, ob Ihnen die junge Frau bekannt vorkommt. Vielleicht hat der Kollege Zufall heute Dienst", scherzte Catherine. Der Diensthabende in Grabels war nicht zu Späßen aufgelegt. Immerhin befreite er sie gleich nach dem Eingang der Mail von ihrem Zweifel. „Ach die! Ja, die hat ein paar Wochen in dem Bistrot am Markt gearbeitet. Ein ausgesprochen hübsches Fräulein." „Bitte, haben Sie eine Telefonnummer für mich?" „Augenblick." Das Blätterrascheln verriet das Suchen in einem Telefonbuch aus echtem Papier. Er nannte ihr eine achtstellige Nummer mit Vorwahl. Catherines Ohren glühten schon vom vielen Telefonieren. Kaum hatte sie sich von dem Kollegen in Grabels verabschiedet, wählte sie die Nummer des Bistrots. Eine ausgesprochen fröhliche, weibliche Stimme meldete sich mit „Le bistrot du marchè, Madame Puy, Bonjour." Catherine stellte sich vor. „Madame Puy, wir suchen Adelina Haricot. Sie hat bei Ihnen eine Zeitlang gearbeitet, ist das richtig?" „Absolut richtig, so ein bedauernswertes Geschöpf! Immer so blass. Und dann noch dieses Malheur. Sie tat mir ja so leid. Wissen Sie, ich habe es kommen sehen. Ja, eines Tages ist sie mir hinter der Theke zusammen gebrochen. Ich habe gleich die Ambulanz alarmiert. Sie hat geblutet, meine Güte hat sie geblutet. Danach ist sie nicht wieder gekommen." „Sie wissen nicht zufällig, in welches Hospital man sie gebracht hat?" „Oh nein, das kann ich nicht sagen. Ich vermute, das nächstgelegene wird das Hospital am Pioch Bontomet sein, aber sicher weiß ich das nicht." „Noch etwas. Wissen Sie noch, wann das war?" „Aber sicher", sang Madame Puy, jetzt wieder etwas fröhlicher. „Das war ein paar Tage nach Weihnachten 2014. Es hatte ausnahmsweise geschneit, deswegen kann ich mich genau daran erinnern." „Haben Sie vielen Dank." Das Telefonieren nahm kein Ende. Catherine schrieb sich die Nummer aller sieben Kliniken in Montpellier auf. Der Reihe nach rief sie dort an und fragte, ob im Winter 2014 eine junge Frau namens Adelina Haricot als Notfall eingeliefert worden sei. Bei der Universitätsklinik hatte sie Erfolg. Adelina war dort ein paar Tage stationär behandelt worden. Eine weitere Auskunft verweigerte man ihr, jedenfalls telefonisch. Wenn sie mehr wissen wolle, müsse sie sich an den zuständigen Oberarzt persönlich wenden. Sie bekam einen Termin mit Doktor Paris für den nächsten Tag um fünfzehn Uhr.

7

Lombardi wirkte recht blass, als er in den Vernehmungsraum geführt wurde. Auf die Nachricht, dass seine DNA bei dem Toten gefunden worden war, reagierte er entsetzt. „Mit einem Mord habe ich nichts zu tun", empörte er sich auf. „Er war schon tot!", schrie er. „Ich habe ihm kein Haar gekrümmt." Leroux sah ihn aufmerksam an, sagte aber nichts. „Ich habe Blanc überall gesucht. Eines Tages habe ich ihn zufällig entdeckt, als er aus der Universität kam. Da bin ich ihm hinterhergefahren." Lombardi sank in sich zusammen, holte Luft und starrte an die Decke. „Warum haben Sie ihn verfolgt?" Leroux versuchte, seinen Blick in den von Lombardi zu bohren. Lombardi wich ihm aus. „Er schuldete mir noch Geld! Eine Menge Geld!" Lombardi regte sich so auf, dass er puterrot wurde. „Einen Porsche fahren und seine Schulden nicht bezahlen, wo gibt es denn so was?" Bei dieser Erinnerung deutete er für den Bruchteil einer Sekunde das von Italienern gern verwandte Zeichen für Vaffanculo[16] an, besann sich aber sofort wieder. „Sie haben mir noch nicht plausibel erklärt, wofür der Professor Ihnen Geld geben sollte?", hielt ihm Leroux vor. „Ach! Der war total scharf auf irgendeine blöde Madonna. Dafür sollte er hunderttausend berappen. Als ich ihm in Odessa das Paket gegeben habe, sagte er, er könne nur siebzigtausend locker machen. Den Rest würde er mir Ende Oktober geben." „Wollte er dann noch einmal nach Odessa kommen oder wo sollte das Geld übergeben werden?" Lombardi schüttelte mürrisch den Kopf. „Nee, er wollte mich am Bahnhof von Montpellier treffen, vorher eine sms schicken. Hat er nicht gemacht. Deswegen habe ich ihn gesucht. Und gefunden. Und dann ist er mir wieder durch die Lappen gegangen." Wütend trommelte er mit den Fingern auf die Tischplatte. „Hören Sie bitte auf, mit den Fingern zu trommeln", befahl Leroux. „Wie und wo ist er Ihnen entwischt?", hakte er nach.

---

[16] Leck mich am Arsch.

Lombardi warf den Kopf nach hinten, schaute an die Decke. „In Marseillan! Er parkte ziemlich am Anfang der Stadt. Dort war aber kein zweiter Platz frei, also bin ich weiter gefahren. Bis ich dann endlich meinen Wagen abstellen konnte, hatte ich ihn aus den Augen verloren. Also habe ich den Hafen abgesucht, in Restaurants geschaut und bin schließlich zufällig in einen kleinen Park geraten. Dort sah ich ihn seltsam verschränkt auf einer Bank liegen. Ich dachte, er schläft, hat sich besoffen oder so. Irgendwie machte er mir einen unnatürlichen Eindruck. Also bin ich hin, habe an ihm gerüttelt. Er war tot.“ Sein Gesicht nahm jetzt noch einen entgeisterten Ausdruck an, als er sich daran erinnerte. „Vor allem muss das schnell gegangen sein. Ich hatte ihn ja kurz vorher noch in seinem Wagen gesehen. Aber glauben Sie mir, jemanden verfolgen und jemanden umbringen, das sind zwei verschiedene Paar Schuhe.“ Filippo Lombardi schaute ihn mit einer Mischung aus Trotz und Flehen an. „Zurück zu dem Bild. Sie wissen wirklich nicht, um welches Bild es sich handelt?“, fragte Leroux erneut. „Nein, weiß ich nicht. Warum ist das so wichtig? Es gibt doch tausende von Madonnen!“ Er prustete verächtlich. „Hunderttausend für eine ‚einfache‘ Madonna? Das glauben Sie doch selbst nicht. Und dass zum gleichen Zeitpunkt die weltberühmte Wachtelmadonna in Odessa aufgetaucht ist, wollen sie auch nicht gewusst haben?“ Lombardi riss in gespieltem Entsetzen die Augen auf. Leroux fragte weiter. „Also, wer war ihr Auftraggeber, wenn Sie die Madonna nicht selbst geklaut haben?“ „Mann, wie oft soll ich Ihnen noch sagen, dass ich keine Bilder klaue. Ein Freund von meinem Cousin hat gefragt, ob ich das Paket einem Mann auf einem Kongress geben und dafür einen Umschlag mit hunderttausend Euro kassieren könne. Ein ganz normales Geschäft, was soll daran falsch sein?“ Lombardi schnaufte. „Ich sollte zwanzig Prozent Provision bekommen, aber erst, wenn der Betrag vollständig bezahlt worden wäre. Warum sollte ich also den Mann umbringen? Von den dreißig Riesen, die er noch rausrücken sollte, gehören zwanzig mir! Ein Toter gibt mir keine zwanzig Riesen mehr! Deswegen!" Lombardi verschränkte die Arme vor der Brust und lehnte sich bockig zurück. „Warum sollte ich Ihnen glauben, dass Sie ihn nicht doch umgebracht haben, zum Beispiel aus Wut, weil er sich weigerte, Ihnen das Geld zu geben?" „Sind Sie eigentlich schwer von Begriff? Ich will mein Geld, alles andere ist mir scheißegal. Und noch mal zum Mitschreiben: ich habe den Mann nicht getötet. Womit auch? Eine Waffe hatte ich jedenfalls nicht dabei. Vielleicht hatte der ja einen Herzinfarkt und ist einfach umgekippt."

Leroux sah ein, dass es schwer werden würde, Lombardi einen Mord nachzuweisen. Dennoch würden sie ihn vorläufig in der Haftanstalt festhalten.

Das Thema Wachtel-Madonna ließ ihn trotzdem noch nicht los. Er griff zum Telefon und wählte die Nummer von Marc. „Marc, du kennst doch ein paar Spezialisten in Marseille, die sich mit Kunstraub und Kunstfälschung beschäftigen." „Du meinst die Kollegen Morel und Lefebvre?" „Wenn du das sagst! Kannst du die beiden veranlassen, sich das Bild in Blancs Haus näher anzuschauen? Ich werde das Gefühl nicht los, dass da mehr dahinter steckt. Vielleicht ist dieses Bild genau das Puzzlestück, das uns fehlt!" „Ich werde es sofort in die Wege leiten. Können wir problemlos in das Haus des Professors?" „Soweit ich weiß, haben wir noch den Schlüssel von der letzten Untersuchung. Die Kollegen können sich bei uns melden. Ach und noch etwas. Du musst einen Verdächtigen nach Marseille überstellen lassen. Er heißt Filippo Lombardi … Ja, danke, ich schicke dir eine Kopie des Protokolls! Bis bald!"

Nach dem Telefongespräch wurde Lombardi der Spezialeinheit in Marseille übergeben, die mit Europol zusammen arbeitete und sich einigermaßen erfolgreich mit Kunstraub befaßte.

Später informierte Leroux die Marseiller Kollegen schriftlich über den Fund der Wachtelmadonna in Blancs Haus. Er fügte das Protokoll vom Verhör Lombardis bei und bat sie um eine ausführliche Untersuchung. Es bestehe der Verdacht, dass es sich bei der Madonna um eine geschickte Fälschung handele.

Bevor sie Feierabend machen wollten, besprachen Joseph und Catherine noch das Programm für den folgenden Tag. „Wir fangen mit der Zeugenbefragung in Marseillan an. Madame Martin war ganz versessen darauf, mich schon um neun auf einen Kaffee zu empfangen." Joseph lachte vergnügt in sich hinein. „Ich habe ihr nicht gesagt, dass ich in Begleitung einer jungen Dame erscheine." „Oh, die Arme! Sie wird enttäuscht sein", rief Catherine in gespieltem Bedauern aus. „Und ich habe für drei Uhr nachmittags einen Termin mit dem Oberarzt der Gynäkologie in der Universitätsklinik von Montpellier ausgemacht. Der sollte uns mehr über Adelina sagen können." Catherine wollte sich gerade verabschieden und hatte schon den Autoschlüssel in der Hand, als sie zu ihrer Überraschung einen Anruf von Pierre, dem Gärtner von La Lumière erhielt. „Wie geht es dir?", fragte er. „Ich wollte mich eigentlich gerade von meinem Dienst verabschieden, aber danke, alles im grünen Bereich. Ich hoffe, dir geht es ebenfalls blendend." „Naja, mit Liebeskummer geht es einem ja meistens nicht ganz so toll. Aber ich rufe dich nicht im Dienst an, um mit dir zu plaudern. Ich habe gehört, ihr seid in dem Mordfall Blanc noch nicht weiter gekommen, stimmt das?" „Was du so alles hörst. Im Prinzip geht es gerade aufwärts. Aber hast du eine Lösung für uns? Einen heißen Tipp?" „Wie man es nimmt. Ich habe am letzten Wochenende zufällig meinen alten Freund Gerald Rifaud auf dem Weihnachtsmarkt in Pézenas getroffen. Wir haben natürlich darüber geredet, was uns momentan beschäftigt. Dabei kamen wir zwangsläufig auf den Leichenfund in Marseillan und den Zeugenaufruf zu sprechen. Erinnerst du dich noch an den schönen Jaques? Im Sommer vor zwei Jahren" „Sommer vor zwei Jahren? Da war ich noch in der Normandie! Was ist mit ihm? Hat der etwas mit dem Mord zu tun?" „Nein, der natürlich nicht", sagte Pierre gedehnt. „Ich hatte kürzlich eine Verabredung im Le Jardin du Naris mit ihm, das ist ganz in der Nähe des Parks. Ich habe lange auf ihn gewartet." Catherine hörte Pierres unterdrücktes Seufzen. „Ich wollte mir nicht die Blöße eines sitzen gelassenen Freundes geben, deswegen habe ich draußen auf dem Gehsteig gewartet. Dabei ist mir eine gepflegte ältere Dame aufgefallen, die aus dem Park kam und in Richtung Parkplatz rannte. Direkt danach hörte ich so etwas wie einen Kavalierstart und dann sah ich einen grünen Jeep an mir vorbeirauschen. Ich habe mich noch gewundert, mit welchem Karacho sie über den le busc[17] gefahren ist, das hat echt geknallt. Es passte so gar nicht zu ihrer, wie soll ich das sagen, bürgerlichen Erscheinung." Catherine merkte, wie ihr Puls sich beschleunigte. „Warte, ich stelle dich auf laut. Kannst du uns die Dame näher beschreiben? Wie alt sie war? Und um wie viel Uhr das war, an welchem Tag?" „Erstens, es muss kurz vor siebzehn Uhr gewesen sein. Zweitens es war der vorletzte Samstag. Drittens würde ich sagen, die Dame muss über fünfzig gewesen sein, vielleicht auch Anfang sechzig." „Haarfarbe?" „Hell, vielleicht ein helles Grau, jedenfalls nicht schwarz- oder rothaarig." „Das ist ja schon etwas für den Anfang", frohlockte Catherine. Sie freute sich, dass endlich Bewegung in die Sache kam. „Wie groß war die Dame? Kannst du dich daran noch erinnern?" „Oh weia, du verlangst viel von mir. Ich habe sie wirklich für Sekunden wegrennen gesehen. Und im Vorbeifahren. Doch, ja, klein war sie nicht, eher in etwa so groß wie du. Ich weiß, das ist eine blöde Angabe, aber mehr kann ich auch nicht sagen." „Ich finde es trotzdem toll, dass du dich überhaupt erinnert hast. Ist dein Jaques wenigstens

---

[17] Der Drempel.

162

erschienen?" Pierre seufzte verhalten. „Leider nicht! Er hat mich wieder einmal versetzt. Ich sollte ihn wirklich abhaken. Aber du weißt ja selbst, wie das mit der Liebe ist. Hast du demnächst mal wieder Zeit, um mich ordentlich zu bedauern?" „Ganz sicher! Aber lass uns erst diesen Fall abschließen, dann wird es hoffentlich wieder etwas ruhiger. Ich melde mich, versprochen." Sie legte auf und wedelte mit dem Schlüssel zu Joseph hinüber.

„So, jetzt können wir uns auf die Frau mit dem Jeep konzentrieren und morgen werden wir aus Madame Martin herausquetschen, was sie gesehen hat." Leroux gähnte verstohlen. „Ist das erste Zähnchen schon unterwegs?", neckte ihn Catherine. „Mache du ruhig Witze auf meine Kosten. Unsere kleine Prinzessin hat die Angewohnheit, sich nachts in unserem Bett ziemlich breit zu machen. Ich falle fast heraus und sie liegt, die Arme ausgebreitet wie ein Schnee-Engel, mitten zwischen uns." „Schläft sie denn nicht in ihrem Kinderbettchen?", fragte Catherine erstaunt. Joseph schüttelte den Kopf. „Das haben wir ein einziges Mal probiert. Sie hat so herzzerreißend geschrien, so dass wir uns wie Monstereltern vorkamen. Außerdem hat Hélène tierische Angst vor dem plötzlichen Kindstod. Das ist wohl einer Bekannten von ihr passiert und seitdem hat Hélène nachts einen leichten Schlaf. Sie fühlt dauernd nach, ob Leonie noch atmet. Ich mache mich jetzt auf den Weg. Soll ich dich morgen früh um kurz vor neun Uhr abholen?" „Ja, das wäre gut", sagte Catherine schlicht.

Die Zukunft wird schön, **meine** *Zukunft wird schön sein, schön, schöner, am schönsten? Ob die Kunstschaffenden der Neuen Welt wissen, dass Xa ein Quäler ist?*

Donnerstag, 7. Dezember

1

In der Nacht träumte Catherine, dass sie mit Marc auf schönen Rappen durch die Garrigue galoppierte. Dann näherten sie sich einem Happening, das mitten im Wald mit lautem Getöse gefeiert wurde. Dort sprangen sie gleichzeitig vom Pferd und rannten händchenhaltend zu der Lichtung. Salvatore Dali hatte einer ausgestopften Angoraziege einen weiß getünchten Autoreifen aufgesetzt und ihre Hörner vergoldet. Menschen mit bunt bemalten Gesichtern und Perücken aus goldenen Papierstreifen tanzten wild um die Ziege und sangen Mah-Ji-Ro-Gau-Ging! Sollte das einer verstehen? Jemand wollte ihr einen Becher mit heißem Wein reichen, doch Marc winkte ihr von einem lieblich plätschernden Fluss, sie solle ihm folgen. Sie sprang zu ihm ins rote Paddelboot und flog mit ihm davon. Sie mussten rechtzeitig zum Dienst erscheinen und strengten sich an, mit den aus klassischen Gitarren bestehenden Paddeln vorwärts zu kommen. Bei jeder Bewegung erklang eine neue Melodie. Blackbird von den Beatles oder Paint it black von den Stones? In ihrem Büro saß General Matthieu auf dem Schreibtisch und drohte ihr mit dem Finger. „Catherine, Sie haben versagt. Sie wissen immer noch nicht, wer Professor Blanc ermordet hat!" Er schwang eine silberne Glocke hin und her, grinste diabolisch, sprang vom Tisch und kam hohnlachend auf sie zu. Aus dem Nichts tauchte Marc wieder auf und schob ihn beiseite. „Generäle haben im Neo-Dadaismus nichts zu suchen. Verschwinden Sie!", drohte Marc dem General. Daraufhin schrumpfte Matthieu und versteckte sich in einer leeren Coladose. Seine Glocke hatte er vergessen, sie bimmelte ununterbrochen weiter.

2

Catherine streckte schlaftrunken die Hand aus und knipste ihre Nachttischlampe an. Fünf Uhr dreiunddreißig stand auf ihrem Mobiltelefon. Ein Anruf in Abwesenheit. Eine neue Nachricht. Eine unbekannte Nummer. Die Nachricht stammte von Aimée Daladier. ‚Maria Haricot, Sète, Telefon 4 68 84 4287. Gruß Aimée‘. Das war für Catherine Adrenalin pur. Sie sprang hellwach aus dem Bett. Ihre wilden Träume blieben in der Nacht zurück. Am liebsten hätte sie sofort die Zahlen in ihr Handy eingetippt. Sète! Fünfundzwanzig Minuten, wenn sie früh fuhren. Ach! Sie hatte nur die Telefonnummer, keine Adresse! Außerdem wollten sie zu Madame Martin. Mist! Rastlos ging sie ins Bad, nahm eine heiße Dusche, wusch sich die Haare, bürstete Arme und Beine, cremte sich nach dem Abtrocknen ausgiebig ein, putzte die Zähne, zog Grimassen im Spiegel, das sollte gut gegen Falten sein. Die Uhr im Badezimmer zeigte 6 Uhr zwanzig, immer noch viel zu früh, um irgendwo anzurufen. Sie wickelte sich in ihr Lieblingshandtuch, ging in ihre kleine Küche und setzte Wasser für einen schwarzen Tee auf. Dann stellte sie das Radio an. Nachrichten um sechs Uhr und dreißig Minuten. Die Sprecherin mit der weichen Stimme berichtete von einem Flugzeugabsturz in Südamerika, einem Tsunami in Asien und von einem neuen Skandal der Pharmaindustrie. Trächtige Stuten würden an Maschinen angeschlossen, die ihnen das Blut absaugten. Die aus dem Blut gewonnenen Hormone würden an industrielle Schweinezüchter verkauft. Catherine hätte schreien können vor Wut und Ohnmacht. Sie stellte das Radio aus. Nachdem sie ein paar Mal tief durchgeatmet hatte, klappte sie ihr Notebook auf. Sie gab ‚Maria Haricot‘ in die Suchleiste ein und stellte aufgeregt fest, dass es mehrere Einträge gab. Der fünfte lautete ‚Maria Haricot, Veterinärin, Avenue Heloise, Sète‘, das musste sie sein. Catherine notierte die Adresse auf einem Blatt. „Mein Tee!“, rief sie. Sie hatte über die Suche am PC ihren Tee vergessen! Der hatte nun so lange gezogen, dass sie ihn wegkippen und sich einen neuen kochen musste. Ein anderer Link verwies auf ihre sechsjährige Tätigkeit in einer Tierklinik auf der Avenue Heloise in Sète. Catherine forschte weiter. Maria Haricot wurde in einem Aufsatz über Spitzmaulnashörner südlich der Sahara zitiert. Bilder von Maria Haricot fand sie nicht. Endlich war es sieben Uhr dreißig. Catherine konnte sich nicht länger beherrschen und wählte die Nummer von Maria Haricot in Sète. „Diese Nummer ist nicht geschaltet", teilte ihr eine metallische Stimme mit. Entnervt biss Catherine in einen Apfel. Noch anderthalb Stunden, bis Joseph sie abholen würde.

Sie beschloss, sich die restliche Wartezeit mit einem Spaziergang zum Étang de Thau zu vertreiben. Außerdem würde ihr die frische Luft einen klaren Kopf bescheren.

Als sie aus ihrer Haustür auf den Place de l'Ancienne trat, fiel ihr siedendheiß ein, dass heute der Wochenmarkt in Mèze war. Catherine schickte Joseph einen Text. Sie würde an der Rue de Port auf ihn warten. Geschickt wich sie den frühen Marktgängerinnen aus, die zu zweit oder zu dritt mitten auf der Straße standen und angeregt miteinander schwatzten. Catherine grüßte die Frau des arabischen Gemüsehändlers, die gerade Obst- und Gemüsekisten vor ihrem Geschäft aufstapelte. Der Fahrer eines Renault-Kastenwagens hupte wild und scheuchte sie mit einer Handbewegung zur Seite. Erschrocken machte sie einen Satz nach links. „Idiot!", zischte sie und schickte ihm ihren erhobenen Mittelfinger hinterher.

Sie enteilte mit strammen Schritten dem Gewühl und atmete auf, als sie die noch kühle Morgenluft am Hafen einatmete.

3

Joseph war abends zuvor so erschöpft gewesen, dass er voll bekleidet auf dem Sofa eingeschlafen war. Mitten in der Nacht hatte ihn der plärrende Fernseher geweckt. ‚Can't stop loving you', versuchte ein dürrer Junge mit grässlichen Piercings an den Augenbrauen, der Nase und der Unterlippe zu singen. Zermartert schaltete Joseph den Fernseher ab, rappelte sich fröstelnd auf und schlich ins Bett. Mühselig entledigte er sich seiner Klamotten und kroch zu Hélène unter die Bettdecke. Die Zähne würde er morgens eben drei Minuten länger putzen.

Donnerstag, 7. Dezember

In der Ferne klappern Teller, Schritte schlurfen über den Gang, es riecht nach Bohnerwachs und Kaffee. Die Bettdecke fühlt sich schwer an, zu heiß. Wenn ich das Bein herausstrecke, weht ein kühler Luftzug darüber. Ein schmaler Streifen vom grauen Himmel, das ist alles, was ich von draußen sehe. Wolkentränen rinnen an der Scheibe ins Nichts. Schlafen kann ich nicht, träumen schon lange nicht mehr. Aufstehen? Wozu? Mich anziehen? Mich waschen, kämmen? Für wen denn? Die Rasierklingen haben sie mir weggenommen, die Tabletten sind abgezählt, alle Verstecke sind denen bekannt. Die Wand! Nicht einmal die Wand weist eine Kontur auf, keine Unebenheiten, keine Streifen, von denen kann ich nichts ablesen. Meine Zehennägel sind zu lang, die Fußpflegerin kommt erst am nächsten Montag. Wann kommt Xa? Sie sagen mir nichts. Die fremde Frau war wieder hier. Was hat sie gesagt? Hat sie etwas gesagt? Ich habe nichts gehört. Die Pralinen schmecken gut! Cognac ist darin. Diese Frau hat behauptet, sie sei meine Mutter! Lachhaft! Meine Mutter hätte mich gebadet, mir zärtlich den Rücken eingeseift und Lieder vorgesungen! Mein Kind! Wo habe ich mein Kind hingelegt? Ich muss es suchen! Im Schrank ist es nicht. Hinter den Handtüchern oder hinter der Wäsche versteckt. Ich habe vergessen, wo mein Kind ist. Sie haben es mir weggenommen! Ich schreie, so laut ich kann. Die Schwester kommt ins Zimmer und sagt zu mir

4

An der Rue de Port musste Catherine nicht lange auf Leroux warten. Schnell öffnete sie die Beifahrertür und ließ sich auf den Sitz fallen. „Wir haben sie!", stieß sie hervor. „Wen haben wir?" „Maria Haricot! Die Mutter von Adelina Haricot. Sie hat sechs Jahre in einer Tierklinik in Sète gearbeitet und vorher in Afrika Nashörner sediert." „Catherine! Beweist das irgendetwas? Hatte Maria Haricot ein Motiv, um Blanc zu töten? Vielleicht war es Adelina selbst und sie ist jetzt untergetaucht." „Aber Maria Haricot könnte leicht an Natrium-Pentobarbital herankommen. Und sollte sie es irgendwo gehortet haben, wäre es auch für ihre Tochter Adelina erreichbar gewesen", wandte Catherine ein. „Aber du hast Recht, wir müssen zuerst einmal alles genauestens nachprüfen."

„Hast du die Adresse der Mutter?" „Nein, habe ich nicht. Ich hatte eine Telefonnummer, aber die ist nicht mehr geschaltet." Im Vorbeifahren entdeckte Catherine zum ersten Mal die einzelne Schirmpinie auf einem Hügel. „Kenne ich die nicht von einem Weinflaschenetikett?", fragte sie. „Gut beobachtet", sagte Joseph. „Das ist die Pinie vom Weingut La Fadèze. Für unser weiteres Vorgehen schlage ich Folgendes vor. Wir fahren nach unserem Besuch bei Madame Martin zu der Tierklinik in Sète. Die Adresse hast du hoffentlich notiert? Die können uns bestimmt einiges über Madame Haricot sagen." „Einverstanden. Ich hatte denselben Gedanken." Catherine holte ihr Mobiltelefon aus der Tasche und rief die Memory-Funktion auf. „Avenue Heloise. Die Klinik heißt Pierre-Joseph. Das ist ja lustig." „Was ist daran so lustig?", wollte Joseph wissen, aber Catherine winkte ab.

Sie passierten den zweiten Kreisverkehr von Marseillan und bogen nach links. „Lass uns hier schon einen Parkplatz suchen. Wenn wir erst einmal in den Boulevard Pasteur abbiegen müssen, haben wir keine Chance", schlug Catherine vor. „Kluge Else!", neckte Joseph sie. „Sei froh, dass du solch eine vorausschauende Kollegin an deiner Seite hast", protestierte Catherine.

Madame Martin schien hinter der verblichenen Eingangstür auf sie gelauert zu haben. Kaum hatten sie geschellt, riss sie auch schon die Tür auf und strahlte Joseph an. Ihr Lächeln knickte ein wenig ein, als sie Catherine gewahr wurde. Aber sie kehrte schnell zu ihrer Liebenswürdigkeit zurück. „Bitte kommen Sie herein." Sie hielt die Tür auf und machte eine einladende Handbewegung. „Hier entlang." Der Hausflur müffelte leicht nach vermodertem Fisch. Catherine versuchte, so wenig wie möglich zu atmen. Die verblassten Tapeten wellten sich an manchen Stellen und wiesen vereinzelt Risse auf. In der Mitte der ausgetretenen Treppenstufen sollte ein zerschlissener Läufer wohl abgeblätterte Farbstellen kaschieren. Auf einmal ertappte sich Catherine dabei, wie sie innerlich die Nase rümpfte. ‚Sei glücklich, dass du ein geregeltes Einkommen und ein Dach über dem Kopf hast', schalt sie sich. Sie nahm sich vor, ab sofort besonders freundlich zu sein.
Madame Martin wohnte in der ersten Etage. Sie führte ihre Besucher durch eine enge, vollgestopfte Diele geradewegs in ein Wohnzimmer, das von dunklen Möbeln beherrscht wurde. Ein wuchtiger Eichenschrank zur Rechten beherbergte ein umfangreiches Kristallglassortiment, vielfarbige Schüsseln, Schälchen und Teller. Das mittlere Regalbrett war Dutzenden von Porzellantierchen vorbehalten. Links von der Tür thronte eine wohlgenährte Perserkatze auf einem dunklen Kunstledersofa. Aus zusammengekniffenen Augen begutachtete sie die Neuankömmlinge. Catherine konnte sich gut vorstellen, sie ihre Krallen ohne Vorwarnung in ihren Arm schlagen würde. An der Stirnseite des Zimmers sorgte ein nicht besonders

großes Fenster für Tageslicht. Catherine ertappte sich trotz ihrer guten Vorsätze dabei, wie sie den staubfreien Fleck von der Größe eines Kissens auf der Fensterbank registrierte. Leroux musste nießen. Sekunden später rang er nach Luft. „Pardon, Madame Martin. Würde es Ihnen etwas ausmachen, das Fenster zu öffnen? Ich habe eine ausgeprägte Katzenallergie." „Aber gern." Madame Martin ging sofort zum Fenster, um es zu öffnen. Catherine schaute Leroux verdutzt an. Katzenallergie? Minouche? Joseph warf ihr einen verschwörerischen Blick zu. ‚Ich erkläre es dir später', las Catherine von seinen Lippen ab. Dankbar sog sie die frische Luft ein.

Vorsichtig nahmen sie am vorderen Rand der klobigen Sessel Platz, die mit Katzenhaaren übersät waren. Madame Martin wuselte um sie herum und stellte Kaffee und Madeleines auf den verhäkelten Wohnzimmertisch. Artig bedankten sie sich für den Kaffee. Nach einem flüchtigen Blick auf die Madeleines entschuldigte sich Catherine. „Tut mir leid, ich vertrage keinen Weizen." Auch Leroux lehnte höflich ab. „Mein Magen, wissen Sie?" Madame Martin setzte sich zu ihrer Katze auf das Sofa und streichelte ihr mechanisch über das Fell. „Das ist Napoleon", erklärte sie. „Was möchten Sie wissen, Capitaine Leroux?" Die Anwesenheit von Catherine blendete sie offensichtlich aus.

„Madame Martin. Sie haben ausgesagt, dass Sie an dem besagten Samstagnachmittag eine ältere Dame gesehen haben, die aus dem Park rannte. Können Sie uns die Dame etwas genauer beschreiben? Vielleicht fangen wir mit ihrer Haarfarbe an?" Madame Martin zog die Stirn in Falten. Nach einigen Sekunden murmelte sie: „Grau! Helles Grau, glaube ich." „Genau wissen Sie es nicht?" Madame Martin schüttelte den Kopf. „War sie groß? Klein? Normal?" Madames Stirnfalte vertiefte sich wieder. Man konnte das Rattern in ihrem Gehirnkasten erahnen. „In etwa so groß wie sie." Sie wies mit dem Kopf in

Catherines Richtung. Genauer konnte sie es nicht sagen. „Madame, wo waren Sie genau, als Sie die Dame gesehen haben?“ Madame Martin wies mit dem Kopf auf den staubfreien Fleck am Fenster. „Von dort aus sehe ich so gut wie alles, was hier passiert“, bekannte sie freimütig. „Haben Sie noch andere Menschen gesehen, die in den Park hinein- oder hinausgingen?“ „Oh ja“, antwortete sie lebhaft. „Da waren einige. Ein Jogger, eine junge, nervöse Dame, ein vornehmer Mann mit Hut. Wollen Sie nicht doch eine Madeleine probieren? Ich habe sie heute Morgen frisch geholt!“ Beinahe flehentlich zeigte sie auf den Keramikteller mit den schrumpeligen Madeleines. Joseph brachte es nicht über sich, noch einmal Nein zu sagen. Tapfer griff er sich eines dieser Gebäckteilchen, obwohl er wusste, dass er danach Sodbrennen bekommen würde. Catherine blieb standhaft, lächelte und sagte entschuldigend: „Wirklich nicht. Weizenallergie.“ „Ach ja?“ Madame Martin streifte Catherines Figur mit einem kurzen Blick.

„Haben Sie zufällig auch gesehen, wann die grauhaarige Dame in den Park gegangen ist?“ Madame Martin schüttelte den Kopf. „Nein, leider nicht. Ich musste Napoleon füttern. Wissen Sie, kurz vor dem Winter frisst er wie ein Scheunendrescher. Als ob er sich einen Speckmantel zulegen müsste. Dabei geht er überhaupt nicht nach draußen. Nicht wahr, mein Kleiner?“ Gedankenverloren streichelte sie das Fellmonster, das dankbar zu schnurren begann. „Eine letzte Frage, Madame Martin. Haben Sie gesehen, mit welchem Fahrzeug die Dame weggefahren ist?“ „Mmmh. Ich glaube … ja …, einen Augenblick … jetzt erinnere ich mich wieder. Es war ein grüner Jeep, ja, ein grüner Jeep!“ Triumphierend sah sie Leroux an. „Die Frau hatte den Jeep total bescheuert geparkt, in der Kurve, halb auf dem Bordstein, deshalb ist mir das wieder eingefallen.“ „Konnten Sie das Kennzeichen des Jeeps erkennen?“ „Das Kennzeichen?“, rief Madame Martin aus. Man hätte sie auch gleich auffordern können, den Mann im Mond zu beschreiben. „Ich konnte doch nicht wissen, dass das Kennzeichen mal wichtig sein würde." „In der Tat, das konnten Sie nicht ahnen", beschwichtigte Joseph Leroux die Madame und erhob sich. „Wir müssen Sie leider wieder verlassen", fügte er hinzu. „Sie gehen schon wieder? Aber es ist noch so viel Kaffee übrig. Und die ganzen Madeleines!", jammerte Madame. „Wenn ich Ihnen noch einmal helfen kann." Mit diesen Worten begleiteten sie die Gendarmen zur Wohnungstür hinaus. „Einen schönen Tag noch, Commissaire", rief sie ihnen hinterher. Joseph und Catherine eilten die Treppe hinunter. Sie sprachen kein Wort, bis sie um die Ecke der Straße gebogen waren. Sie spürten die Blicke von Madame Martin auf ihrem Rücken. Wahrscheinlich schaute diese wieder aus ihrem Fenster.

„Zum Glück drehen wir keinen Fernsehfilm", sagte Joseph zu Catherine, als sie das Auto erreichten. „Manch eine Befragung bringt nicht wirklich Neues", ergänzte Catherine. „Und manche Spur verläuft im Nichts", philosophierte Joseph. „Bingo!", tönte es wie aus einem Munde. „Wir lassen uns nicht entmutigen und fahren auf direktem Weg nach Sète." „Das machen wir!", sagte Catherine. „Aber kannst du mir erklären, warum du dir über Nacht eine Katzenallergie zugezogen hast?" Joseph prustete los. „Hätte ich besser Stauballergie sagen sollen? Wie hast du bloß diesen Mottengeruch ertragen?" „Weiß ich auch nicht. Bei meiner Oma hat es vermutlich immer so gerochen. Viel schlimmer fand ich das Katzenklo. Komisch, bei euch riecht es nicht so. Geht Minouche immer nach draußen?" Joseph nickte. „Ja, das hat sie von Anfang an gemacht und darüber bin ich ganz froh. Stell dir vor, was passieren würde, wenn Leonie anfängt zu krabbeln und die Wohnung auseinander zu nehmen." Catherine schüttelte sich. „Nein, das möchte ich mir im Augenblick nicht vorstellen. Du Joseph, weißt du, worüber ich in letzter Zeit immer wieder nachdenke?" „Du wirst es mir sicher gleich sagen", erwiderte Joseph.

„Ich überlege, ob ich mich langfristig zur Fallanalytikerin aus-
bilden lassen sollte. Dafür müsste ich aber für einige Zeit nach
Amerika und das ist nun wahrlich nicht das Land meiner
Träume." „Du willst mich verlassen?" Joseph verdrehte theatralisch die Augen. Catherine schlug ihm freundschaftlich auf
die Schulter. „Es ist überhaupt noch nicht klar, ob und wann.
In den ersten Jahren müsste ich sowieso in einer Art Fernstu-
dium Psychologiekurse belegen. Auf lange Sicht würde es
mich sehr reizen." „Es ist sicher spannend, wenn du dich mit
Psychologie beschäftigst. Aber bedenke, wie wenig Stellen es
für Profiler in ganz Frankreich gibt. Ob du dann Aussichten
auf einen Job hast, wer weiß? Du hast dich von der Krimiserie
beeinflussen lassen, gib es zu." „Nein, habe ich nicht! Ich habe
am Wochenende das Buch eines deutschen Kriminalbeamten
gelesen und das fand ich sehr spannend." „Und? Haben wir
bisher grobe Fehler gemacht?" Joseph fragte ernst. Catherine
schüttelte lächelnd den Kopf. „Ich glaube nicht! Wir sind da!"

5

Sie standen vor einem schlichten, zweistöckigen Haus mit fein
ziseliertem Eingangstor. Das Gebäude wurde links und rechts
von gesichtslosen Betonklötzen eingeklemmt. Eine freundli-
che Dame im Eingangsbereich fragte nach ihren Wünschen.
Sie wiesen sich aus und fragten: „Wer kann uns Auskunft über
eine ehemalige Mitarbeiterin geben?" „Am besten erkundigen
Sie sich bei meinem Kollegen Antonini", riet ihnen die nette
Dame und begleitete sie zu einem schmucklosen Büro.

Ein dienstbeflissener Mann mit einer modisch roten Hornbrille und einem gepflegten, silbergrauen Schnäuzer empfing
Joseph und Catherine. Seine ebenfalls silbergrauen Haare waren rasiermesserkurz geschnitten. Er stellte sich als Ètienne
Antonini vor, verantwortlich für alle personellen Angelegen-
heiten der Tierklinik. „Was kann ich für Sie tun?", fragte er

höflich. „Es geht um Maria Haricot", begann Joseph. „Doktor Haricot", korrigierte Antonini. „Meinetwegen Doktor Haricot", lenkte Leroux ein. „Sie hat bis 2014 bei Ihnen gearbeitet?" „Das ist richtig. Doktor Haricot hat sechs Jahre in unserem Haus gewirkt. Warum wollen Sie das wissen?" „Wir ermitteln in einem Mordfall und müssen sie dringend sprechen. Wir können sie aber nirgendwo erreichen." „Haben Sie es denn bereits in ihrer Wohnung versucht?" „Monsieur Antonini, bisher haben wir lediglich ihre Telefonnummer, aber die scheint nicht mehr aktuell zu sein. Haben Sie vielleicht eine Adresse für uns?" „Haben Sie eine Vollmacht, damit ich Ihnen die Daten herausgeben kann?" Leroux stöhnte. „Aber selbstverständlich haben wir die." Man konnte es mit dem ganzen Datenschutz auch übertreiben. Aber das sagte er natürlich nicht laut. Er zog das Blatt Papier hervor und reichte es dem Herren. Der warf nur einen kurzen Blick darauf. „Einen Augenblick, ich schaue im System nach. Bitte, nehmen Sie so lange Platz." Er wies ihnen zwei dunkelblau gepolsterte Besucherstühle mit Aluminiumgestell zu. Er selbst setzte sich, rückte seine Designerbrille zurecht und rief die interne Datenbank auf. „Voila!", rief er. „Sie wohnt hier ganz in der Nähe am Quai de la Résistance. Jedenfalls ist das die letzte Anschrift, die ich in unserer Datei verzeichnet habe." „Wie war Doktor Haricot als Mensch? Können sie uns dazu etwas sagen?", fragte Catherine. „Freundlich, tadellos, zuverlässig, absolut loyal! Sie hat sich immer korrekt verhalten, sehr vorbildlich. Und sie war immer exzellent gekleidet." „Ist das besonders erwähnenswert?", hakte Catherine nach. Ètienne Antoninis Augen bekamen einen schwärmerischen Glanz. „Oh ja, sie war etwas ganz besonders. Wenn sie ein dunkelblaues Kleid trug, funkelten an ihren Ohren auch kleine Saphire. Schuhe und Strümpfe waren dann farblich aufeinander abgestimmt. Hatte sie sich morgens für orange entschieden, passten alle anderen Accessoires dazu, sogar die Handtasche und der Lidschatten. Wenn mir als Mann das schon auffällt, das will etwas heißen!" Antonini schien Madame Haricot und ihr Outfit vor Augen zu haben. Leroux wusste, dass seine nächste Frage heikel war und er leitete geschickt dazu über. „Behandeln Sie in Ihrer Klinik auch größere Tiere?" Antonini lachte. „Wir behandeln alles, was sich hier in der Gegend aufhält, also auch Pferde und Stiere. Wir sind schließlich nicht nur auf Kleintiere spezialisiert. Haben Sie ein krankes Pferd zu Hause?" „Das nicht", sagte Leroux und setzte sofort nach. „Also brauchen Sie auch ab und zu Natrium-Pentobarbital?" „Ja sicher. Warum fragen Sie?" Antoninis Gesicht bekam einen argwöhnischen Ausdruck. „Ist in den letzten Jahren zufälligerweise eine kleinere Menge Natrium-Pentobarbital verschwunden?" „Hören Sie, ich bin für das Personal zuständig, nicht für das Labor. Aber ich frage gerne meine Kollegen, wenn Sie einen Moment Zeit haben." Er rief seinen Kollegen an, schüttelte den Kopf, warf Leroux und Rozier einen missbilligenden Blick zu, bedankte sich und legte auf. „Ihre Kollegen haben uns auch schon ausgiebig zu dem Thema Natrium-Pentodingens befragt. Bei uns ist nichts verschwunden. Hat das etwas mit Doktor Haricot zu tun?" „Vielleicht", sagte Joseph ausweichend. „Das Übliche: wir ermitteln in alle Richtungen. Wo hat Doktor Haricot eigentlich zuletzt gearbeitet, bevor sie zu Ihnen gekommen ist?" „Sie hat sich für einige Jahre in Burkina Faso aufgehalten und dort für den Erhalt von Spitzmaulnashörnern gekämpft. Das hat sie übrigens auch noch gemacht, als sie bei uns tätig war. Sie hat jedes Jahr ihre Überstunden gesammelt und zusammen mit ihrem Jahresurlaub genommen, um sich ein paar Wochen für die Nashörner Zeit zu nehmen." Joseph und Catherine warfen sich einen schnellen Blick zu. „Warum hat sie bei Ihnen aufgehört zu arbeiten? Ist sie zurück nach Afrika oder in Pension gegangen?" „Oh, sie wollte sich anderen Dingen widmen, ein Buch schreiben, sich um ihre kranke Tochter kümmern, glaube ich." „Ihre Tochter war krank?", hakte Catherine gleich nach. Ètienne Antonini wich ihrem Blick aus. Auf seinem Gesicht spiegelte sich sein innerer Zwiespalt wider. Dann gab er sich einen Ruck. „Doktor Haricot versuchte, es geheim zu halten. Sie selbst hat nie darüber gesprochen, aber irgendwer hat es dann doch herausbekommen. Ihre einzige Tochter hat nach einer Fehlgeburt versucht, sich das Leben zu nehmen. Wir vermuten, dass sie anschließend in eine psychiatrische Klinik eingewiesen wurde." Er unterbrach sich und seufzte. „Doktor Haricot war danach nicht mehr dieselbe." Catherine horchte auf. „Können Sie das näher beschreiben?" Man konnte Monsieur Antonini ansehen, dass er nach einer neutralen Formulierung suchte. „Sie wirkte weniger achtsam mit sich selbst, ich meine äußerlich. Innerlich?" Er überlegte, bevor er fortfuhr. „Sie schien häufig abwesend zu sein, so, als sei sie mit ihren Gedanken auf einem anderen Planeten. Auch an ihrer Arbeit schien sie weniger Freude zu finden. Deswegen war keiner von uns überrascht, als sie schließlich kündigte." „Eine letzte Frage, Monsieur Antonini. Haben Sie für uns vielleicht ein aktuelles Foto von Doktor Haricot? Falls wir sie suchen müssen." „Ich lasse Ihnen eins ausdrucken." Nach wenigen Sekunden strahlte ihnen auf glänzendem Fotopapier Maria Haricot entgegen. ‚Wow! Die sieht tough aus', dachte Leroux. ‚Die lässt sich bestimmt nicht die Butter vom Brot nehmen!' Maria Haricot lächelte den Betrachter aus dunkelgrauen, von kleinen Falten umgebenen Augen direkt an. Ihr ansonsten glatter Teint war gut gebräunt; die Lippen durch ein kräftiges Rot betont. Ihre sichtbare Kleidung verriet einen guten Geschmack. Auf diesem Foto war sie vollkommen in steingrau, schwarz und silbern gewandet. Ihre von hellgrauen Strähnchen durchzogenen welligen Haare waren kurz geschnitten. „Vielen Dank, Monsieur Antonini. Sie haben uns sehr geholfen."

Joseph steckte das Foto ein und verließ mit Catherine das Gebäude. „Ob wir Madame Haricot antreffen?", fragte Catherines Blick. „Wollen wir eine Wette abschließen?", erwiderte Joseph laut. „Aber wir laufen die paar Meter, nicht wahr", schlug Catherine vor. „Selbstverständlich! Wir sind schließlich keine Amerikaner." Beide lachten. Eine Bekannte hatte Joseph vor einiger Zeit erzählt, was ihr passiert war, als sie in Los Angeles eine Häuserzeile zu Fuß erkunden wollte. Innerhalb kürzester Zeit hätten gleich mehrere Autofahrer angehalten und sie gefragt, ob sie Hilfe brauche. Außer in New York betrachte man in Amerika die Kunst des Zufußgehens als überholt und uncool.

6

Sie brauchten weniger als zwanzig Minuten, um zu dem Haus zu gelangen, in dem Doktor Haricot wohnen sollte. Auf keiner der Türklingeln war ihr Name zu lesen. „Mist!", schimpfte Catherine. „Sie scheint umgezogen zu sein, oder?" Sie sprachen sich kurz ab, dann drückten sie gleichzeitig auf alle verfügbaren Klingeln. Der Türöffner summte. Sie traten in einen dunklen Hausflur und gingen auf die Treppe zu, die in den ersten Stock führte. Von oben schauten gleich drei Frauen über das Treppengeländer nach unten. „Capitaine Leroux und Lieutenant Rozier von der Gendarmerie Mèze. Weiß jemand von Ihnen wo Doktor Haricot jetzt wohnt?" „Sie ist in den Süden gezogen, irgendwo in die Nähe von Perpignan", antwortete eine jüngere Frau, die sich ein hellblaues Baumwolltuch um den Kopf geschlungen hatte. „Sie wissen nicht zufällig Genaueres?", versuchte es Catherine. „Hat sie was ausgefressen?", wollte eine ältere Frau wissen. „Sie kann uns möglicherweise bei der Aufklärung eines Mordes helfen", äußerte Joseph. „Einen Augenblick", rief die junge Frau herunter. Sie ging in ihre Wohnung. Joseph und Catherine hatten in der Zwischenzeit das obere Stockwerk erreicht und warteten vor der offenen Wohnungstür. „Wer hat denn diesmal dran glauben müssen?" Die rundliche, kleine Frau, die das wissen wollte, taxierte Joseph Leroux von oben bis unten. Sie hatte sich ein Fensterputztuch über die Schulter geworfen und wollte sich gerade eine Zigarette anstecken. „Laufende Ermittlungen", ließ Joseph sie wissen. Die junge Frau kam mit einem zerknitterten Zettel in der Hand zurück. „Hier! Das ist ihre Adresse. Hat sie mir aufgeschrieben, falls noch einmal ein Brief oder ein Paket für sie ankommen sollte." „Wir haben Sie noch nicht gefragt, wie Sie heißen", sagte Leroux. „Elise Derniere." „Kannten sie Doktor Haricot näher?", wollte Leroux wissen und schaute dabei auf den Zettel. Wo zum Teufel lag Cassagnes? „Bis zu dem Tag als sie ausgezogen ist, haben wir nur hin und wieder über das Wetter gesprochen. Oder dass die Stadt mal wieder vor Touristen überquillt. Als die Möbelpacker ihre Sachen nach unten getragen haben, hat sie mir zum Abschied eine kleine afrikanische Madonna geschenkt." „Eine Madonna?" Leroux runzelte die Stirn. Elise Derniere war ein typisch französisch klingender Name, ihrem Aussehen nach stammte sie aber eher aus Algerien. Elise schien seine Überlegungen zu ahnen. „Ich bin Christin, falls Sie sich darüber Gedanken machen", lächelte sie. „Meine Eltern sind mit mir und meinen Geschwistern vor ein paar Jahren aus Algerien geflohen, weil wir dort zunehmend verfolgt wurden. Die Madonna ist für mich wie ein Schutzengel." Catherine spürte, dass die Madonna für ihren Fall wichtig sein könnte. „Haben Sie die noch?" „Natürlich, sie steht bei mir an einem Ehrenplatz. Warum?" „Könnten wir uns die für ein paar Tage ausleihen?" „Wenn es Ihnen weiterhilft und ich sie zurückbekomme, gerne. Ich hole sie." Nach wenigen Minuten kam sie zurück. Sie hielt eine schwarzglänzende Madonna mit Kind in ein Taschentuch gehüllt in der Hand. „Ich muss Sie noch etwas fragen: Haben Sie die Madonna mit scharfen Mitteln gereinigt?" Catherine wartete gespannt auf die Antwort. Elise

178

wurde unter ihrem dunklen Teint rot. „Ehrlich gesagt, das habe ich nicht. Es wäre mir falsch vorgekommen." „Umso besser", entfuhr es Catherine. Erleichtert fiel Elise noch etwas ein. „Madame Haricot sagte einmal, ich erinnere sie an eine Tochter, die sie verloren habe." Catherine bedankte sich bei Elise und quittierte der jungen Frau den Empfang der Figur. „Sie bekommen die Madonna natürlich sofort zurück, wenn unsere Untersuchungen abgeschlossen sind", versicherte Joseph. Dann verabschiedeten sie sich und verließen das Haus.

„Haben wir uns bei Madame Derniere bedankt"?, fragte Joseph zerstreut, als sie mitten auf der Pont de la Victoire waren. „Doch natürlich, hast du das gar nicht mitbekommen!" Catherine schüttelte ganz leicht den Kopf. „Wer weiß, ob wir tatsächlich Spuren einer DNA entdecken." „Hoffentlich", murmelte Joseph Leroux.

7

Im Büro schickten sie sofort einen Boten mit der Madonna los. Er brachte sie zum gerichtsmedizinischen Labor nach Montpellier. Leroux suchte im Internet nach Cassagnes und fand das Dorf in der Nähe von Perpignan. Die Nummer der Gendarmerie Nationale in Perpignan fand er in einem internen Telefonverzeichnis. Er vermutete ganz richtig, dass sie in einem Bergdorf wie Cassagnes keine eigene Dienststelle hatten. Nach einigem Gerangel um die Zuständigkeiten geriet er an Capitaine Leopold Destours. Der war ganz begierig darauf, in das entlegene Dorf zu fahren, um dort die Dame Haricot aufzuspüren. „Wissen Sie, Capitaine Leroux, das Dorf liegt wunderbar malerisch auf einem Hügel über dem Fluss Agly. Dort wird der Côtes du Roussillon Villages Caramany produziert. Das ist ein ganz besonderer Rotwein, den man nicht an jeder Ecke bekommt. Bei ihm müssen mindestens 60% der Trauben mittels Macération carbonique[18] vergoren werden."

„Und warum ist das so?", unterbrach Leroux den Redeschwall des Capitains. Destours lachte. „Weil die Genossenschaft Caramany 1964 diese Technik als erster Produzent in Frankreich angewandt hat.

Ich werde also das Dienstliche mit dem Privaten verbinden. Sobald ich die untergetauchte Dame ausfindig gemacht habe, fahre ich zu dem Château Grande Cassagne und nehme mir ein paar Flaschen dieses köstlichen Tropfens mit. Wie lautet die genaue Adresse der Madame?" „Rue de la Plane. Doktor Haricot heißt die Frau." „Operation läuft", trompetete Capitaine Destours in den Hörer „Und wenn Sie sich mal in unsere Region verirren sollten, zeige ich Ihnen gerne alle Sehenswürdigkeiten. A bientôt." Leroux war beeindruckt. Capitaine Destours schien ein fröhlicher und kenntnisreicher Mensch zu sein. Vielleicht würde er sein Angebot eines Tages annehmen.

---

[18] Das ist eine Kohlensäuremischung.

Es war überhaupt nicht gut von den siebzehn Personen des Teufels, Xa und Patric nach Marseille zu senden. Die anderen Teufel kennen mich besser und wollten meine Ehe mit Xa verhindern. Xa hat versprochen, mich zu retten.

Wo ist mein Kind? Warum geben sie mir mein Kind nicht zurück. Der Himmel hat sich zugezogen. Die Menschen lächeln ständig, aber es ist ein falsches Lächeln. In ihren weißen Kitteln haben sie spitze Nadeln versteckt. Wenn ich nicht tue, was sie wollen, schlagen sie mich. Xa wollte schon lange hier sein, er hat es versprochen. Vielleicht haben sie ihn genauso eingesperrt wie mich? Vor ein paar Tagen kam sie schon wieder, diese fremde Frau. Meine Mutter war hübsch, hatte lange dunkle Locken. Sie war sehr lieb, aber sie ist gegangen. Diese Frau hatte helle Haare. Ihre Augen waren stumpf, die Lider rot umrandet. Ihre Hände kalt. Sie redete komisch und hat mir keine Pralinen mitgebracht. Wo ist mein Kind? Ich darf es nicht wiegen, ihm zu trinken geben. Haben sie es ins Meer geworfen? Es klopft und hämmert in meinem Kopf. Meine Arme und Beine sind festgebunden. Ich kann meinen Kopf nicht gegen die Wand schlagen.

8

Das Dunkel schien sich allmählich zu lichten. „Komm Catherine. Jetzt können wir nach Montpellier fahren und hören, was Doktor Paris uns berichtet. „Ich bin total gespannt, ob uns der Doktor weiterhelfen kann", sagte sie, als sie in den Dienstwagen stieg. Joseph überließ Catherine das Steuer, so konnte er sich innerlich besser auf das bevorstehende Gespräch vorbereiten, dachte er. Aber bereits am ersten Kreisverkehr von Mèze gerieten sie in einen Stau. „Das ist hoffentlich nicht der Auftakt zu mehr", stöhnte Catherine. „Wir sind gut in der Zeit", wandte Joseph ein. „Wir werden doch nicht mehr als eine Stunde bis Montpellier brauchen." „Das wäre schon gut. Aber falls wir uns verspäten sollten, habe ich die Nummer des Sekretariats dabei. Wenn es eng wird, müssen wir den Termin eben verschieben. Seit wann lassen wir uns hetzen?" „Stimmt, wir sollten uns wirklich nicht unter Druck setzen. Andererseits sollten wir auch nicht den Teufel an die Wand malen." Aber kaum hatten sie sich auf die Autobahn Richtung Montpellier eingefädelt, da schaute ihnen der Teufel höchstpersönlich über die Schulter. Im Verkehrsfunk prophezeiten sie eine halbe Stunde zähfließenden Verkehrs bis kurz vor Montpellier. „Na dann! Gib mir schon mal dein Mobiltelefon. Ich spreche mit der Sekretärin auf und frage direkt, ob Doktor Paris auf uns warten kann." Doktor Paris war bereit, den Termin um maximal eine halbe Stunde zu verschieben, mehr sei nicht drin. „Was soll's", seufzte Joseph. „Mit Blaulicht wären wir auch nicht schneller." „Wir könnten uns die Zeit mit Baumraten vertreiben", schlug Catherine vor. „Bist du von allen guten Geistern verlassen?", fragte Joseph entgeistert. „Da können wir auch gleich Kastanien auf dem Mond sammeln! Wie kommst du auf solch verrückte Ideen?" Catherine lachte. „Habe ich mir gedacht, dass du mich das fragst. Ich habe in einer Zeitschrift davon gelesen. Ich fand die Idee gar nicht schlecht. Statt ständig das Liebesleben von Brigitte und Emmanuel durchzuhecheln, könnte man sich ja wieder um echtes Wissen bemühen." „Also soll ich stattdessen das Paarungsverhalten von Bäumen erforschen! Das ist doch nicht dein Ernst, oder?" Joseph tippte sich an die Stirn. „Wetten, dass du nicht mehr als drei verschiedene Sorten kennst?", stichelte Catherine. „Ach, Frau Lehrerin! Ich kenne Pinien, Kastanien, Apfelbäume und Kiefern, das reicht doch!" Joseph ließ sich seine Belustigung nicht anmerken. „Kennst du mehr?", fragte er lauernd, als sie gefühlte fünf Meter gefahren waren und erneut still standen. „Ich habe tatsächlich nachgeschlagen und mir folgende gemerkt: Rotbuchen, Eichen, Douglasien, Mimosen und Zedern." „Nicht schlecht", lobte Joseph. „Trotzdem wäre es mir gerade lieber, wenn wir bald zügig weiter fahren könnten. Meine grauen Zellen konzentrieren sich gerade eher auf Adelina und ihre Mutter als auf Nadel- oder Obstgehölze."

9

Sie schafften es tatsächlich doch noch, um fünf nach drei im Büro von Doktor Paris zu erscheinen. Doktor Paris war ein Mann von höchstens 1,60 Metern mit ausgesprochen wenig Haaren auf dem Kopf. Eine randlose Brille umrahmte wachsame Augen, die seine Besucher interessiert musterten. Er gab ihnen jeweils einen warmen, festen Händedruck. Die Sekretärin hatte ihm bereits die Patientenakte von Adelina Haricot herausgesucht. „Ich nehme an, Sie haben einen Grund, um sich nach der Patientin zu erkundigen. Sie wissen, dass ich Ihnen ohne triftigen Anlass überhaupt keine Auskunft geben darf!" Leroux und Rozier klärten ihn über den Fall und ihren bisherigen Wissensstand auf. „Wir nehmen an, dass ein Zusammenhang mit Adelina und dem Mordopfer besteht." Erst jetzt war Doktor Paris bereit, mit mehr Informationen herauszurücken. „Ja, ich erinnere mich. Eine junge Frau, die nach einer Fehlgeburt mit schweren Blutungen eingeliefert wurde."

Er zögerte einen Moment. „Eigentlich darf ich Ihnen auch das nicht sagen. Wir mussten Madame Haricot nach wenigen Tagen in unsere psychiatrische Abteilung verlegen." Leroux stutzte. „Passiert so etwas öfter?" Doktor Paris nickte. „Es kommt vor, dass Frauen nach einer Fehlgeburt für einige Wochen depressiv werden. Madame Haricot war erblich vorbelastet, deswegen war sie über einen längeren Zeitraum davon betroffen. Mein Kollege von der Psychiatrie kann sie ausführlicher darüber informieren." „Heißt das, Madame Haricot ist immer noch in der Klinik?", fragte Catherine nach. „Ja, ich glaube das ist der Fall. Wie schon gesagt, am besten wenden Sie sich mit dieser Frage an Doktor Jacob." „Könnten Sie vielleicht einen Kontakt herstellen? Sollte er im Hause sein, müssten wir nicht noch einmal hierher fahren?" „Aber selbstverständlich!" Paris zog sein Mobiltelefon aus der Tasche und wählte eine Nummer. „Das ist wirklich sehr nett", sagte Leroux. Er hatte keine Lust, ein weiteres Mal auf der Autobahn zu stehen und Bäume zu raten." Nach einer halben Minute gab Doktor Paris ihnen grünes Licht. „Sie können direkt herüber gehen. Unsere Sekretärin erklärt Ihnen den Weg." Leroux und Rozier bedankten sich. Auf dem Weg durch die parkähnliche Anlage teilten sie sich gegenseitig ihre Befürchtungen mit. „Vielleicht will sie gar nicht mit uns reden", äußerte Catherine. „Das ist durchaus möglich", gab Joseph zu. „Je nach Schwere ihrer Erkrankung ist sie möglicherweise gar nicht ansprechbar", ergänzte Joseph Leroux.

Doktor Jacob empfing sie bereits an der Tür zur geschlossenen Abteilung des Krankenhauses. Ein mittelgroßer, schlanker Mann mit verständnisvollen Augen, den eine mitfühlende Aura umgab. Er bat sie, in seinem Arztzimmer Platz zu nehmen und redete nicht lange um den heißen Brei herum. Doktor Paris hatte ihm bereits mitgeteilt, was die beiden Gendarmen wissen wollten.

„Adelina leidet infolge eines traumatischen Erlebnisses seit der Fehlgeburt an einer affektiven Psychose. Doktor Paris hat angedeutet hat, worum es sich dabei handelt?" Als er sah, dass sowohl Joseph als auch Catherine nickten, führte er weiter aus: „Dazu kommt zeitweiliges Wahnerleben und eine Störung der Ich-Umwelt-Grenzen. Madame Haricot scheint ihre Vergangenheit verdrängt zu haben, das heißt, sie erinnert sich nicht einmal mehr an ihre eigene Mutter, erkennt sie nicht." „Haben Drogen dabei eine Rolle gespielt?", fragte Catherine vorsichtig. Doktor Jacob verneinte. Leroux fragte: „Wenn ich das richtig verstehe, macht es keinen Sinn, Adelina Haricot nach Professor Blanc zu fragen?" Doktor Jacob schüttelte bedauernd mit dem Kopf. „Sie redet wirres Zeug. Manchmal schreit sie einen Xa an, führt Gespräche mit Teufeln. In manchen Augenblicken ist sie völlig klar, fragt, wann sie nach Hause gehen könne, aber solch ein Zustand dauert leider nicht sehr lange an. Vielleicht reden Sie lieber mit der Mutter, die kommt nach wie vor zu Besuch, auch wenn sie das nicht gut zu verkraften scheint." Als Doktor Jacob die Mutter erwähnte, schnellte bei Joseph und auch bei Catherine der Blutdruck kurzzeitig in die Höhe. „Gibt es einen bestimmten Tag, an dem sie ihre Tochter besucht?" „Unsere offizielle Besuchszeit ist immer samstags von fünfzehn bis achtzehn Uhr. An die hält sich auch Madame Haricot." „Doktor Jacob, können Sie es arrangieren, dass wir mit Madame Haricot sprechen können?" „Aber sicher, wenn das für Sie von Bedeutung ist." „Ist es denn auch möglich, dass wir sie vor ihrem Besuch bei der Tochter in einem separaten Raum befragen könnten?" „Selbstverständlich, ich werde unserer Sekretärin entsprechende Anweisungen geben. Ich hoffe, Sie finden bald den Mörder von Professor Blanc. Ich habe ihn selbst einmal auf einer Ausstellungeröffnung erlebt. Er war ein ziemlich außergewöhnlicher Mensch, nicht unsympathisch, aber er lebte in einer anderen Welt." „Ja, ich kann es mir denken", versicherten

Leroux und Rozier einvernehmlich. „Dann widme ich mich jetzt wieder meinen übrigen Patienten“, erklärte Doktor Jacob und verabschiedete sich mit einem herzlichen Händedruck.

„Halten wir das bis Samstag aus?“, fragte Catherine, als sie auf dem Heimweg im Auto saßen. „Es bleibt uns nichts anderes übrig. Es sei denn, Capitaine Destours entdeckt sie vorher und verhaftet sie auf der Stelle.“ „Das dürfte wohl kaum der Fall sein. Noch liegt nichts Verwertbares gegen sie vor. Wir wissen nur, dass sie in Afrika Nashörner sediert hat. Geduld, Mademoiselle, Geduld!“ „Wovon du natürlich genug hast“, neckte ihn Catherine.
Im Büro lag eine Notiz von Claude. Capitaine Destours hatte Maria Haricot nicht angetroffen, wohl aber einen grünen Jeep in ihrer Einfahrt entdeckt. Er war, wie er schon vorher angekündigt hatte, zu dem ganz in der Nähe liegenden Château Grande Cassagne gegangen und hatte sich beim Einkauf von mehreren Flaschen Rotwein nebenbei auch nach Madame Haricot erkundigt. Der Verkäufer kannte die distinguierte Dame recht gut. Sie kaufte gelegentlich ein paar Flaschen des besten Weines, war dabei äußerst liebenswürdig und hatte immer ein paar lobende Worte für ihn übrig. Sie lebte erst seit ungefähr zwei Jahren im Dorf. Neuerdings schien sie sogar einen Schwarzen bei sich aufgenommen zu haben. Der Verkäufer hatte sich ein anzügliches Grinsen nicht verkneifen können. Nach dem Einkauf war Destours noch einmal an dem Haus von Madame Haricot vorbei gegangen, hatte wiederholt geklingelt, aber niemand hatte ihm geöffnet. Also war er wieder zurück nach Perpignan gefahren.

Müde lehnte sie sich in ihrem Schaukelstuhl zurück. Bedächtig trank sie einen kleinen Schluck von dem Hyppolite rouge, den Edmond ihr auf der Terrasse serviert hatte. Hier im tiefsten Süden Frankreichs genoss sie die Stille der felsigen Kalksandstein- und Granitlandschaft und die Gewissheit, dass sie das Meer in weniger als einer Stunde erreichen könnte, um sich den Staub von der Seele spülen zu lassen. Im Sommer versuchte sie, sich an dem Duft von Rosmarin, Lavendel und Thymian zu erfreuen, manchmal gelang es ihr. Edmond, der seit kurzer Zeit bei ihr wohnte, tröstete sie zeitweilig darüber hinweg, dass sie Adelina nun gar nicht mehr erreichen konnte. Edmund war ihr gegenüber dankbar, geduldig und er hörte zu, wenn sie ihm von ihrer verlorenen Tochter erzählte. Davon, dass Adelina in ihrer eigenen Welt lebte, sie nicht mehr erkannte. Unkontrollierte Tränen rannen über ihr Gesicht, wenn sie an ihre letzte Begegnung dachte. Es tat so unglaublich weh, das eigene Kind hinter einer gläsernen Wand zu sehen und keinen Zugang zu finden. Schon früher hatte sich Adelina verschlossen, hatte mit 16 Jahren die Ferien lieber einsam in den Bergen verbracht und ihr nicht allzu viel erzählt. Jetzt schien sie für immer verloren zu sein. Ihr einziges Kind. Bis zu dem Tag, als die Klinik ihr Bescheid gab, dass ihre Tochter mit schweren Blutungen nach einer Fehlgeburt eingeliefert worden war, hatte sie ihr Leben im Griff gehabt. Als Adelina ein paar Tage später versucht hatte, sich mit gehorteten Tabletten das Leben zu nehmen, war für sie eine Welt zusammen gebrochen. Sie war von einem auf den anderen Tag in ein schwarzes Loch gefallen. Es war ein solch unfassbarer Schock gewesen. Wenn sie jetzt an den Anruf dachte, empfand sie nur noch ein lähmendes Nichts, gar nichts. Sie sah sich selbst in der Diele auf dem Boden liegen, der Wasserhahn in der Küche tropfte, in ihrem Kopf kreiste nur das eine Wort. ‚Warum?‘ So hatte sie stundenlang gelegen, bis ihr Arme und Hüften von der Kälte schmerzten.

„Haben Sie mich endlich gefunden?", sagte Maria Haricot, als sie in das Zimmer trat, in dem Leroux und Rozier auf sie warteten. „Woher wissen Sie, dass wir Sie gesucht haben?", antwortete Leroux mit einer Gegenfrage und gab ihr die Hand. Maria Haricot war ein paar Zentimeter kleiner als er. Sie blickte ihn aus müden Augen an. „Sie haben im Dorf hinter mir her spionieren lassen, haben sich beim Weinhändler nach mir erkundigt." „Das war unser Kollege", stellte Leroux klar. „Aber es stimmt. Wir würden gerne mit Ihnen über ihre Tochter sprechen." Maria Haricot streckte ihren Rücken durch, dann sackte sie wieder in sich zusammen. „Kann ich mich bitte setzen? Die lange Autofahrt …", sie vollendete den Satz nicht. „Setzen Sie sich." Catherine rückte ihr einen Stuhl zurecht. Maria Haricot sah längst nicht mehr so charismatisch aus wie auf dem Foto. Ihre Haare hatten jeglichen Glanz verloren, die Haut wirkte matt und sie war weitaus nachlässiger bekleidet als Antonini es beschrieben hatte.

„Meine Tochter", begann Maria Haricot und stockte. Ihr Blick ging ins Leere. „Ich habe meine Tochter verloren, so, wie sie ihr Baby verloren hat", brachte sie schleppend hervor. „Seit über zwei Jahren wird sie hier festgehalten. Sie geben ihr Tranquilizer, so dass sie mich nicht erkennt oder mich nicht erkennen will. Ich komme nicht an sie heran." Tränen der Wut und der Verzweiflung rannen über ihr Gesicht. Sie ballte die Faust, löste sie wieder. „Ich kann betteln wie ich will, sie anflehen, sie ist in ihrem Inneren verschwunden. Können Sie sich das vorstellen? Haben Sie Kinder?" Joseph Leroux nickte, schaute sie mitfühlend an. „Was ist passiert?", fragte er sanft. „Dieses Arschloch hat sie geschwängert und wollte danach nichts mehr mit ihr zu tun haben." Für einen Augenblick kehrte das Leben zurück in Maria Haricot. Ihr blasses Gesicht rötete sich und sie ballte die Faust. „Professor Blanc?", fragte

Catherine leise. Maria Haricot nickte. Zorn glitzerte in ihren Augen. „Hat Adelina Ihnen gesagt, dass Professor Blanc der Vater ist?" Wieder nickte Haricot. „Ich bin aus allen Wolken gefallen, als mich die Klinik anrief. Wochenlang vorher war Adelina für mich unauffindbar gewesen. Sie war aus Montpellier weggegangen, ich wusste nicht einmal, wohin. Unter ihrer alten Mobilfunknummer konnte ich sie nicht erreichen, ihre neue hat sie mir nicht mitgeteilt. Als ich sie dann im Krankenhaus wiederfand …", sie sackte in sich zusammen und brach erneut in Tränen aus. Joseph und Catherine warteten eine Weile, bevor sie weiter fragten. „Da war sie schon verändert, noch mehr in sich gekehrt. Immerhin hat sie mir gebeichtet, dass sie auf einer Party bei Blanc war und mit ihm im Bett gelandet ist, vermutlich, nachdem er ihr K.-o.-Tropfen ins Getränk gekippt hat. Auch dass sie mit keinem anderen Mann geschlafen hat, konnte ich ihr noch entlocken. Aber mehr nicht! Das war das letzte, worüber ich mit ihr reden konnte." Leroux wartete einen Moment, bevor er fragte: „Und was haben sie dann unternommen?" „Ich habe ihn angerufen, den Professor, ihn zur Rede gestellt. Er hat mich ausgelacht. Er sagte, wenn jede Frau, mit der er einmal gevögelt habe, ihn auf Vaterschaft verklagen wolle, bleibe ihm keine Zeit mehr für die Kunst. Woher ich überhaupt wisse, dass er der Vater sei. Als ich ihm sagte, dass Adelina nach einer Fehlgeburt in der psychiatrischen Klinik gelandet sei, hat er gesagt, das könne ja wohl schlecht nur mit seinem Verhalten zu tun haben. Und als ich ihm auf den Kopf zusagte, er habe meiner Tochter K.-o.-Tropfen verabreicht, wurde er noch zynischer. So etwas habe er nicht nötig, erst recht nicht bei einem giroflée.[19] Nach diesem Gespräch ließ er sich von seiner Assistentin verleugnen, wenn ich versucht habe, ihn noch einmal zur Verantwortung zu ziehen." Ihre Stimmung wechselte ständig zwischen Wut und Verzweiflung.

---

[19] Mauerblümchen.

„Und dann haben Sie geplant, wie Sie Adelina rächen können?" „Ja, das habe ich", sagte Maria Haricot schlicht. „Ich
habe im Internet gründlich über ihn geforscht und herausgefunden, welch eitler Geck er war. Geltungssüchtig, ich-bezo-
gen und total von sich überzeugt. Ich habe mir ein Pseu-
donym zugelegt und bin über eine fingierte E-Mail-Adresse
an ihn herangetreten." „Filomena Lambert?", warf Catherine
ein. „Wie haben Sie das herausgefunden?" Für einen kurzen
Moment lächelte Maria Haricot, wurde aber sofort wieder
ernst. „Er ist mir sofort auf den Leim gegangen, als ich ihm
eine spektakuläre Ausstellung in Marseillan versprach. Als ich
ihm für ein Vorgespräch den unspektakulären Park am Rande
von Marseillan vorschlug, fragte er nicht nach. Er kam gar
nicht auf die Idee, dass eigentlich das Rathaus ein angemesse-
ner Treffpunkt gewesen wäre. Kann ich bitte ein Glas Wasser
haben?" „Aber sicher, einen Moment." Leroux stand auf und
holte im Sekretariat eine Flasche Mineralwasser nebst drei
Gläsern. Als er zurückkam, traute er seinen Augen nicht.
Maria Haricot stand hinter der Tür und hielt die Dienstwaffe
von Catherine auf sie gerichtet. „Sie glauben doch nicht im
Ernst, dass ich mich nach alledem freiwillig in den Knast
sperren lasse", schleuderte sie ihm entgegen. „Los, gehen Sie
rüber zu ihrer Kollegin und setzen sich brav hin." Sie bedeutete Joseph mit der Pistole, sich neben Catherine zu setzen.
Aber sie hatte nicht damit gerechnet, dass Joseph ebenso wie
Catherine ausgezeichnet in Kampfkünsten geschult war. Ehe
sie sich versah, lag sie auf dem Boden, Joseph kniete auf ihrem
Rücken und hielt ihren rechten Arm mit der Pistole eingeklemmt. „Madame Haricot, das war ziemlich unklug von Ihnen. Egal, was Sie sonst noch sagen, Sie wandern jetzt auf jeden Fall ins Gefängnis. Was ist in dem Park in Marseillan ab-
gelaufen?" Catherine zückte die Handschellen und reichte sie
Joseph. „So, Sie können sich jetzt wieder aufrichten", bedeutete er der überrumpelten Frau, nachdem er ihr die Hand-

schellen angelegt hatte. Er wartete, bis Madame Haricot sich auf den Stuhl gesetzt hatte. Sie zuckte mit der rechten Schulter und schilderte nunmehr emotionslos, wie sich der Mord abgespielt hatte. „Es ging alles ganz schnell. Das Arschloch erwartete mich auf der vereinbarten Bank. Ich ging auf ihn zu, gab ihm die Hand und stieß ihm mit der anderen die Injektionsnadel in den Oberarm." „Sind Sie denn Linkshänderin"? Maria Haricot nickte. „Ja, war ich schon immer." „Woher hatten Sie das Natrium-Pentobarbital?" Erstaunt schaute Maria Haricot ihn an. „Sie kennen das Zeug? Ich war bis vor kurzem regelmäßig in Burkina Faso, daher hatte ich immer eine kleinere Menge in meinem Arztkoffer. Eigentlich wollte ich es für meinen eigenen Abgang aufbewahren, Professor Blanc ist mir dazwischen gekommen." Danach schwieg Maria Haricot. Sie schien erleichtert zu sein und ließ sich bereitwillig in den herbeigerufenen Dienstwagen geleiten. Sie gaben Doktor Jacob Bescheid, dass Adelina heute keinen Besuch erwarten konnte.

Auf dem Weg zum Parkplatz schüttelten sich Catherine und Joseph die Hand. „Fall abgeschlossen!" „Ich wusste noch gar nicht, dass du auch Judo kannst", staunte Catherine. „Gelernt ist gelernt", sagte Joseph bescheiden. „Außerdem war das nicht Judo, das war Karate", legte er nach. „Aha, das zu lernen würde mich auch noch reizen. Muss ich mir auf den großen Zettel schreiben", sagte Catherine fröhlich. „Vielleicht könntest du die Sportgruppe in der Gendarmerie in Karate schulen." Joseph lachte. „Das ehrt mich zwar, aber Karate darf nur unterrichten, wer mindestens einen schwarzen Gürtel hat und da bin ich noch lange nicht."

„Eigentlich haben wir uns jetzt ein richtig gutes Abendessen verdient", sagte Joseph Leroux und streckte sich, bevor sie in ihren Dienstwagen stiegen, um nach Mèze wurde zu fahren. „Weißt du, womit ich mich demnächst intensiv beschäftigen werde?" fragte Catherine und war gespannt, ob Joseph es auf Anhieb erraten würde. „Mit dem Darknet!", antwortete Joseph prompt. „Genau. Wie bist du bloß darauf gekommen?", scherzte Catherine. „Ich kenne dich ein bisschen", sagte Joseph. „Aber hast du einen besonderen Anlass?"

Lerouxs Mobiltelefon dudelte ‚It ain't got no swing'. „Das habe ich ja schon lange nicht mehr gehört", amüsierte sich Catherine. Joseph drückte unbeeindruckt die grüne Taste. „Marc! Was gibt es? … Habe ich es mir doch gedacht! Wie sind sie darauf gekommen? … Das ist ja interessant! … Und sind sie über Lombardi an weitere Mitglieder der Bande gekommen? … Na, dann gratuliere den Kollegen für ihren Erfolg. … Ja, richte ich ihr aus. Bis dann!" Leroux spürte Catherines neugierigen Blick. „Es ist tatsächlich eine geschickte Fälschung!", triumphierte er. „Die Wachtel-Madonna?" „Genau die! Und wie sie das herausbekommen haben? Sie haben einen ziemlich bekannten deutschen Meisterfälscher um Rat gebeten. Er wohnt übrigens hier ganz in der Nähe. Er hat das Bild genauestens unter die Lupe genommen und Folgendes herausgefunden. Die Fälscher haben die Tempera nicht selbst hergestellt, sondern Tuben aus dem Handel verwandt. Die verderben aber leicht. Selbst, wenn sie sehr viel Konservierungsmittel eingesetzt haben, halten sie nicht ewig. Außerdem sind ihnen ein paar Farbübergänge aufgefallen, die nicht sorgfältig genug ausgearbeitet wurden. Mit Tempera zu malen erfordert sehr viel mehr Zeit und Geschick als zum Beispiel das Malen mit Öl." Leroux freute sich, dass er das meiste, was er von Marc erfahren hatte, richtig wiedergegeben hatte. „Ach übrigens, ich soll herzliche Grüße an die entzückende Dame an meiner Seite ausrichten." Catherine konnte nicht verhindern, dass sie leicht errötete. „Haben sie die Namen weiterer Hehler oder Fälscher erfahren?" „Sie sind am Ball. Aber bis jetzt schweigt Lombardi sich dazu aus. Vor allem scheint er den Namen des eigentlichen Fälschers offensichtlich nicht zu kennen. Es wird wahrscheinlich noch etwas dauern."

Sie fuhren schon auf den Parkplatz der Gendarmerie als Leroux wieder einfiel, dass ihr Gespräch an einer wichtigen Stelle unterbrochen worden war. „Du wolltest mir noch verraten, warum du dich plötzlich ins Darknet stürzen willst."

„Ach, ja", antwortete Catherine. „Ich habe gestern eine Sendung gesehen, die mich ziemlich aufgewühlt hat. Es gibt Firmen, die sich darauf spezialisiert haben, Software an diktatorische Regierungen zu verkaufen. Mithilfe dieser Software können sie die Computer ihrer Gegner gezielt mit Trojanern infizieren. Darüber möchte ich mehr wissen." „Die Welt wird immer verrückter", stieß Joseph aus. „Können wir uns heute ausnahmsweise an ganz profanen Dingen wie an einem leckeren Essen erfreuen? Ich rufe Hélène an und frage, ob sie zufälligerweise zum Kochen gekommen ist. Du bist natürlich eingeladen." „Welch eine Ehre! Wenn Hélène nichts vorrätig hat, holen wir eben etwas Besonderes", schlug Catherine vor. Auch sie spürte, wie eine Last von ihr abgefallen war. „Und morgen feiern wir die Taufe von Leonie", ergänzte sie. „Ach du liebes bisschen! Das hätte ich beinahe vergessen!" Joseph schlug sich fassungslos an die Stirn. „Dann können wir von Glück reden, dass wir den Fall gerade noch rechtzeitig gelöst haben." Dann fiel ihm wieder etwas ein. „Erzählst du mir jetzt von deinem Termin neulich." „Nöh", sagte Catherine und grinste.

Der Abdruck der Rezepte erfolgt mit freundlicher Genehmigung des TRIAS-Verlages: Sabine Wacker „Meine basische Küche"

Chicoréesalat mit Ziegenfrischkäse und Rosinen

Alle Gerichte sind für 2 Personen berechnet

1 kleine Karotte, 1 mittelgroßer Chicorée, 2 EL Haselnussöl, Saft von 1 kleinen Mandarine, 1 EL Sesamsalz, frisch gemahlener schwarzer Pfeffer, 1 EL gehackte Mandeln, 1 EL Rosinen, 100 g Ziegenfrischkäse

Zubereitung:

Karotte säubern, raspeln. Chicoréeblätter ablösen, waschen und klein zupfen.

Aus dem Öl; dem Mandarinensaft, Sesamsalz und den Mandeln ein Dressing zubereiten. Das Dressing mit den Karottenraspeln und dem Chicorée mischen. Die Rosinen darüber geben. Den Ziegenfrischkäse mit den Händen zerbröckeln und locker über den Salat verteilen.

Cremige Suppe aus roten Linsen

1 ½ Tassen rote Linsen, 2 EL Sesamsalz, 4 große Kartoffeln, 1 Stange Lauch, 1 Zwiebel, 2 EL Sonnenblumenöl, 1 l Gemüsebrühe (aus 1 Gemüsebrühwürfel), 1 Prise Muskat, etwas Schnittlauch, 2 EL Crème fraîche

Linsen waschen, abtropfen lassen und in etwa 5 Tassen Wasser wenige Minuten auf kleiner Flamme kochen und mit dem Sesamsalz würzen. Dach Kochwasser abschütten und nicht für die Suppe weiterverwenden.

Die Kartoffeln waschen, schälen, vierteln. Den Lauch putzen, den Strunk entfernen und den Lauch in grobe Ringe schneiden. Die Zwiebel abziehen, sehr klein schneiden und im Öl mit den Gewürzen glasig dünsten, Kartoffeln und Lauch zugeben und mit der Gemüsebrühe ablöschen.

Alles 15-20 Minuten kochen lassen, anschließend die roten Linsen dazugeben und pürieren. Den Schnittlauch in Röllchen schneiden. Die Suppe auf Teller verteilen, je 1 Löffel Crème fraîche sowie die Schnittlauchröllchen auf die Suppe geben.

Quinotto mit Steinpilzen

250 g Quinoa, 750 ml Gemüsebrühe, 2 Stängel Glattpetersilie, 1 mittelgroße Karotte, 1 kleine Schalotte, Kerbel-Schnittlauch, 2-3 mittelgroße Steinpilze, 2 EL Sonnenblumenöl

Quinoa in 500 ml Gemüsebrühe 10 Minuten garen und 10-15 Min. nachquellen lassen. Die Petersilie waschen, hacken und gegen Ende der Garzeit dazugeben. Die Karotte mit der Gemüsebürste säubern und in sehr feine Stifte schneiden.
Die Schalotte abziehen und klein schneiden. Die Kräuter waschen und klein schneiden. Pilze mit Küchenkrepp abreiben, fein schneiden und mit den Schalotten und der Karotte 3-4 Minuten im Öl anbraten. Mit etwas Gemüsebrühe aufgießen, dann die Kräuter dazugeben und unter das Quinotto mischen.

Vanille-Zimt-Joghurt mit Walnüssen

1 EL Honig oder Mandelmus, etwas gemahlener Zimt, etwas gemahlene Vanille, 2 Becher Naturjoghurt, 5-6 frische Walnüsse

Den Honig oder das Mandelmus mit Zimt und Vanille unter den Joghurt rühren. Die Walnüsse öffnen, die Nüsse in kleine Stücke brechen und unter den Joghurt mischen. Statt der Walnüsse können auch Pistazien oder leicht angeröstete, gehackte Mandeln genommen werden.

Die Erwähnung des Projekts „Warka Water" erfolgte mit Genehmigung. Weitere Informationen siehe unter www.warkawater.org/

Ich danke der Schweizer Organisation Dignitas für ihre Hilfestellung.

Für die kritische Durchsicht meines Konzepts danke ich Elke Waldau-Terstegen von der Stadtbibliothek Gelsenkirchen-Buer.

Herzlichen Dank an Hilke Maunder, durch deren Block „Mein Frankreich" ich auf das Fischerstechen in Sète und Umgebung aufmerksam wurde.

Ich danke meinem Ehemann Jan Huda für seine Geduld und seine logische Unterstützung

Band 1, 177 Seiten   Band 2, 184 Seiten
12,90 Euro   12,90 Euro

Languedoc-Krimis.

www.oldib-verlag.de – info@oldib-verlag.de